西尾維新

NISIOISIN

Illustration
take

完全過激 (下)

藍色學者與戲言玩家

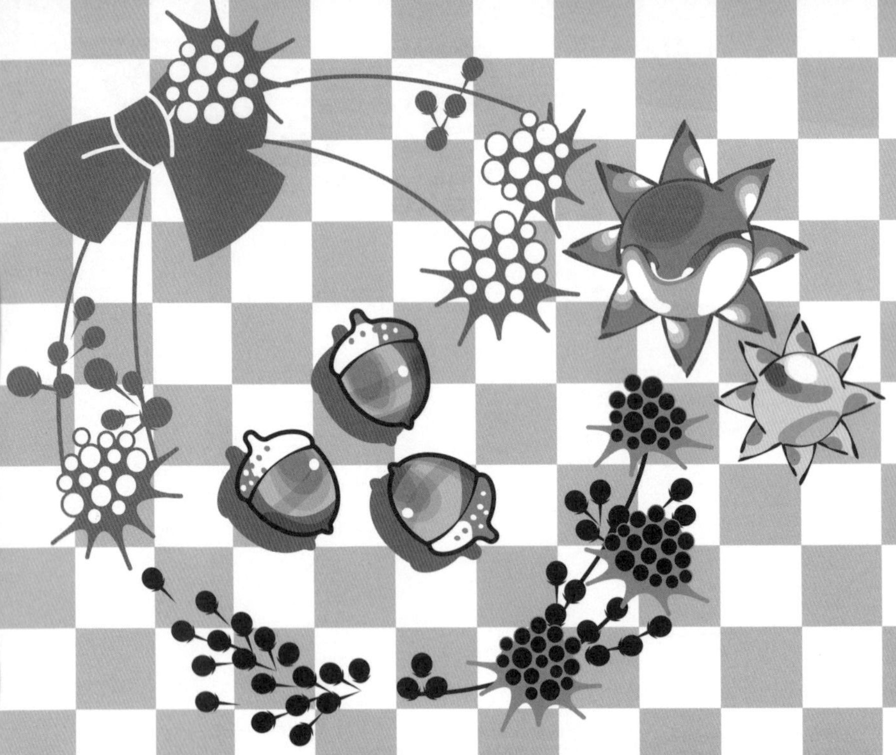

目次

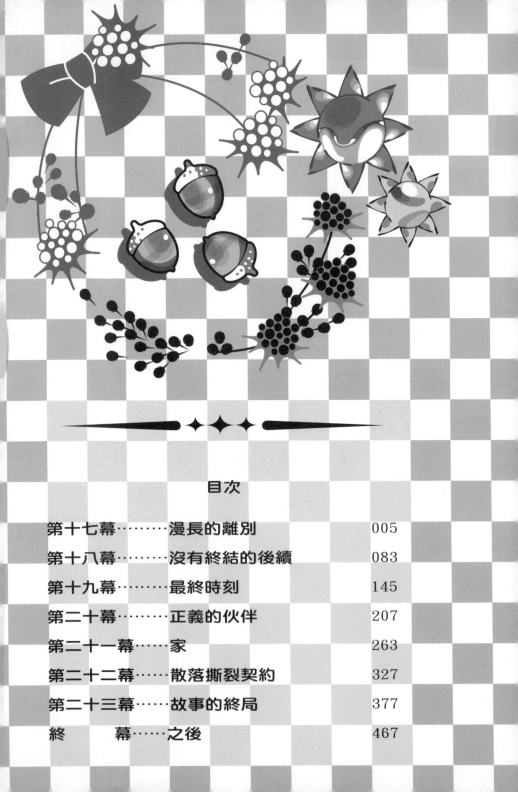

Nekosogi
Radical

登場人物簡介

赤神伊梨亞 (AKAGAMI IRIA)——千金小姐。
班田玲 (HANDA REI)——女僕領班。
千賀彩 (CHIGA AKARI)——三胞胎女僕・長女。
千賀光 (CHIGA HIKARI)——三胞胎女僕・次女。
千賀明子 (CHIGA TERUKO)——三胞胎女僕・三女。
伊吹佳奈美 (IBUKI KANAMI)——畫家。
佐代野彌生 (SASHIRONO YAYOI)——廚師。
姬菜真姬 (HIMENA MAKI)——占卜師。
園山赤音 (SONOYAMA AKANE)——學者。
逆木深夜 (SAKAKI SHINYA)——隨行看護。
貴宮無伊實 (ATEMIYA MUIMI)——學生。
宇佐美秋春 (USAMI AKIHARU)——學生。
江本智惠 (EMOTO TOMOE)——學生。
葵井巫女子 (AOII MIKOKO)——學生。
佐佐沙咲 (SASA SASAKI)——刑警。
斑鳩數一 (IKARUGA KAZUHITO)——刑警。
市井遊馬 (SHISEI YUMA)——病蜘蛛。
萩原子荻 (HAGIHARA SHIOGI)——軍師。
西条玉藻 (SAIJYOU TAMAMO)——黑暗突襲。
檻神諾亞 (ORIGAMI NOA)——理事長。
斜道卿壹郎 (SHADO KYOICHIRO)——研究者。
大垣志人 (OGAKI SHITO)——助手。
宇瀨美幸 (UZE MISACHI)——祕書。
神足雛善 (KOUTARI HINAYOSHI)——研究員。
根尾古新 (NEO FURUARA)——研究員。
三好心視 (MIYOSHI KOKOROMI)——研究員。
春日井春日 (KASUGAI KASUGA)——研究員。
兔吊木垓輔 (UTSURIGI GAISUKE)——害惡細菌。
日中涼 (HINEMOSU SUZU)——雙重世界。
棓轟正誤 (GOTODOROKI SEIGO)——罪惡夜行。
棟冬六月 (MUNEHUYU MUTUKI)——永久立體。
撫桐伯樂 (NADEKIRI HAKURAKU)——狂喜亂舞。
綾南豹 (AYAMINAMI HYOU)——凶獸。
式岸軋騎 (SHIKIGISHI KISHIKI)——街。
滋賀井統乃 (SHIGAI TOUNO)——屍。
木賀峰約 (KIGAMINE YAKU)——副教授。
圓朽葉 (MADOKA KUCHIKA)——實驗體。
匂宮出夢 (NIOUNOMIYA IZUMU)——殺手。
匂宮理澄 (NIOUNOMIYA RIZUMU)——名偵探。
淺野美衣子 (ASANO MIIKO)——劍客。
紫木一姬 (YUKARIKI ITICHIME)——少女。
闇口崩子 (YAMIGUCHI HOUKO)——少女。
石凪萌太 (ISHINAGI MOETA)——死神。
隼荒唐丸 (HAYABUSA KOUTOUMARU)——D J。
七七見奈波 (NANANANAMI NANAMI)——魔女。
石丸小唄 (ISHIMARU KOUTA)——超級小偷。
零崎人識 (ZEROZAKI HITOSHIKI)——殺人鬼。
架城明樂 (KAJYOU AKIRA)——第二。
一里塚木之實 (ICHIRIDUKA KONOMI) 空間製作者。
繪本園樹 (EMOTO SONOKI)——大夫。
宴九段 (UTAGE KUDAN)——架空兵器。
古槍頭巾 (FURUYARI ZUKIN)——刀匠。
時宮時刻 (TOKINOMIYA JIKOKU)——操想術師。
右下露蕾蘿 (MIGISHITA RURERO)——人偶師。
闇口濡衣 (YAMIGUCHI NUREGINU)——暗殺者。
澪標深空 (MIOTSUKUSHI MISORA)——殺手。
澪標高海 (MIOTSUKUSHI TAKAMI)——殺手。
諾衣茲 (NOIZU)——不諧和音。
奇野賴知 (KINO RAICHI)——病毒使者。
想影真心 (OMOKAGE MAGOKORO)——苦橙之種。
西東天 (SAITO TAKASHI)——最惡。
哀川潤 (AIKAWA JYUN)——紅色。
玖渚友 (KUNAGISA TOMO)——藍色。
我 (旁白)——主角。

第十七幕——漫長的離別
宴九段
UTAGE KUDAN 架空兵器。

0

因為喜歡，所以討厭。
雖然討厭，卻又喜歡。

1

開端是源於復仇。
我想應該是復仇。
我想應該是贖罪。
我想應該是憎恨。
我想應該是惱羞成怒。
我想應該是遷怒。
但這些全都是錯的。
這些終究只是理由罷了。
我只不過是想做些什麼而已。
因為不做些什麼的話，我彷彿就會死去。

所以。

所以我和藍色少年相遇了。

一開始碰面的時候。
玖渚友是個在沙坑遊玩的小孩。
他正用沙子建造著城堡。
是為了什麼而建的城堡？
為什麼會建造城堡？
我並不知道這些事。
總之玖渚聚精會神地——
集中了所有的集中力。
讓所有的集中力都集中起來。
在建造著城堡。
屬於她的城堡。
城堡已經即將完成了。
我沒有特別理由地踢了那座城堡。
破壞。
我破壞它了。

當然我在那個時候，還不認識玖渚友。
我並不曉得藍色少年是誰。
我並不知道眼前的藍髮是跟什麼有關連的人物。
之所以會踢壞城堡——是因為我看不順眼。
因為我看不慣那城堡的形狀。
其實真的根本沒有任何理由。
玖渚什麼也沒說。
他看也不看我。
那反應就跟沙堡是因為強風而崩塌的一樣。
不光是在視野當中。
我甚至並不存在於那名藍色少年之中。
他掬起沙子，將崩塌的城堡重新建造起來。
驚愕。
我感到吃驚的是——玖渚他將崩塌的沙粒一顆顆地，分毫不差地，正確無誤地，放回了原先構築成城堡的場所，放回了原本的部位。他將城堡復原成了——跟在被我踢壞之前，以真正嚴謹的意義而言，是完全一模一樣的狀態。
這樣的行為究竟需要何等的記憶力、何等的辨識力，以及何等精密的手工？我根本不想去思考這種天方夜譚的事。玖渚並非將沙子當成一塊固體，而是以一顆一顆的單位在認知；恐怕他也是同樣地以原子單位在觀察著這個世界本身吧，我在那時理解到這點——

然後我屈服了。

我向藍色少年屈服了。

我做好會被剝削的覺悟。

我做好覺悟——並且接受這個事實。

在相遇的瞬間。

在首次碰面的那時，我便已經敗給玖渚了。

我——

這次則是為了洩恨跟洩憤，

真的沒有任何理由地，

踢飛玖渚的藍色頭髮。

「KUSANAGI？KUGINASA？那是什麼？」

「是玖渚啦，玖渚。K・U・N・A・G・I・S・A・玖渚。加上朋友的友。是玖渚友喔。」

「哦。這樣啊。玖渚小弟是嗎？嘿～那個頭挺酷的呢。」

「叫我『小友』就可以了。」

「這樣啊。那你也可以叫我『小友』喔。」

「好麻煩喔。我決定叫你阿伊。」

「那我也叫你阿伊吧。」

「好麻煩喔。」

我知道藍色少年其實是少女。

也知道少女正是玖渚家的直系血親。

向我搭話的、玖渚機關的直系。

包括妹妹成了她的犧牲品一事。

為了少女被壓榨一事。

我知道了全部。

我知道了所有一切。

對我而言，直到最後都無從得知的事，只有少女稱呼我為阿伊的意義。

那是——相當瑣碎的小事。

那並沒有什麼特別的理由。

開端是——

開端是因為復仇。

是因為贖罪。

是因為憎恨。

是因為惱羞成怒。

是因為遷怒——照理說是這樣。

但在不知不覺間，我們卻——
一成不變地——懶洋洋地，
非常愚昧地——大剌剌地，
就彷彿那是理所當然的一般，
一同度過了時光。
一同度過了甚至令人感到悲傷的漫長時光。
經歷了永遠。
但那都只是在宛如剎那般的一瞬間。
悲劇性的結局立刻就降臨了。
我原本是打算——幫忙的。
我想我原本是打算要幫助玖渚友的。
結果，我的行為直到最後，都只不過是復仇、贖罪、憎恨、惱羞成怒、遷怒罷了
——儘管如此，只有一件事，倘若在當時的我身上，唯有一件能夠認為是正確的、可以稱讚的事——就是當時的我，確實是打算幫助玖渚友的。
我並不打算破壞。
我並不打算殺戮。
即使其他所有事物全都無法退讓——
唯獨這一點。

唯獨這一點，我是打算原諒的。

其存在的大部分都沾滿了罪惡和汙濁，還是個少年時的我，雖然是個無論如何都無法原諒的存在——儘管如此，如果有人這麼堅持的話，唯獨這一點，我是想要原諒他的。

玖渚友。

跟現在一模一樣——以原子為單位，沒有絲毫偏差。

當時的我，為了她。

甚至不惜一死。

但是——明明是那樣，為什麼。

為什麼我卻逃開了呢？

然後。

為什麼我——

只有我一個人改變了呢？

我明明想要跟她同在一起的。

我明明發誓要跟她同在一起。

我明明想要一直跟她在一起。

至今這想法應該仍然不變才對。

明明是這樣——

「嗨，阿伊。你比人家預料的還快呢。不對，這種情況，應該說比人家預料的還慢呢，會比較恰當嗎？」

玖渚——

玖渚友輕輕地、看來真的十分悠閒似地坐在城咲的、屬於她自宅的公寓屋頂上的——為了防止墜落而圍住四邊形狀的欄杆上。

只要稍微失去平衡感——

就會墜落過整座公寓的高度。

在那種位置。

在那種立場。

在那種平衡之下——

我們大概就是那樣走過來的。

我跟玖渚一直這樣走過來。

沒錯——所以說。

無論何時都不奇怪。

就如同玖渚說的一樣。

像這樣的場景——甚至可以說是太慢了。

大概比原先預定的還要快吧。
但是，卻比原本的現實還要慢。
因為事情發展得太順利了。
進行過頭了。
活得過頭了。
「小友——」
我正想出聲叫住玖渚。
我正打算普通地叫她。
但是，儘管如此，我還是詞窮了。
我沒能出聲叫住她。
只將頭轉過來面向我的玖渚，似乎感到有些愉快地看著這樣的我——
「到這邊來嘛。」
她這麼說了。
「人家的旁邊，是阿伊的座位。」
「……說的沒錯。」
的確是那樣。
我勉強能夠點頭同意了這點。
我一步步地走近玖渚，
輕輕地爬上了欄杆，

然後坐在她的身旁。

「好高啊。」

「一百四十公尺。比京都鐵塔還要高喔。」

「妳不要緊嗎？」

「什麼不要緊？」

「跑到這麼高的地方。」

「我並不害怕高處啊。」

「但是——」

玖渚友擁有三種精神方面的疾病。其中一種病症是無法一個人進行極端的上下移動。倘若是限定在自己的領域範圍、或熟悉的自宅當中則另當別論，但這間公寓的屋頂上，照理說對玖渚而言並非自己的領域。玖渚不可能忍受得了這種上下移動——不，如果只是要爬到屋頂上，讓剛才的宴九段——滋賀井統乃同行就沒問題了，儘管如此，我並不認為那個統乃小姐會將玖渚放置在這種地方離開。何況從統乃小姐的立場來看，應該也不確定是否能遇到我——

「啊啊。那個啊，像**那種狀況**，已經沒關係了。」

玖渚若無其事地說道。

「因為那原本就只是希望有人能夠陪在身旁，而付諸給自己的類似枷鎖一般的東西。」

「枷鎖……」

「該說是鎖鍊嗎？另外兩種症狀，也是類似的東西。就是所謂事後才追加上去的角色設定。話雖如此──儘管如此，直到最後都陪在我身旁的，也只有阿伊而已呢。」

「話也不是……那麼說的吧。像我這種人，是任何人都能夠替代、平凡無奇的──」

「話～也不是那麼說的唷～根本沒那回事。怎麼有人能夠替代阿伊，對吧？會來到這裡，表示阿伊跟小乃碰過面了吧？滋賀井統乃，『屍（trigger happy end）』。」

「……對。」我點頭同意。「那個人到底哪邊才是本名？不，與其說本名……應該說哪邊才是真正的面貌？滋賀井統乃跟宴九段。身為『集團』一員的滋賀井統乃，跟──身為『十三階梯』的宴九段。」

「你說真正的面貌，這聽起來有些奇怪呢～哈哈，因為阿伊不擅長應付有很多名字的人嘛～從以前就是這樣。不，並沒有哪邊才是真的。因為小乃只有一個人。硬要說的話，嗯，先跟她認識的是人家唷。」

「然後──之後，跟狐狸先生──」

「對，跟『狐狸先生』。」

玖渚說道。

「詳細說明我就省略了──在人家進行身為『集團』一員的活動時，有個狠狠地大吵了一架的對象──那似乎就是阿伊所說的『狐狸先生』。然後就在那時，小乃成了『狐狸先生』的手下。」

「也就是背叛者嗎？」

「該說是背叛者，還是膽小鬼呢。詳細說明我還是省略過，扼要地說就是我請小乃稍微幫忙當個間諜。在『集團』活動停止後，小乃不知怎麼地還是繼續間諜的工作呢。」

「不知怎麼地……」

「唉呀，既然『集團』已經不存在，那行為也已經不算是間諜了……不過人家直到最近也不曉得這回事呢。感覺就像是咦，小乃，你還在扮演這角色啊？」

「……也就是說，我現在處於何種狀況一事——妳大致上都已經從統乃小姐那邊聽說了？」

「不。我並沒有特別問她，小乃也沒有說什麼。只要想想小兔就知道了，人家們並不是那種親近得密不可分的關係嘛。不過，話雖如此，剛剛小乃倒是將一切都告訴我了。真是的，我連問也沒問的事都滔滔不絕地說出來了。還跟阿伊偷說了些多餘的事，我真的覺得被小乃給完全背叛了呢。這才算是膽小鬼變成背叛者，是嗎？」

「……」

「狐狸不太妙呢，狐狸。」

嗯～玖渚扭扭脖子。

明明是在這麼高的場所——卻沒有風。

甚至可以說是無風。

這點相當恐怖。
反而很恐怖。
狐面男子——西東天。
不光是哀川小姐跟真心——
那個人跟玖渚友也曾有過關連。
我想起了狐面男子曾經在這棟公寓的地下停車場埋伏著等我的事。還有在那之前，追根究底來說——我跟那男人的初次會面，不正是在這裡嗎？
玖渚友，「死線之藍」。
那大概是——狐面之男所說的「反覆試驗」，是到達世界盡頭、故事終結的過程之一吧。當然——那聯繫並不能說是跟對哀川小姐或真心那般牢固的聯繫……從狐面男子的角度來看，那已經是早就結束的事，存不存在都彷彿是一樣的吧；無論如何——
儘管如此，事情一旦演變至此，我還是不得不更加沉痛地感受到——
我跟西東天之間的孽緣。
敵人。
敵人——敵人、敵人、敵人。
簡直就像——被付諸了這樣的宿命。
簡直就像無可救藥一般。
無論怎麼掙扎反抗——都還是一樣嗎？

「…………」
……戲言。
那種事——是我曾好幾次想過的事。
在發生真心那件事的時候，我早就知道了。
但是——儘管如此。
說實話，我覺得很慚愧。
只有玖渚。
只有玖渚——我是不希望她來參加的。
只有玖渚，我並不想將她捲入。
儘管如此——玖渚還是。
說什麼很高興被我捲入，像這種胡說八道的話——儘管如此，她仍然打算這麼說嗎？
她還能夠說得出這種話嗎？
即使到了這般田地，面對現在的我。
面對這樣的我。
「不過，原本啊——無論是小乃或小兔，抑或其他人，都是人家以阿伊繼承者的身分找出來的人們。雖然無論哪個人都並非好應付的對象——儘管如此，即使所有人合力奮戰，結果也還是比不過阿伊一個人呢～不過，話雖如此，即使是失敗作，『集團』

仍然是阿伊的替代品。倘若阿伊跟『狐狸先生』是絕對會敵對的宿命，人家們的『集團』，跟『沙漠之狐』會彼此敵對——或許也可以說是理所當然，一點都不奇怪吧。」

「我的——替代品嗎？」

「雖說是替代品，但真的是失敗作呢。我說過對吧？怎麼有人能夠替代阿伊呢。雖然現在已經因為口耳相傳，被說得像是傳奇性的恐怖份子一般，但結果還是支連一個世界都破壞不了的脆弱軍隊啊。如果是跟阿伊，如果一直維持那樣，別說世界，甚至能夠破壞宇宙呢——但人家們別說是狐狸了，就連一隻小貓都殺不了。阿伊的替身——結果還是沒人能取代的唷。無論是小乃、小兔或是其他所有人。」

「那倒也——未必吧。我的替身什麼的……雖然妳那麼說，但從兔吊木那傢伙的角度來看，是能夠極為簡單地辦到的事吧。雖然兔吊木為什麼會那樣執著於我的理由，我好像因此而瞭解了——」

「啊啊，原來如此。這樣啊，那是那麼一回事呢。但是——那畢竟只是嫉妒罷了。真是渺小啊，一點都不像小兔。從人家的角度來看，那種事明明一目了然。沒有任何人能夠成為阿伊的替身啊。」

玖渚淡淡地說道。

彷彿在朗誦圓周率一般淡淡地。

「理由有兩個。想聽嗎？」

「……」

「第一個理由非常簡單。首先，必須被人家所愛才行對吧？這除了阿伊之外絕對是不可能的。因為人家雖然無論是誰都喜歡——但愛的只有阿伊而已。」

玖渚似乎稍微笑了。

難以直視。

是難以直視——的笑容吧。

我無法看向她。

「然後第二個——以理由而言，這一點更具決定性呢。倘若要在人家的身邊——想要站在阿伊所站的位置上，就必須打從心底厭惡人家才行。」玖渚說道。「這是小兔或小乃——絕對辦不到的。」

「我——」

胸口好痛。

沒有風。

我不經意地俯瞰地上。

實在太過於——渺小。

世界看起來好小。

微不足道——

「我喜歡妳這個人。」

「喜歡。」

「對，喜歡。」

「有多喜歡人家？」

「就算要我死也無所謂。」

「那——有多討厭？」

那簡直就像是——

宛如循序漸進一般理所當然地接連下來的質問。

「阿伊有多討厭玖渚友這個人？有多討厭把阿伊的人生弄得一塌糊塗的人家？有多討厭把阿伊的妹妹搞成了殘渣的人家？有多討厭在阿伊是個沾滿了罪惡和汙濁的少年時，將阿伊停止在那個時期的樣子，倘若沒有相遇，自己絕對會比現在要好多了的人家？」

「……小友——」

「討厭到就算要你死也無所謂？」

「——我」

「我想，應該是討厭到要殺了人家也無妨、要破壞掉也無妨吧——按常理來想的話。」

——你。

你其實是討厭玖渚友這個人吧？

兔吊木垓輔的——戲言殺手。

不過，由於是以詼諧的語調，可以說簡直就像是把我映照在鏡子上一般舌燦蓮花的那男人所說的話，因此乍看之下實在難以那麼認為；但是——

既然戲言原本就是隱藏真實的手段。

真實本來也是湮滅戲言的手段。

「明明是那樣——」

就在這時，第一次——

在玖渚的話語中包含了像是感情的感情。

「阿伊你——卻不會討厭我或丟下我不管的——對吧。」

那是——那股感情是——

恐怕可以稱之為憤怒吧。

那是被稱之為憤慨的感情。

「為什麼？」

「為什麼——就算妳這麼問——」

我也無法回答。

我怎麼可能答得出這種問題。

……不，不對。

並非無法回答，是已經回答了。

因為——我喜歡妳。

因為我喜歡妳。

因為喜歡，所以無法厭惡。

因為喜歡，所以無法反抗。

只是這樣而已。

只是如此簡單明瞭的事。

從那一天開始。

從最初相遇的那天開始——但是。

玖渚一定不會接受這個答案的。

那並非玖渚所尋求的回答。

那樣曖昧又不確實的理由——

玖渚友並不需要。

在斜道卿壹郎研究設施裡——玖渚友在那時，看著眼前被刻畫得殘破不堪的屍體時，浮現出來的那個笑容。

打從那個時候——就已經開始了。

然後——

打從相遇時，其實就已經開始了。

這不是理所當然的嗎？

「吶，回答我呀。為什麼？為什麼阿伊不會討厭人家呢？如果能夠討厭人家——明明可以非～常非～常輕鬆的。」
「比——比起那種事——」
我——
並不想在這裡對玖渚使用戲言。
彷彿亡羊補牢一般，到了這般田地還不死心。
因此我轉移話題。
轉移。
但是——這裡已經是死胡同了。
能夠轉移的目的地實在有限。
就連轉移過去的目的地，也是走投無路。
「小友。聽說妳——已經快要死了？」
「……」
「聽說妳無論何時死掉都不奇怪。統乃小姐是這麼說的。這是真的嗎？」
「嗯，真的。」
玖渚很平常地點頭。
並非虛張聲勢，但也不是在開玩笑。
極為普通地點著頭。
彷彿從很久以前就明白了一樣。
「不過啊～小乃還真是個大嘴巴，傷腦筋呢。口風緊得像個膽小鬼這點，是我最喜歡小乃的部分——是跟阿伊最相似的部分。她還真的是多管閒事呢。替代品終究只是替代品，仿造品仍然是仿造品，是無法取代正牌的。什麼完美的替代品根本就不存在，不可能存在。雖然我說了好幾次，要我說幾次都行，阿伊真的是無可取代的唷。」

「那種事根本無關緊要——我這個人根本無關緊要。我並非在討論關於我的事。那麼，那到底是怎麼一回事？為什麼要瞞著我？妳——打算瞞著我死去嗎？如果統乃小姐沒有告訴我的話——會變成直到所有一切都結束為止，我都毫不知情嗎？」

就跟六年前一樣。

直到所有一切都結束為止，都在狀況之外。

在世界的正中央，處於狀況之外。

擁有自覺症狀的無知。

自知身高卻沒有自知之明的人。

像那樣的感受——

又要再度承受了嗎？

當然——這我早就知道了。

這種事我早就知道了。

玖渚什麼時候會死這種事。

原本她就是個剎那般的少女。

光是現在能活在一瞬之間，已經是奇蹟了。

「這不是早就知道了嗎？」

玖渚彷彿看透我內心似地說道。

她大概正揶揄地笑著吧。

就彷彿在觀看屍體一般。

「至少——對阿伊而言，是早就知道了的事吧。本來人家活著一事本身，就是不自然的。就像是錯誤硬是存活著一般。彷彿活了好幾百年，不死永生的少女一般，原本是不可能的存在的——這種事情，不是早就心知肚明了嗎？這藍色的頭髮正是劣勢的證明。」

沒錯——我早就知道了。

所謂的死是怎麼一回事。

所謂的生是怎麼一回事。

倘若說因為活著才會死去的話——

活著這件事，是多麼的不自然。

要是那樣的話——

光是活著，就彷彿要死了一般。

當然，這種事我絕對不會在說是最愛也不誇張的自己妹妹面前提起，是隻字不提的——但在跟我兩人獨處時，少女的兄長，玖渚直曾無意間看似沒有特別感慨、當真很不可思議似地感到疑問地自言自語道：

『為什麼我的妹妹——不會死？』

那一定是被殼包住的發言。

正因為是連對自己本身也不說真心話、堅強又脆弱的直大哥——才會因無意識之下的控制，將話語講得比較婉轉。

他其實是這麼想的。

為什麼我妹妹會活著？

實際上，那是非常普通的——

並非特別殘酷的普通意見。

無論是什麼時候的都行——無論是幾歲時的都行，只要看看玖渚友那大概有一般人三百倍厚度的成堆病歷表，無論是誰，都會因那異常的程度而無言以對吧。

然後這麼想。

為什麼她會活著？

所以說——並沒有任何不自然。

只是死而已。

只不過是死而已。

只是玖渚友——要死去而已。

就跟有一天世界會滅亡一般地理所當然。

就像是有一天世界會終結一般。

就像是有一天故事會終結一般。
不過是有一名少女死去而已——
但為什麼會如此地。
我明明逃避了。
我明明曾經一度——逃避了那件事實。
玖渚友會死去。
會壞掉。
能破壞。
能殺害——我明明逃避了這樣的現實。
明明是我將原本就容易死去的少女——
弄得更容易死去。
「人家先把用不著說的話說在前頭——並不是阿伊的錯。這是從很久之前——就已經注定好的事。至少對人家本人而言，是從很早已前就已經知道的事了。好像是八月的時候吧，人家不是說過嗎？似乎差不多有危險了。我可是有確實布下伏筆了唷，因為人家想到假如人家突然死掉，阿伊大概也會很吃驚吧。」
「但是——」
這可不只是大吃一驚的問題。
因為——在那之後。

妳不是說過嗎？

說已經不要緊了。

妳說從今之後——已經不要緊了。

「啊……那個啊。嗯，那個啊～人家真的是有點失敗呢。真難為情呀。現在想想，真的是說了些多餘的話。讓阿伊抱持了多餘的希望——而且，」

玖渚說道。

「還淪落到要做根本不想做的夢。」

「……」

「一開始呀——人家是打算馬上收回的。騙你的啦，其實人家馬上就要死了——人家原本是打算這樣輕鬆地告訴你的。不過——」

「因為阿伊很高興咩。」

玖渚看來很悲傷的樣子。

我甚至認為，她說不定正哭泣著。

不過，她大概並沒有在哭吧。

玖渚友是——無法哭泣的。

就如同我無法笑一般。

即使流下眼淚，實際上卻沒有在哭泣。

「人家沒想到阿伊會那麼高興。」

「……」

「本來是打算在最後捉弄你一下的呢——因為人家想，倘若人家從今以後也一直待在阿伊身旁，阿伊一定會感到厭惡。」

「厭惡——怎麼可能——」

「雖然對你不太好意思，但人家一直以為是謊言呢。」玖渚說道：「阿伊雖然嘴上會給人家很多建議，也會從態度上盡量表現出來——但人家一直認為，你在心底一定是討厭人家的。雖然人家相信阿伊——但那只是無論謊言或真實，都無所謂地相信罷了。人家並非當真唷。」

「……小友。」

「即使阿伊說喜歡人家，雖然人家能相信那句話，但卻無法當真呢～」

「我還真是……沒有信用呢。感覺就像放羊的少年。」

「放羊的少年是說謊騙其他人狼來了對吧？阿伊是說謊騙其他人根本沒有狼唷。這差別雖然看似無關緊要，但其實相當具決定性呢。」

「但是——我——」

「嗯。因為那是你真正的反應，所以人家大吃了一驚呢。先不論喜歡或是討厭——阿伊會替人家感到高興這點，讓人家非常意外。先不論喜歡或是討厭——至少阿伊是認為身旁有人家也無妨的呢。」

「那是當然的吧。」

這番話裡不禁交雜了幾分憤慨。

我好不甘心，她竟然是這麼認為的。

不，我也並非不能理解。

能夠被相信——還有能夠被原諒。

無條件的信賴、無條件的寬容。

我無法忍受玖渚帶來的那些種種這點是事實。結果那種感情以正好相反的形式從我身上反射回去——那自然便成為惡循環。

有什麼是理所當然的？

即使我的話語有傳達給玖渚——

我的感受仍然沒有傳達給玖渚。

這種事倘若從玖渚的角度來看——

無論有沒有傳達到，都是一樣的。

仔細一想，這實在非常滑稽。

是打從心底的真實話語也好，

是嘴上構築的虛構話語也好，

竟然都只能——發出同樣的撼動。

一旦事情演變成如此極端，那麼被相信跟被懷疑一事，這些不都已經幾乎變成能夠交換的相同價值了嗎？

所以——我才討厭。

無論是被相信。

或者是被原諒。

我都討厭。

「你的求婚讓人家很高興喔。無論是謊言，抑或真實。老實說，雖然那並不太像是現實中會遇到的事——因為人家也很難想像都事到如今了，阿伊還能夠在玖渚機關裡順利行動——不過，儘管如此，人家還是很高興喔。高興到都不想死了。」

「……沒有任何辦法了嗎？」

我這麼說了。

彷彿垂死前掙扎地說道。

「不能想個辦法——延長生命嗎？倘若動員整個玖渚機關的力量，應該沒有不可能的事吧。如果說那並非你們的專業，我也可以哄騙那些『殺之名』還『咒之名』的魑魅魍魎們，把他們帶來——更何況，即使不特地去請人幫忙，只要有妳的智慧，應該想得到迴避死亡的方法吧。」

「嗯～」

我知道這是在無理取鬧。再說倘若有那種方法，她早就實行了吧。簡直就像小孩子，我這麼心想。這樣只不過是個試圖忽略不想承認的現實，平庸的、度量狹窄的、無可救藥的、不明事理的小孩。

不懂得計算。

不懂得限度。

不過，那是——可以說是玖渚友的寫照。

既然如此……

「嗯，這個嘛。」

玖渚難得地有些支支吾吾。

「該怎麼說呢——雖然人家不知道小乃說了什麼，可以確定的是身體已經不可能再構成身體——這跟至今為止的身體異常是無法相提並論的問題，『無論何時死掉都不奇怪』這種表現，嗯，倒也沒什麼不對呢。但是——儘管如此，嗯，就人家所計算的範圍內，在這之後，別說兩年或三年——應該還存有活下去的可能性吧。」

「有可能嗎！」

「……」

面對熱切關心的我——玖渚以沉默應答。

這麼說來。

無法直視玖渚的我。

從剛才開始，跟玖渚完全沒有面對面。

明明就在彼此身旁——

正因為待在彼此身旁。

才無法面對面。

無法面對面的隔壁鄰人。
藍色學者與——戲言玩家。
「我的意思是，機率並非零唷，阿伊。」玖渚沉默了約十秒之後，開口說道了。
「仔～細聽清楚囉，阿伊。」
「什麼啊？」
「零點……」
玖渚她——
將話語累積了很長一段時間之後，
「零零零零零零零零零零零零零零零零、三。以下省略。」
這麼說道了。
「………」
「不是百分比唷。是比例。」
單位——不一樣嗎？
在這邊又——
「當然，這伴隨著相當的代價。要是做到這樣來到達終結，是絕對不可能毫髮無傷的。人家偏頗的才能，大概會變得更加偏頗吧；嗯，而且會變成無法稱之為才能的才能吧。人家的智慧應該會淪陷墮落到可說是愚昧也無誤的領域。抑制——枷鎖跟鎖鍊也不只現在這樣，會被束縛得更緊，大概會變得只能拖累阿伊的腳步吧。首先視力應該會幾乎喪失——頭髮一定也會變黑吧。比凡人還要不如。」

「……」

「即使付出了那樣的代價——也只有那樣的機率。這是經過嚴密的計算，沒有任何偏袒——即使這樣，人家也認為既然如此，乾脆用更寬鬆的標準去計算就好了呢。」

玖渚「嗯」了一聲，這時像是對自己的話語在確認什麼似地點頭同意。

然後她繼續說道。

「……不過呀。阿伊，雖然只是推測——儘管如此，人家原先還是認為這種程度的機率應該可以成功吧。只有人家的話，就暫且不論——但倘若阿伊在身旁的話，喏？」

「………」

「因為阿伊的運氣真的很差嘛。」

「……那——」

「但是——如果阿伊說希望人家活下去的話，那也已經是不可能了呢。人家只能死了。」玖渚說道。「這是個賭注——小乃會到某處去，雖然人家想大概是去阿伊那裡吧，之所以沒有阻止她，是因為人家認為阿伊說不定不會到這裡來。如果說，那次求婚也好，像那樣替人家感到高興也好，倘若這些都是阿伊的謊言——人家說不定能夠存活下來，人家原先是這麼想的。」

玖渚這時嘆了口氣。

並沒有充滿怨恨的感覺。

但是——

那股嘆息卻像是在斥責我一樣。
彷彿在說唯有這一點，唯有這一點是我的錯。
「如果說——」
玖渚繼續說道。
語調依然不變。
從不同角度來聽，感覺像是有些疲憊。
「如果說阿伊真的打從心底，不，別說到底，即使是在內心的某個角落、或是表面，當然是正中央也行，即使一丁點也好——能夠討厭人家的話、在那次求婚的話語中，即使是一點點也好，夾帶著謊言的話；雖說這不具現實性，但說不定至少可以結婚呢。」
「……」
「雖然大概沒辦法生小孩吧。」
是誰——預料了這點？
究竟是誰預料了這點？
身為戲言玩家的少年——
沒想到是當真喜歡藍色的少女。
沒有扭曲。

純粹地。

甚至讓人發笑一般的率直。

甚至會讓人感到悲傷一般的，以全心全意。

我對玖渚友——是真的喜歡。

喜歡到甚至無法討厭她。

甚至無法去厭惡她。

連我自己都沒想到。

我真的喜歡她。

從六年前開始——現在也依然不變。

直到現今，都不曾中斷。

直到現今，都不曾改變。

一開始是復仇。

一開始——明明是復仇。

直到最後——明明都是為了復仇。

但從一開始直到最後，都還是喜歡。

即使其他一切都是謊言，只有這點是真實。

即使一切都是謊言，只有這點是真實的。

即使是謊言，也是真實。

狼並不存在。

根本就沒有狼。
我一直這樣主張。
我一直這樣吶喊。
直到聲音沙啞、喉嚨枯竭為止。
既然如此，這便是——當然的結論。
可說是早就明白的預定調和。
是命運——也是故事。
已經看透的——結局。
「我……我不能忍受妳的生死竟然是由我的運氣好壞來決定。雖然不是只限於妳——拜託別不管什麼事都拿我來當理由、拿我來當根據。太沉重了。實在太沉重了。妳的信賴跟妳的包容——都沉重到我無法忍耐。」
「哈哈。」
玖渚出聲笑了。
「總覺得有點怪呢~仔細一想，跟阿伊像這樣感覺很認真地在聊天，說不定是頭一遭呢。」
「……」
「感覺之前總是在說一些沒有意義、無濟於事的話題呢。淨是些沒有內容，彷彿下一秒就會全部忘記一般、無關緊要的話題。明明認識了那麼長一段時間呢。」
我一直那麼認為。

但是——

我已經無法那麼認為。

「這也難怪，畢竟空白期間實在是太長了點，加上人家又是家裡蹲的繭居族，實際的接觸時間大概也沒多少吧。」

「但是——」

我說出來了。

「在我內心裡，妳的存在實在太過巨大了。」

「……哦～」

「甚至讓我認為可以拋棄其他所有一切。」

這是真心話。

事到如今，這成了我的真心話。

沒有虛偽、沒有戲言的真心話。

對於確實跟六年前有所不同的我而言，雖然喜歡的事物跟想保護的事物，除了玖渚友以外還有很多——儘管如此，唯有玖渚位於其頂點一事是不會錯的。

只有這點是無法改變的。

順序的變動是不可能的。

倘若是為了玖渚，要犧牲其他一切也無妨。

例如只要玖渚希望——

我可以殺了任何人。
無論是美衣子小姐或哀川小姐。
無論是崩子小妹妹或繪本小姐。
我可以殺了任何人。
只要玖渚希望，我就會殺了他們。
我可以割捨掉任何東西。
就宛如——殺人鬼一般。
粉身碎骨。
粉身碎骨到不留任何碎片。
我會殺任何人。
我能夠殺任何人。
能夠毫不迷惘地殺掉最喜歡的那些人們。
對於這樣的自己——
我感到非常驕傲。
不覺得羞恥，也沒有罪惡感。
我這麼認為。
對我而言，玖渚就是——全部。
玖渚友是完美無缺的。

我知道——這一點。

「光是完美無缺，並不是好事呢。」

玖渚說道。

她又再度彷彿看透了我的內心一般。

「所謂的完美，是很乏味的。」

「……」

「所以人家才需要缺點。需要束縛。需要枷鎖。需要——鎖鍊。」玖渚這麼說。「這是絕對必要不可欠缺的。然後最重要的——是需要韝。」

「……韝——我嗎？」

「這種事情，其實必須直到進棺材都不能說出來——儘管如此，算了，反正難得嘛，嗯，就當作是給小乃面子，人家還是告訴你吧。至少，對阿伊而言，人家並非必要不可欠缺的——但對人家而言，阿伊則是必要不可欠缺的唷。」

「為什麼——」

當然，我心裡明白。

玖渚她光靠自己一個人是活不下去的。

由於那太過偏頗的才能，使得她擁有過多的缺點、過多欠缺的零件——她的存在並不適合於日常生活之中，必須有類似我、「集團」的兔吊木或統乃小姐一般的人來支撐那嬌小身軀，打個比方就是必須有個《麥田捕手》的捕手角色待在她身邊才行。

但是——

倘若說，像是剛才所說的一般。

如果說那些缺點是她強加給自己的枷鎖與鎖鍊——事情就會整個變樣了。即使不可能連肉體上的異常都是演技，但關於精神方面的部分——

「騙子。」

玖渚說道。

「如果要說騙子——比起阿伊，倒不如說人家或許才應該背負這個名稱呢。」

「……這是怎麼回事？」

「呵呵。因為人家既沒辦法使用像阿伊一樣的戲言，又只能道出率直的話語；所以所謂的戲言玩家是只屬於阿伊的東西——但是，身為一個騙子，人家可是比阿伊還要厲害上好幾倍唷。因為——」

玖渚的身體輕輕地晃動了一下。

她大概是將體重往前移動吧。

我還以為她會就那樣掉落下去。

不過——

她的雙手牢牢地抓著欄杆。

不會掉落。

她還——不會掉落。

她的話還沒有說完。

「雖然阿伊沒辦法連自己都欺騙——但是人家就連自己都能欺騙。」

人家可以對自己說謊唷。

玖渚這麼說了。

「以騙子來說，這是最高境界了吧？」

「……是啊。就像是密傳的最終奧義一樣。」

如果是在無意識之中偽裝自己——

這是大家都在做的事。

如同我平時就在那麼做一般。

但是——倘若能刻意地——

有意識地去偽裝自身的精神——

那與其說是謊言，不如說已經到達催眠的境界了。

舉例而言。

例如用右手也能操弄筷子一般，

倘若有人能夠操作自己的意識跟記憶——

假如有人能夠辦得到。

那已經是騙子的最終型態了。

那種事——

需要龐大的記憶力和龐大的集中力。

除了擁有龐大認知能力的玖渚以外，是不可能的。

即使是玖渚本人——

究竟——

為什麼需要做那種事？

她是自願將鎖鍊綁在身體上的嗎？

她是樂於將鎖鍊綁在身體上的嗎？

「因為人家需要弱點。」

玖渚說道了。

「因為人家需要脆弱的一面。需要虛弱的一面。需要缺點。需要缺陷。」

想要脆弱的一面。

想要虛弱的一面。

想要缺點。

想要缺陷。

想要——弱點。

「以前呀，人家是弄錯了。」

「妳說以前——是多久以前啊？」

「剛生下來沒多久。」

玖渚並沒有特別懷念地說道。
彷彿並非在談回憶，而是在談記憶。
「因為人家是個機靈的人嘛。所以馬上就知道了。這裡——並非人家應該誕生的世界。」
「啊啊，弄錯了——人家是這麼想的。」
「——妳的說法好像是弄錯了路一樣啊。」
「嗯。就類似在一開始的轉角，弄錯了左右邊一樣呢。不過，因為左右邊是種根據人面向哪邊就會調換過來的曖昧概念，說不定實際上是哪邊都無妨——但是，弄錯了。失敗了。雖然阿伊經常說自己的人生像是錯誤跟失敗的連續——儘管如此呀，即使那是真的，但阿伊誕生在這個世界一事，其本身一定是沒有錯的。」
「沒那回事。」
「就是有那回事唷。而且沒那回事的是——人家。一開始的一開始，就是錯誤了。所以說——人家的情況，就像是在補救那錯誤失敗一般的人生。至今為止的十九年間——不，已經即將二十年了嗎？假如趕得上的話。」
「妳——不適合這個世界這點我明白。妳優秀到這種程度一事，是無庸置疑的——」
「不適合。不過仔細一想，這也是彷彿謊言般的話語呢。更直接了當地——或許該說是在世界的對面吧。」

「……是必然吧。」

我自暴自棄地說道。

玖渚家。

倘若考慮到玖渚機關的性格——這是必然的。

栞外、式栞、參榊、肆屍、伍砦、陸枷，跳過柒的姓氏、捌限——還有統領這些的玖渚機關。

外和栞、榊之屍、砦與枷、還有邁向大限的渚。

換言之，那便是詛咒的話語。

欠缺第七名的理由也在此。

因為玖渚友是——純血。

純潔且——純血。

就這層意義而言，玖渚機關和其周遭的人事物，可以說全部都是為了玖渚而存在。

藍色頭髮是劣勢的證明。

那顏色一直——被追求著。

啊啊，是這樣啊。

所以是——鎖鍊嗎？

玖渚友。

想影真心。

還有哀川潤也包含在內——起源是相同的。
根源不變，是相同的。
只不過——哀川小姐跟真心是在僅僅一人、僅僅一名男子自以為是的意圖下所製造出來的存在，玖渚則不同，她是——並非任何人的意圖，是因為渺小的偶然、因為機率上的問題，在漫長悠久、跟永遠相比也毫不遜色的歷史之下——以歷史為雛形被創造出來的存在。
怪物。
妖物。
異物。
歷史所孕育出來的——
世界所製造出來的世界對岸。
是自我矛盾。
但是——什麼完美。
在這世界上被稱為完美的事物什麼的——
「完美是種錯誤。」
玖渚靜靜地說道。
「所以說，人家會追求其他某人。因為不那麼做的話，就無法活下去。這個性格——」
這個性格也是人造的。

這個性格也是偽裝的。

「是靠自己設定出來、最適合活下去的性格。樣品記得是阿伊的妹妹？不過，阿伊的妹妹跟其他的孩子們，那時候性格也還沒定型呢——開玩笑的，就像人家！這樣吧。」

——是什麼時候的事呢？

我曾經把小姬看成玖渚。

我曾經試圖將六年前，沒能幫助玖渚的份——藉由幫助小姬來彌補。

因為玖渚跟小姬相似。

但是——當然小姬並不認識玖渚。

她也不曾見過。

所以說，結果那是——從我的角度來看，是因為她擁有讓人最無法置之不理的性格吧。小姬所扮演的那個性格，用毫不掩飾的說法來形容就是一般的演技——並非小姬本身。

那只是小姬的處世之道。

但是——玖渚友她也——

在純粹的意義上並非原創品。

並非人類的她——

身為人型而需要性格。

曾經身為其中一環的，我的妹妹。
那種事情——
那種事情我早就知道了。
在六年前我早就已經知道了。
是常有的事。
因為是常有的事。
但是——殘酷的是，玖渚友的情況——
是那並非處世之道也非演技。
是她的天性。
是她的本質。
沒有任何其他東西。
因為——

她是空殼。

正因為空無一物——才需要殼。
就只是那樣而已。
需要安裝。
需要安裝後的——重新啟動。

「殼和——鎖鍊。所以說，」

玖渚低聲地像是在發牢騷一般說道。

「人家一直——打從一開始就在尋求阿伊了唷。尋求無可取代的阿伊。甚至不需要其他東西，即使是世界也一樣。」

「嗯……因為我就像是缺點的集合體嘛。對於沒有缺點的妳而言，應該再適合不過了。對於缺點就是沒有缺點的妳而言——」

雛鳥。

那是直大哥說過的話。

但是，要說是雛鳥，實在是太過於——

玖渚友實在是太過於——

「阿伊，喜歡人家嗎？」

「……我說了喜歡啊。」

「人家我啊，」

「喜歡阿伊。」

玖渚說道。

「……」

「打從一開始，阿伊就是理想。」

人家一直在尋求**類似阿伊這樣的人**。

替代品什麼的——根本不存在。

對這個世界。

人家一直在尋求——

願意一起以世界為敵的人。

想要有個朋友。

「……那妳應該很失望吧？實際上碰面的實物，竟然是這副德行。」

「不會。還超出人家的預期。」

「缺點充斥到超出妳的預期嗎？」

「嗯。」

「別在這邊點頭同意啦。」

「應該說——」玖渚稍微選了一下詞彙。「除了阿伊之外沒有別人了呢。能夠到達人家這裡來的**人類**。能夠突破玖渚機關的防禦到達人家這裡來的人，除了阿伊之外沒有別人了。就連『害惡細菌』兔吊木垓輔——就連那名破壞與破壞與破壞的專家，都還是由這邊主動打招呼的唷。」

「這是……偶然啦。」

沒錯，是偶然。

我能夠到達玖渚機關的中樞——這件事倘若想用偶然以外的話語來表現，那已經是無可救藥地偶然到除了必然以外無法形容。

我只是自暴自棄罷了。

我只是自甘墮落罷了。

我曾經好幾次無數次走過危險的橋。

從不曾想過要安穩地走過去。

倘若為了跟玖渚機關接觸所必要的手段只有那一點——那已經等同於沒有手段了。

更何況……

結果我在最後，還是拜託了直大哥。

將我引導到那個沙坑的是直大哥。

那個場所。

我跟玖渚的相遇是——

討人厭的少年跟藍色少女的相遇是，

透過少女的哥哥所演出的戲碼。

究竟——

大哥是用怎樣的心情。

讓我跟玖渚相遇的呢？

讓最愛的妹妹跟——

失去了妹妹的我。

「人家只有阿伊而已。」

「所以人家絕對不想放手。」

「……」

「所以我才會詛咒了阿伊。」

玖渚真的是靜靜地說著這番臺詞。

「用詛咒的話語施以束縛。」

用詛咒的話語——

詛咒的鎖鍊。

「因為阿伊是好人嘛。」

「好人？」

「其實是好人。其實是個溫柔的人。這樣說出來雖然非常陳腔濫調，嗯，不過，真的就是那樣，就是那個片語。其實是個溫柔的男人，戲言玩家，阿伊。」

「為什麼——大家會這麼說呢？對我這個彆扭又派不上用場的人。」

「很簡單啊。因為你其實很溫柔且其實是個好人。因為你真的很溫柔又真的是個好人。」

「如果真是那樣，不知該有多好。」

「因為要不是那樣的話——是沒辦法陪人家走到這種地方來的。」

從沙坑——直到屋頂上。

「就跟之前說過的一樣——雖然在中途逃跑一事，人家有一點生氣——但是，儘管如此，阿伊還是回來了。即使不光只是為了人家，還是回來了不是嗎？」

「其實——以我的立場而言，是很想陪妳從搖籃走到墳墓的。但是，即使這麼說——就這個結論看來，是一樣的意思嗎？」

沙坑是搖籃——屋頂則是墳墓。

要說很像玖渚友的作風，確實是很像玖渚友的風格。

不曉得在想些什麼的殼。

考慮到所有一切的、裡面的空殼。

然後——抬頭仰望，拓展開來的天空。

大概聊了多久呢？

東邊的天空逐漸發出微弱的白光。

沒有任何東西——可以遮住那道光。

不存在於任何地方。

好高。

這裡一定是——最高的場所。

宛如墓碑一般。

「無論如何阿伊都是必要的。只有阿伊是不能讓給任何人的。無論是小直或小霞——都不能讓給他們。當然，也不能讓給世界。」

不能將阿伊讓給區區一個世界。

那就是——

幼小、純真無暇的天才的思念。

是她唯一的願望。

不期望其他任何事物。

是那般強烈的祈禱。

無論是思念、願望、期盼、跟祈禱——

都只有那樣而已。

夢。

那是場夢。

出了差錯而誕生的——宛如故事誤植一般的藍色少女，就連活著都十分困難的藍色少女，儘管被稱為學者，卻迫切地夢想著那樣的現實。

所以——

所以才絲毫無法實現那願望。

真滑稽。

在我的面前——那種希望怎麼可能會實現。

是不可能實現的。

那種事情……明明不做就好了。

倘若沒有我——只要沒有我的話——

只要沒有我，玖渚就可以還算幸福地跟自己製造的殼，在名為玖渚機關的牆壁之內，在箱子裡面生活——

照理說可以過得還算幸福的。

我……但是。

儘管如此，我還是想拯救她。

那——並非謊言。

而且玖渚也——沒有在尋求那種中庸。

結果，她是個具有天才氣質的人。

而且是個偏執狂。

她從以前開始——大概現在也是。

她並不會尋求終極以外的任何事物。

所以我也陪著她一路走來。

在尋求終極的少女身上——降臨了終極的不幸。

然後。

機械裝置的少女結束了。
開始故障的少女——壞掉了。
讓她結束跟破壞掉她的人都是我。
無論誰怎麼說。
即使玖渚肯原諒我——我也無法原諒。
「人家會壞掉是因為人家的錯唷。」
但是——
玖渚卻這麼說了。
「在設定上出了問題呢。打從一開始。人家知道要將像阿伊這種不確定因素，試圖控制在自己之下一事本身就是個錯誤。所以人家才反過來積極地想讓阿伊握有主導權——但是，正因為無法持續握有主導權，才會是戲言玩家呢。啊，呃～是小霞對吧？最先稱呼阿伊為戲言玩家的人。嗯……這種情況，應該說『看出』嗎？」
「怎樣都無所謂啦——這種事情。」
「嗯。無論如何，都說得很貼切呢。對與生俱來的戲言玩家——賦予了戲言玩家這個記號的小霞，真的是大功臣呢。這可是價值千金的命名品味。呃～這個是叫做姓名學嗎？」
「妳的……『藍色學者』也是那個人取的嗎？」
「是啊，那名字不錯。但是之後的『死線之藍』就有點玩過火了呢～雖然在同伴間頗受好評，嗯～不過那些同伴又是『害惡細菌』還『屍』之類的人。」
「其他人——呃，叫什麼來著？之前曾聽過嘛。『雙重世界』跟『罪惡夜行』、還有『永久立體』『狂喜亂舞』『凶獸』『街』嗎？雖然我忘記名字了……不過這樣一看，嗯，只有『小豹』這名字異常地普通呢。」
「因為小豹他啊——是對名字沒什麼興趣的人。因為名字是綾南豹，就成了凶獸（cheetah），他就是這麼單純唷。」
「豹的話應該是 panther 吧？」
「嗯。小兔用燦爛得不得了的笑容，很雀躍地吐槽了這點唷。」
「唔哇……」
那景象光在一旁看都覺得討厭……
「『就請身為動物博士的你負責探索方面的工作』，因為這樣，小豹就成了探查員呢。」
「是諧音笑話喔？」
「但是——那個品味大概算是最好的吧。既然這樣——說不定也給『集團』取個正式點的名字比較好呢。如果是小霞——究竟會將人家們的『集團』取什麼名字呢……」
「…………」綾南豹。
在「集團」解散的現今，他依然——
信奉著玖渚友，過著監獄生活，跟我同年紀的人。

「不過……比起『死線之藍』，我也認為『藍色學者』要好多了。『死線』什麼的，實在危險到讓人受不了。」

「嗯。打從一開始，就出了紕漏。阿伊的仿造品什麼的——根本製作不出來。全部都白費了。啊哈哈，對大家真的很不好意思呢——不過，小乃、小兔跟小豹，應該都各自獲得了樂趣，人家也沒義務道歉就是了；但儘管如此，還是讓年紀一把的大人陪人家製作模型、製作人家的庭園呢。不過……那些事正確地說，只不過是消遣罷了。」

「……消遣？」

「唉呀。人家說溜嘴了嗎？嗯～果然要跟阿伊談正經事很困難呢。很難抓住時機。老實說，人家跟小潤倒是聊了不少正經事呢——嗯，但是，算了，是消遣。」

「…………」

對兔吊木垓輔——我曾經不客氣地質問過他。玖渚友她——為什麼會建構『集團』，並以恐怖份子的身分進行活動？為什麼學者會化身為死者的卡片？她那時究竟對自己指派了什麼？

兔吊木他——是怎麼回答的呢？

是她……

因為是她期望那樣子的……？

而那些事情是——

「消遣。」

玖渚友重複說道。

「那是直到阿伊回來ER3系統為止的——消遣罷了。」

「……妳一直認為我會回來啊。」

「雖然人家沒想到你會中輟。但是，你那樣做是比較好。原本預定能撐個十年的『集團』，也因為『狐狸』的出現，壽命被縮減到一半以下。」

「……看來，狐狸先生對妳人生的影響，似乎比我所想的更深刻啊。不過，對那個人而言，這些瑣碎的事，他是否還記得已經很難說了……」

倒不如說，雖然有潤小姐跟真心兩人份的「緣」跟聯繫，倘若知情的話應該多少會提到一些，但狐面男子大概不曉得統治「集團」的「死線之藍」，就是玖渚友吧。

嗯～

是沒那麼出名嗎？

那麼，問題就變成為什麼伊梨亞小姐會知道了……

是跟那座島的事情有關嗎？

「阿伊回來了，如預料的一般。」

「…………」

「為了見人家而回來了。」玖渚說道。「你把死去的朋友——跟人家重疊在一起了呢。之所以會中輟，也是因為這個理由嗎？呵呵，在這層意義上——人家確實是把阿伊掌握在手心裡了呢。」

「在手心裡——」
「阿伊你，」
「無論看著誰，都只會想到人家的事。」
「無論喜歡上誰，無論討厭了誰——那些全都會跟人家比較起來。那個人的哪裡跟玖渚友相似、哪裡跟玖渚友不相似；這個評價會首先擺在前頭——人家是絕對到無法比較，同時也是不得不比較的評價基準唷。」
「…………」
「阿伊最喜歡人家了。沒有人家的話，就活不下去了呢。」
玖渚友不在——
就跟沒有人在是一樣的。
就跟我不在是一樣的。
那麼，那說不定已經並非喜歡或討厭那種層次的問題。
像是空氣、
水、
藍天、
太陽之類的——跟那種東西一樣。
「……那就是妳的詛咒嗎？」

「嗯！」

玖渚她——活力充沛地點頭同意。

「就是那樣，阿伊。」

「………………」

「阿伊，喜歡空氣？」

我不知道。

「阿伊，喜歡水？」

我不知道。

「阿伊，喜歡藍天？」

我不知道。

「阿伊，喜歡太陽？」

我不知道。

「阿伊，喜歡——玖渚友這個人？」

「……我不知道啦。」

我說了以前曾經對兔吊木說過的同樣話語。

「妳……究竟打算從我這邊問出什麼？妳打算讓我——說出什麼？友……妳希望我說什麼？只要說我討厭妳之類的，就行了嗎？只要我討厭妳這個人，妳就滿意了嗎？倘若是這樣——」

「妳就能真的死去了嗎？」

沒有任何遺憾。

能夠輕鬆地——死去嗎？

至少最後是安穩地。

「說不定是那樣呢～」

玖渚非常無所謂似地說了。

彷彿在說她對那種事情沒興趣一樣。

彷彿在說自己要死了這種事——

她既沒興趣也不關心一般。

「倘若是那樣，阿伊就願意討厭人家了嗎？假如人家拜託阿伊，希望你討厭人家的話——」

「如果是謊言也無妨的話。」

「所以說，真實也好謊言也好——都沒有關係。只要是阿伊所說的話，無論什麼人家都會相信的。」

就像是我——

只要對方是玖渚友，怎樣都無所謂一般。

「只要對方是阿伊，怎樣都無所謂唷。」

「…………」

「啊啊，你用不著認真地想。剛才那只是單純的質問、疑問。人家只是沒來由地試著問問看。你不用擔心，人家並沒有那個意思。事到如今，人家可沒閒情去在意自己的心情了。因為心情這種東西是能夠隨意改變的。對了，反正都要死的話——人家想受盡折磨痛苦掙扎之後死去。因為人家想體驗活著這件事。」

體驗——活著這件事。

這句話——

不知為何，我聽起來有種怪異的感覺。

傳達出一種奇妙的感覺。

就好像那是——某種關鍵字一般。

因為是活得像死了一樣的我嗎？

不，不對。並非那樣——

真心。

這種情況是——想影、真心。

苦橙之種。

對那位橙色的朋友——

「疼痛是活著的證據唷。無論是心靈或身體，倘若傷口是伴隨著疼痛的東西——你看，受傷也並非那麼糟糕的事。」

疼痛。

換言之那是代表活著。

跟世界——接連著。

表示跟世界聯繫著。

「所以說，現在人家正想著的——只有阿伊的事情而已唷。」

「我的——事情。」

「所以說啊～其實人家本來是想快點揭發開來，跟阿伊快樂地遊玩度過剩下的餘生之後說掰掰，迎接這種彷彿腰斬漫畫一般的結局——但是，因為阿伊——」

「…………」

「因為阿伊很高興的關係。」

因為你真的——替人家感到高興。

原本以為你會失望的——你卻很高興。

原本只是打算稍微小小地捉弄你一下而已。

原本只是打算稍微在最後捉弄你一下而已。

抱持著惡作劇的心態——卻失敗了。

在最後不小心失敗了。

玖渚說道。

「所以——人家現在是想要給阿伊獎勵。回應小乃的前置準備——人家決定只解放阿伊一個人唷。」

「解放……什麼的——」

「人家的東西要放在人家的手邊——雖然這是人家的主義，但畢竟沒辦法帶到陰間嘛。儘管如此，其實人家還是想至少帶走回憶，嗯。雖然人家一直迷惘到現在這一刻，感到非常猶豫不決——可以的話，想就這樣子等到時間截止，是人家沒有虛假的真心話……但是，人家現在決定了。」

「有關阿伊的事，就連回憶都不帶走。」

「……為什麼？」

「所以說，是解放呀。寫成解開放掉，所以是解放。人家要幫你解開詛咒。解開人家對阿伊——從六年前開始，沒有一天中斷過的，對阿伊持續下的詛咒。」

玖渚說道。

「為了讓阿伊成為人家的東西，希望阿伊只看著人家、希望阿伊只聽得到人家的聲音；每天每天持續下的詛咒。人家現在——要幫你解開那詛咒。

幫你解開鎖鍊。

所以——之後你可以隨心所欲了。」

「隨心——所欲？」

「你有想幫助的人對吧？有想保護的人對吧？除了人家以外——又多了很多重要的事物對吧？既然這樣，阿伊就必須珍惜那些事物才行。必須幫助、保護、重視他們才行。」

「那種東西，跟妳比較之下——」

「已經無法再比較了。」

「……但是……已經全部都結束了。跟狐狸先生的戰鬥，已經結束了。那個人說過，已經不會再對我出手了。所以——」

「並沒有結束唷。」

玖渚說了。

並沒有結束。

那是——說不定是那樣。

滋賀井統乃——宴九段她對玖渚說了什麼，說了多少，雖然我並不清楚……但是，的確……並沒有結束。

古槍頭巾。

澪標深空。

澪標高海。

一里塚木之實。

在御苑發生的那件事——

那樁慘劇是僅僅幾個小時前的事情。
「根本還沒有結束唷。」
「但是，友。從我的角度來看，妳比較——跟什麼世界還故事，那種莫名其妙的精神論的偽科學偽哲學比起來，妳要來得重要多了——」
「哦。既然這樣，」

「既然這樣，你願意跟人家一起死嗎？」

那簡直就像是——
那才是真心話一般的平淡。
「跟人家一起從這裡跳下去。」
玖渚啪達啪達地擺動著雙腳。
在距離地上一百四十公尺的高度。
沒有風。
依舊沒有風。
彷彿在說不可能因為意外而墜落一般。
「你願意捨棄掉全部，割捨掉世界的一切，拋棄週遭的所有人，從這邊跳下去，跟人家一起死嗎？」
「…………」

「如果阿伊願意一起死，人家會很開心的。」

我——

我思考了起來。

思考了種種事情。

至今為止的事。

沙坑的事。

六年前的事。藍色少年的事。藍色少女的事。在玖渚機關中樞的旁邊——天真無邪地玩樂的事。下定決心跟世界戰鬥的事。面對世界敗北的事。逃走的事。在對面遇到相同遭遇的事。回來的事。有人來迎接我的事。之後的事。

屋頂上的事。

跟玖渚友之間的、全部的事。

從以前開始，直到現今為止的過程。

現在跟——以前的差異。

現在跟以前的錯誤。

我思考了起來。

我拼命地思考了。

然後——我。

我看向她。

待在身旁——

總是理所當然似地待在身旁，

陪在我身旁一事讓我感覺舒適，

我看向她那邊。

她也正看著我。

彷彿久違似地——

感覺有六年沒看見玖渚友了。

然後我說了。

我回答了——她的問題。

「我不要。」

回應她的心情。

「那件事我辦不到。」

「……唔咿～」

玖渚她——

彷彿由衷感到遺憾似地害羞了起來。

「電池——沒電了呢。」

「……對不起。」

「沒什麼好道歉的啊。」

「對不起……真的很對不起。倘若是為了妳，即使要拋棄掉其他所有一切，我也絲毫不介意——雖然我原本以為就算要死也無妨……但是我現在，已經——不能死了。我——」

我——

抱持著決心和覺悟說。

「我還不想死。」

這樣啊——玖渚輕輕地點頭。

她同意了我的話。

「那……至少，」然後說道了：「請幫助阿伊看成是人家的……那個朋友唷。」

「……妳從統乃小姐那邊聽說的嗎？」

「即使沒有聽說，人家也猜得到唷。苦橙之種——關於那件事，卿壹郎博士也相當在意呢。」

但是——

請幫助她。

請幫助她，這句話，是什麼意思呢？

真心明明已經不要緊了。

照理說應該——不要緊了。

「……答應人家嘛，阿伊。向人家保證，至少你會好好保護那個朋友。」

「…………」

「雖然無論是令妹跟人家，阿伊結果都無法保護跟拯救——就連復仇跟回以顏色都辦不到，但是，跟那些事毫無關係地——」

「好，我發誓。」

我——會讓真心自由。

那是決定好的事。

我要解放——那傢伙。

從所有鎖鍊當中解放她。

「我答應妳。至少會辦到這一點。」

「嗯。那麼——」

她輕輕地微笑。

宛如平常一般地微笑。

用可愛的笑容。

她。

玖渚友她——

解開了在六年前對我下的詛咒。

解開六年間一直下的詛咒——

「阿伊，人家討厭你。」

然後——她跳了下去。

突然且輕盈地——朝向內側。

剛好越過欄杆的高度。

著地音。

就這樣走開。

好想轉過頭去。

好想叫住她。

但是——一切都已經太遲了。

一切都已經陷入了僵局。

為什麼呢，我感到不可思議地想著。

只不過——是死亡這種小事。

為了這種程度的事，就會喪失一般——我跟玖渚之間的聯繫，是如此淡薄嗎？

我們的因緣原來這麼淺薄嗎？

那倒也是，原本身為一般市民的我，跟玖渚機關的直系——原本是沒有任何緣分和聯繫的。

儘管如此——我們卻相遇了。
我們相遇，然後喜歡上彼此。
我的心被玖渚給奪走——
玖渚則是打從心底等候著我。
既然如此，那這樣就行了吧。
這是最適合的結局吧。
玖渚友。
玖渚友的友，是朋友的友。
我跟玖渚——
從旁人的眼中，看起來像是怎樣的朋友呢？
一定是相當異常。
懶洋洋地像是惰性一般。
無法保持平衡。
不曉得到底是契合與否——
但卻又互相意識著彼此。
詭異地互相依靠著彼此的——朋友吧。
但是，那對我們而言，是理想的型態。
我並不打算說什麼兩人一體的話。

能夠待在彼此身旁的話——那是最好的。

那是讓我感到最舒服的狀態。

玖渚友——玖渚友、玖渚友、玖渚友、玖渚友、玖渚友、玖渚友、玖渚友、玖渚友、玖渚友、玖渚友、玖渚友、玖渚友、玖渚友、玖渚友、玖渚友、玖渚友

——

「明明很喜歡啊。」

明明是這麼地——喜歡著。

這世界上有光是那樣根本無濟於事的狀況——這種事我一清二楚，所以我不會喜歡上任何事物，不會和任何人競爭，不會跟任何人友好——

是在哪邊崩塌了？

是誰讓我瘋狂了？

我會恨妳的，友。

為什麼不將我更加確實地、清楚地、穩固地停止下來？

將沾滿了罪惡與汙濁的我——

就那樣停止下來？

不對……

不是那樣……不是的。

倘若如同滋賀井統乃所說，玖渚那老早以前就已經停止的時間開始動起來，是我

的責任的話——這個結局也是我所希望的結果。

我變了。

我開始動了。

所以才會這樣。

這是我所期盼的事。

所以——玖渚她。

玖渚友才會——解放了我。

解開對我下的咒縛。

「喲。」

卡噹、一聲地。

欄杆在隔壁發出了聲響。

沒有逐漸接近的腳步聲，什麼也沒有——只見零崎他走向我身旁，走向玖渚直到剛才為止所坐的位置，然後若無其事地，彷彿那裡是他的老位置一般地坐下了。

很難得地——

他並沒有浮現出不懷好意似的那個笑容。

「有什麼我能辦到的事嗎？」

「……說的也是。」我點頭。「總之，拜託你閉上嘴待在那裡。」

「在這裡就行了嗎？」

「那裡正好。」
「哦。」
「因為你的性格雖然糟糕透頂，但至少臉蛋可愛。雖然比不上玖渚，但至少能保養眼睛吧。」
「…………那個藍色的是你的女人？」
「你看到了？」
「剛剛擦身而過。她笑得很開心的樣子喔。」
「哦。不過，她不是我的東西喔。應該說我是那傢伙的男人。雖然就在剛才被拋棄了。」
「遜斃了。」
「少囉唆。我說過要你閉嘴了吧。」
「實在很難想像這是從嘴巴誕生的你會說的臺詞啊。」
這時零崎總算是「嘎哈哈」地笑了。
你可是從笑臉中誕生的殺人鬼啊，我這麼心想。笑容燦爛的殺人鬼什麼的，實在一點都不好笑。
「……統乃小姐……她怎麼樣了？」
「啊？喔，那個奇怪的女人啊。」
「你應該沒殺了她吧。」

「…………」

「你是因為什麼理由而沉默？」

「開玩笑的啦。唉呀，嗯，那個女人，還有那個女人的同伴啊。好像接連出現了好幾個，全部一共五人。我跟他們稍微聊了一下。」

「聊？」

那個「集團」的成員跟零崎人識，網路恐怖份子跟殺人鬼，會有什麼可以聊得那麼熱烈的話題？

「啊啊，是碰巧有共同認識的人——也聽到了很多有趣的事喔。還有關於你的事情。」

「你是主婦嗎？別靠這種街坊鄰居的閒聊收集情報。」

「我可是意外地擅長收集情報喔。不過大概沒那個叫『小豹』什麼的厲害吧。」

「…………」

的確，光是能從那些明明感情很差，卻意外地似乎很團結的傢伙身上挖出「小豹」的情報，就十分了不起了。

「只不過，儘管如此，那個女人似乎還是不知道你在御苑被襲擊的理由。雖然我試著旁敲側擊……但知道的只有『澪標』家的雙胞胎是打算在那邊殺了你的事實而已——關於空間製作者的事，他們說並不知情呢。」

「哦……」

「情報似乎很錯綜複雜，感覺平衡都亂掉了……雖然那個女人說什麼『那個一里塚不可能做出違反狐狸先生意志的事，所以一定是有什麼內情』，但那簡單地說就是什麼都不知道的意思吧？」

「的確。」

跟「集團」不同，「十三階梯」彼此間不合作的程度，事到如今也用不著多說——那麼，換言之統乃小姐並非只為了玖渚的事情，而是為了傳達那件事實，來造訪了我的公寓吧。

在跟玖渚碰面之前——

我被殺掉的話，事情就不妙了。

「但是那個老大啊——老哥隱約透露出來的就是那件事吧……算了，無妨。怎樣都無所謂。畢竟是以前的事了。呃，那些傢伙的話，已經不知上哪去囉。我沒特別追上去就是了。」

「這樣啊……」

不知上哪去了。那麼，滋賀井統乃一定會停止扮演宴九段——並退出「十三階梯」吧。會是她第五千零四十一次背叛狐面男子吧。

因為他們一定——

不會離開玖渚友的身旁吧。

跟我不同。

因為他們為了玖渚友——死都無所謂吧。
「那麼，不良製品。之後你打算怎麼辦？」
「嗯……」
「老實說，我肚子餓了。」零崎說道。「雖說是被女人甩了，但面對救命恩人，那種態度是不行的吧。」
「……說的也是。」
我——輕輕抬起頭。
我看向天空。
藍色的天空。
我喜歡——藍色的天空。
我心想。
「總之，先回到公寓去吧。不介意是水的話，可以讓你盡情喝到飽。」
「我是叫你給我飯吃。」
「是、是。」
從欄杆上跳落下去。
那麼——來轉換心情吧。
雖然那是不可能的，但還是那麼想吧。
即使用拖的也必須前往。

即使用爬的也必須前往。
必須回去公寓才行。
無論如何——
只有真心。
只有真心是絕對不能失去的。

再會了，玖渚友。

妳去死吧。
我會殺了妳活下去。

第十八幕——沒有終結的後續

0

結果這個世界總是文不對題。
是由失敗堆積而成的。
所以別想用道理去解釋。

1

迴避了澪標姊妹的殺戮行為，跟滋賀井統乃——宴九段在御苑遭遇一事是在十月三十一日的午夜。然後現在已經是十一月一日的——應該稱之為清晨的時刻。

十月結束了。

狐面男子——西東天最厭惡的十月。

因為人死了太多所以討厭——他這麼說過。

九月沒死——十月死亡。

已經結束的十月……在我的周圍——還有狐面男子的周圍，結果死了多少人呢？

匂宮出夢——嚴格來講，還要加上匂宮理澄。

石凪萌太。

奇野賴知。

古槍頭巾——第十一代、第十二代。

至於玖渚，因為還沒有死亡，所以這樣算來——六人嗎。

六人。

認為這個數字並不算是死太多人的我的感性，已經完全無可救藥了嗎？

僅僅六人而已。

坐在飛雅特五〇〇的副駕駛席上——我沒來由地思考著這些事情。

駕駛席上則坐著殺人鬼。

零崎的說法是不能把方向盤交給剛被女人甩掉的傢伙。雖然是非常牽強的理論，不過那番話之中應該也多少包含著好意跟善意，所以我坦率地順從他的意見。

因為我坦率地感到高興。

只不過……我並沒有沮喪到零崎會擔心的程度——而且也沒有感到混亂，最重要的是，我也沒有感到受傷。

並不會疼痛。

傷口並不會感到疼痛。

就彷彿痛覺中斷掉了一般。

我原以為會更加——驚慌的。

我以為會哭嚎著去逼問玖渚的。

沒想到接受——玖渚即將死亡的現實一事，

會是如此地簡單。

聽完滋賀井統乃的話後——用跑的回到千本中立賣，我在公寓跟美衣子小姐借了鑰匙，帶著最低限度所需的行李，走到停車場，開動飛雅特——跟零崎和統乃小姐一同到達城咲的公寓。

在屋頂上找到了不在房間內的玖渚。

在那時候——

我想我已經完全地、以完全的型態接受了所有的一切傷。

沒有疼痛的傷。

那是——所以說，我想是因為玖渚如同她本人所說的一般，確實地、漂亮地布下了伏筆的緣故——最重要的是。

到了如今。

玖渚解開了我的詛咒的緣故。

因為她——替我解開了鎖鍊。

當然，我不會說我覺得輕鬆多了。

我並不覺得肩膀上的重擔卸了下來。

但是——

身體彷彿飄浮起來一般——

變輕盈一事是事實。

簡直就像在空中一般。

簡直就像——在月球上一般。

「…………」

的確——是變輕盈了。

但那是——因為弄丟了某些重要事物的緣故——在內心某處，就彷彿開了一個巨大的空洞。

就彷彿喪失了心靈一般。

所以這是——空無一物。

宛如跟玖渚相遇前一般——什麼也沒有。

那麼，就是一開始。

一開始是……

雖然那時候的一開始，原本是復仇……

但現在。

到了現在——

「就告訴你我的事吧。」

零崎突然開口說道。

「啊？」

「關於零崎人識的事。」

「……那種事不說也無妨。」

「嘎哈哈。少來啦少來啦，你明明其實想聽得不得了，真是的，這個害羞的傢伙。」

「刺青的墨甚至還滲入了你的腦袋嗎？」

「好啦，你聽我說就是了。」

「什麼啊，別纏著我……你是酒品不好的醉漢嗎？」

「根本沒有酒品好的醉漢吧。」

「有啊。一喝醉就會開始脫衣服的女孩子，一喝醉就會變成接吻狂的女孩子。之前大學裡有。」

「嘿，那下次跟那些妹妹們辦個聯誼什麼的——不是在說這個的吧！」

零崎人識，激動地吐嘈說。

不過，我其實是在說巫女子妹妹跟智惠妹妹就是了。

「我說啊，本大爺可是很難得會談論自己的事喔——因為我度過的是相～當～有趣的人生。可以讓你輕易忘掉被女人甩掉的事。」

「………」

雖然不是很懂，但對零崎而言，「被女人甩掉」這件事，似乎是必須讓人顧慮到這種程度般的重大事件。他是有過什麼奇怪的心靈創傷嗎？不過，雖然他似乎有一半是誤會了，儘管如此，也並非完全偏離主題；再說直到返回公寓前也還有時間，於是我決定就這樣聽他說說看。

「我知道了。那我就聽你說吧。」

「嗯。」

在這樣點頭的同時，正好碰上了紅綠燈，因此零崎踩下煞車，讓車子停了下來。由於正值清晨，路上相當空曠。

話說回來，這傢伙，絕對沒有駕照吧……

雖然如此，他卻頻繁地確認著後照鏡。駕駛技術大概是在繪本小姐之上，光小姐之下吧。不過，大部分的人應該都包含在這個範圍內就是了。

「把從那個身穿丹寧布的麻花辮那聽來的片段情報，還有在去程的車中，從你跟那奇怪女人那聽來的內容綜合起來思考的話，當然你這傢伙應該對零崎一賊跟我的出身有一定程度的瞭解——不過為了保險起見，我還是意思意思地說明一下。所謂的零崎一賊，就是殺人鬼的集團。」

「嗯，就是類似公會的團體吧？」

「沒啦，感覺只是個怪人集團。感覺就像是奇人怪人聚集在一起，真虧我沒誤入歧途啊。成員包括了揮舞剪刀取樂的妹控變態跟戴著草帽把狼牙棒轉來轉去的傲慢老大，還有興趣是挖出內臟把小腸纏繞在身體上的素食主義者之類的人；就是這種獨特的的殺人鬼集團。」

「……好像還混了一個血淋淋的啊。」

「附帶一提，剪刀、狼牙棒跟內臟這三人，被稱為零崎一賊三大天王。」
「還、還真是半吊子的集團……」
至少設法再弄一個人湊數吧……
……算了，不過……這些事我略有耳聞。
零崎一賊招人厭惡的樣子——還有奇特的作風。
然後——
這個零崎一賊，現在已經——
「隸屬於零崎一賊的殺人鬼淨是些腦袋有問題的瘋子且凶暴的人——然後我就是在這樣的環境中長大的。以殺人鬼的身分被撫養成人。」
「與生俱來的殺人鬼，是叫做天生殺人狂（Natural Born Killer）嗎？」
「是啊。話先說在前頭，即使在零崎一賊之中，『與生俱來的』這種類型可也是相當稀有的。大部分的情況，都是在某處『某一天突然』變成殺人鬼的。」
「某一天突然？」
「就是所謂的『著魔』。」
著魔。
那是——感覺像是直喻的詞彙。
「……就我聽說的內容——你的情況似乎是雙親都是殺人鬼，這是真的嗎？」
「算是吧。」

紅綠燈變了色，於是零崎一邊發動車子一邊回答。

「所以在一賊之中，我算是相當特殊的位置——雖說是『一賊』，但基本上是沒有血緣關係的。『血緣』倘若是血濃於水的意思，匂宮雜技團和其分家的聯繫要比我們強烈得多了。」

「畢竟他們都是些兄弟姊妹嘛。」

「應該說『匂宮』看血緣，『零崎』看血脈嗎？不過，那也只是細微的差異——就在這樣的環境中，我獲得了生命。」零崎像是在講別人的事情般說道。「從被稱為終極的的殺人鬼，跟被稱為絕對的殺人鬼之間。」

「…………」

純粹的——零崎。

純潔且——純血。

這樣啊，就這層意義而言——

「跟那個藍色的是類似的東西。」零崎這麼說道。「零崎零識和零崎機織——這是我雙親的名字。兩名殺人鬼的決定性的名字。只不過，我幾乎都不記得就是了。」

「不記得？為什麼？」

「因為在我的腦髓獲得記憶力之前，他們就已經死掉了。別說還沒懂事了，甚至是在我才零歲的時候。之後，我——嗯，發生了很多事，最終還是被一賊的人給撫養長大的。以殺人鬼的身分被撫養成人。所以說——身為一賊的成員，我果然還是個特殊的案例。」

「光聽你這番話，總覺得有些曖昧……有什麼加入『零崎』，加入一賊的『資格』之類的東西嗎？」

「啊？」

「應該不會只要是殺人鬼，無論誰都可以加入一賊吧？」

「算是吧。假如有『資格』這東西的話——不，好像沒有這種東西啊。說不定是沒有。對了，一切『資格』都沒有的東西才會——彷彿聚集起來一般地『成為』了『零崎』；或許這樣去想是比較恰當的。」

「哦……」

我點了點頭。

零崎人識的根源。

我並不會——將之跟我到目前為止的經歷重疊。跟玖渚的出身，在表面上雖然看來有某種程度是重疊的——正因如此，零崎才會在這裡提起了這種話題吧——但對我而言，這話題似乎跟我完全無緣。

但是——

正因如此。

對於零崎，我感受到更加強烈的共鳴。

這傢伙——確實是我的反面。

「……吶，零崎。」

「嗯？」

「你知道嗎？那個，你隸屬的零崎一賊——已經全滅這件事。」

「啊啊，」零崎隨即點頭同意。「我已經從身穿丹寧布的麻花辮那聽說了。唉……」

「…………」

零崎的嘆息彷彿是陷入了沉思一般。

自然我也說不出話來。

我不曉得該說什麼才好。

「……那個女人，散發出一種色色的感覺啊。」

「別為了無聊的事陷入沉思。」

「個子也很高。」

「你喜歡的女性類型我非常瞭解了。繼續剛才的話題吧。」

「你這傢伙真不捧場啊～算了，雖然那個綁辮子的牛仔服似乎以為我一定也死了的樣子——但我在零崎一賊之中，畢竟也是祕密中的祕密啊。存在本身就不太為人所知。」

「祕密中的祕密？為什麼？」

「據說要是知道有像我這樣的存在，可不是開個玩笑就能了事的。畢竟零崎一賊也是構築在意外不可靠的基礎上，像是沙地上的樓閣啊。」

嘎哈哈——零崎夾雜著自嘲地笑了。

「不過，那也是到了現在才會這樣就是了……更何況——雖說是全滅了，但應該還有一個人還活著才對喔。」

「還有一個人？」

「那傢伙『成為』了『一賊』的事，即使包含了一賊在內也沒有人知道——除了我跟那個最強之外應該都不曉得……只要不主動大搖大擺地跑出來，那傢伙應該也活著吧。」

「…………」

雖然我並不知道零崎所說的「那傢伙」是指誰——不過，對「最強」這一詞我可不能當作沒聽到。

對了。

雖然結果是含糊地帶過去了——

「零崎。你——在五月沒有被哀川小姐殺死嗎？」

「要是被殺死就不會站在這了。你是看不見這雙長腿嗎？」

「我是看不見長腿。」

「嗯～雖然是差點被殺了……好像還是活了下來。」

「啥？」

「大概是對方手下留情了吧——話雖如此，那個最強下手真是毫不留情，老實說，當時我已經做好會死的覺悟了。但是——」

但是——零崎這麼說道。

然後他沉默了下來。

因為我知道他並非會無故沉默下來的傢伙——所以能夠理解到，接下來應該是他不太想說的事吧。發生了……什麼事情吧。是跟那個他稱為「那傢伙」的某人有所關連嗎？

不過——也不用硬要詢問吧。

哀川小姐的——

在能夠確認哀川小姐的狀況是否平安後，再詢問這個問題的答案也還不遲。倘若相信澪標姊妹所說的話，哀川小姐至少是還活著——

「吶，零崎。」

因此我決定改變話題。

「細節暫且不提，現在大致上的狀況，就如同我跟統乃小姐已經說過的一般，是真的沒有其他更多的情報了——你聽完那些事之後，怎麼想？」

「啊？」

「我想說還沒問過你的感想。」

「哼。一想到是因為那種瘋狂的理由而打擾了我悠閒自得的生活，我頂多是想殺了你，並不覺得怎樣樣啊。」

「這樣喔。」

「出夢應該也很困擾吧。被像你這樣的傢伙硬是拉了出來。」

「…………」

這麼說來，我也還沒問過他跟出夢的關係啊。光是要說明這邊的狀況就讓我忙不過來了，他跟小唄小姐在哪邊談了什麼事，這些我也幾乎都沒聽說。在外國——大概是在ER3系統的附近——這件事大概是沒錯……

「不，我想知道的是——即使是一丁點也好，你知不知道關於名叫西東天的狐面男子的事？」

原本——我尋找零崎的理由就是這個。

狐面男子選上他作為「敵人」的——理由。

應該有足以充當理由的原因才對。

如果說我就是零崎人識的代理品的話。

然而零崎卻，

「不知道耶。」

這麼說道。

「不，並非完全不知道——有個名叫西東天的知名研究者這件事，以知識來說我是知道的，十年前，發生過最強和最惡的，『鷹』和『狐』的世界大戰這個傳說也在我已知範圍內——在『殺之名』當中，是很有名的故事。不過，那倒沒有跟我的人生直接有所關連。何況就算是在『十三階梯』裡頭，即使有知道名字的傢伙，但實際見過的對象，大概也只有出夢而已……」

「哦……」

如意算盤打得太美好了——是嗎。

這表示保險終究只是保險而已嗎？

但是——

雖然並非全盤相信狐面男子的論點，但在走到這一步，故事進行到這一步後——要說西東天和零崎人識之間沒有任何關連，即使是我也難以認同……

嗯。

既然如此，可以考慮是那個「那傢伙」什麼的，或者據說是零崎雙親的究極和絕對的的殺人鬼他們，跟狐面男子有關的可能性嗎……？不，這個想法太牽強了。牽強附會也要有個限度。但是——從狐面男子對零崎執著的樣子看來，可以確定他們曾關係匪淺——追根究底而言，倘若不是那樣，照理說我現在也不會陷入這種狀況。

不……

就連這種狀況也都已經結束了。

已經結束了。

算是。

狐面男子已經不再把我當成敵人。他發誓過不會再對我出手。當然，關於昨晚受到澪標姊妹和一里塚木之實襲擊一事，還沒有任何說明就是了……

「嗯～這麼一來，就等於說你專程來到京都一事，並沒有任何意義了。」
「我可是救了你一命吧？」
「唉呀。為了那種程度的事你就以恩人自居了嗎？你以為我到底救過你幾次了？」
「我一次也沒被你救過。」
「是那樣沒錯啦。」
「吶，我——」
「我怎麼了啊？」
「我確實是不曉得關於那個『狐面男子』的事——不過，倒是有一個確實可以告訴你的忠告。」
「忠告？」
「不是有說過嗎？據說那個叫做真心的人身上掛的鎖鍊——那傢伙差不多快解開了。」
「嗯？嗯。因為今天差不多是露蕾蘿小姐所說的期限了。不過，到目前為止，也是一點點地逐漸在解開，所以已經幾乎等於解開的狀態就是了……但差不多快完全解開了的樣子吧。」
「大概沒用吧。」
零崎非常果斷地說道。
沒有一絲猶豫的簡潔話語。

「那個藍色的傢伙也是這麼說的吧？雖然像我這樣的人並不曉得那傢伙到底是憑藉什麼根據那麼說的，但我可以用一個根據來斷言。」

「你說根據……」

「右下露蕾蘿和奇野賴知。關於這兩人的事，我並不清楚。我也不曉得他們是怎樣的傢伙——不過啊。據說是負責彷彿互相糾結在一起的三道鎖鍊中之一的時宮時刻——這傢伙很不妙。」

「……很不妙是指……因為是『咒之名』嗎？但是，要說『咒之名』的話，奇野先生也是一樣——」

「我不是在說『咒之名』本身很不妙啦。『時宮』本身也是，光憑他本身是沒什麼大不了的——實際上前陣子我也才看過他的屍體。不過，叫做時宮時刻的**個人**——要是稍微忽略的話會大大的不妙。」

「……？為什麼你能這麼斷言？」

「因為我知道他啊。那個叫做時宮時刻的男人。」

「你在說什麼啊。你剛剛不是才說在『十三階梯』裡面，你曾經見過面的傢伙除了以前曾經是成員的出夢以外沒有別人了嗎？你對自己的發言要負起責任啊。」

「我只有說沒見過面而已。我說只知道名字這點也是真的。『咒之名』啊，原本就很少在人前現身的喔。怎麼說咧，就像是野槌蛇一樣的傢伙啦。」

「哦。但是——」

「總之你先把我的話聽到最後啦。時宮時刻這傢伙啊——可惡，為什麼我必須說明這種事啊？還挺麻煩的，可以算了嗎？」

「不，你好好說明吧。我會聽到最後的。」

「這是在拜託別人的態度嗎？要說的話——啊啊，算了。我說啊，所謂的『咒之名』是怎樣的組織，你已經知道了吧？」

「我知道啊。我自認是知道的。」

「『時宮』是其中最高階這件事也是？」

「我知道。」

「那麼，」

零崎說道。

「假設有甚至是**被**『時宮』所**驅逐**的人——你對這件事有何看法？」

「…………」

時宮——時刻。

操想術師。

「所謂的『時宮時刻』啊——既是個人的姓名，同時也是類似賦予給被驅逐的『時宮』代代相傳的稱號。」

「所以說……很有名嗎？」

「不，因為是『咒之名』的事，別說是有名了，根本是沒沒無名，算是無人知曉之類的事。對了——就跟我對零崎一賊而言是祕密中的祕密一樣，時宮時刻也同樣，對『時宮』而言是祕密中的祕密。所以說，我之所以會知道，就像是奇蹟一般的偶然的產物。以前啊——從以前曾經處於共同戰線上的女人那裡，偶然聽來的事情罷了。據說——

要應付時宮時刻的時候，需要細心的留意和精密的警戒——

她這麼說的。」

「……細心的留意和……精密的警戒……？」

等……

等一下。

那種東西……那種類似纖細的要素，應該連一丁點都不可能出現在那個狐面男子身上吧……？他可是為了終結掉世界，認為其他一切怎樣都無所謂的人喔……無論是自己的女兒、自己的孫子，甚至是稱呼為自己敵人的存在，當然，就連自己的存在也一樣——他可是當真打從心底認為怎樣都無所謂的喔，那個人……

假如是這樣——時宮時刻。

他對真心——究竟做了什麼……？

冷靜下來。

還沒有確定是那麼一回事。只要相信露蕾蘿小姐所說的話，時宮時刻並沒有任何餘地去做什麼多餘的事——

「但你也無法保證那個叫右下露蕾蘿的，沒有中了時宮時刻的『操想術』吧？」

「…………」

「倘若擁有『狐面男子』那般強韌的意志——擁有狂人的意志，應該是不會那麼輕易地陷入操想術的支配下啦。」

這就難說了……

露蕾蘿小姐……還有奇野先生遭到時宮時刻控制的可能性……畢竟露蕾蘿小姐跟奇野先生都算是那方面的專家，倒不如說比起狐面男子，我認為他們會遭受控制的可能性較低……

但是，操想術什麼的姑且不論。

真心。

真心她從狐面男子的底下——從他的管理之下、監視之下逃脫的時候——奇野先生被殺，露蕾蘿小姐受到重傷，卻只有時宮時刻安然無恙這一點——

說不定這裡是很可疑。

有某些值得懷疑的部分。

偶然……？

倘若從真心的角度來看，那應該並非偶然，而是看準了時宮時刻離席的那個時間點逃脫的吧——那麼，**從時宮時刻的角度來看**，那又是如何呢？

而且。

倘若用這樣的說法，真心一定會很火大且直接否定吧——就算再怎麼主張對於真心擁有最強支配力的人是時宮時刻，但看準了時宮時刻離席的瞬間而逃走一事——是否表示真心避開了跟時宮時刻的衝突？

這樣是否算是逃跑了呢？

時宮時刻身上具備著——如此這般的威脅嗎？

想影真心只能躲避的必然。

苦橙之種只能逃離的必然。

既然如此……

「……話說回來，你說的那個以前跟你處於共同戰線的女人，也是個相當奇怪的女人啊。在談論她理解成是那麼『危險』的『時宮時刻』這個人物時，竟然是事先以『應付』這行動為前提在談論。是其他『殺之名』『咒之名』的某人嗎？還是叫『那傢伙』的傢伙？」

「不，不是那樣啦，那個女人——怎麼說呢。嗯～雖說是共同戰線，但也並非實際面對面見過，結果也沒問到她的名字啊……就連她是否真的是女人，到了現在，也無從確認起了。」

「喂喂，別說是長相跟名字了，連性別都不知道的傢伙所說的話，你就那樣照單全收嗎？」

「全收啦，因為有那個價值。」

「…………」

我有點吃驚。

因為我沒想到，竟然會有讓這個人間失格——信賴到這種地步的對象存在。在我詢問是否有喜歡的傢伙時，毫不猶豫地回答沒有那種東西的這個殺人鬼。

嗯……

這種情況，應該稱讚那個「女人」嗎？

會是誰呢？

感覺搞不好是認識的人……

「差不多快到停車場了。停車的位置有固定嗎？」

「在好停的地方停下來吧。這裡是可以隨意停放的。」

其實是不行，不過，大家都是隨意停放。就像是同樣租借停車場的人之間的默契。

「……話說回來，那個叫紫木一姬的，是被稱為『病蜘蛛』的女人的弟子——沒錯吧？」

「也是我的弟子就是了。她怎麼了嗎？」

「啥……沒什麼啦。」

「哦？」

真是的，緣分天注定，很多事精彩過頭了啊——零崎一邊這麼喃喃自語，結果他還是將飛雅特倒車停到原先所在的相同位置上。我打開車門從車內下車，跟零崎並肩走著，前往公寓。
彎過轉角。
只見骨董公寓倒塌了。

2

「天……天啊？」
我不驚呼。
這是什麼。
太誇張了吧？讓人不禁這麼想的——非現實場面。
「…………」
就連那個人間失格——
面對這種情況，似乎也是吃驚得合不攏嘴。
實際上，他正目瞪口呆地張大了嘴。
骨董公寓——倒塌了。
與其說是倒塌——不如說是崩壞嗎？

那的確是——老舊的建築。

木造建築，屋齡不知道有幾十年了。

說是從戰前就落成了，無論誰都會相信。

就連說是明治之前，也說不定能夠相信。

但是——

被拆卸到七零八落，甚至可說是體無完膚。

拆卸……沒錯，這模樣簡直就像是業者用挖土機之類的東西，按照正當的步驟拆卸掉一樣，除此之外實在無法說明般地——被破壞殆盡且無法挽回。

倘若硬是要選擇其他的說明——

像是卡車衝撞了進去的樣子。

像是遇到了大地震等級的地震之類的……

但是，那種事是不可能的。

無論是怎樣的卡車或怎樣的大地震——都不會局部性地、精準無比地襲擊物體到這種地步吧。兩旁的建築物除了多少沾到些灰塵之外，並沒有任何損傷。倒塌的只限於位在骨董公寓區域內的東西而已。

木材。

窗戶玻璃。

磚。

門。

還有——家具、日常用品。

家具……日常用品？

這，喂，等等……

「這個，在裡面的傢伙們，怎麼樣了啊？」

零崎彷彿代替我將心中的疑問說了出口。

「這種清晨——，大家應該都待在家裡吧？」

「…………！」

看熱鬧的人數——正因為是清晨，相當少。

但還是零散地有幾個。

像是在窺探般地看著倒塌現場的人。

不在——那裡面。

大家並不在。

美衣子小姐、崩子小妹妹、荒唐丸先生跟七七見——還有。

還有，想影真心也——

「……可惡！」

我不顧眾人的眼光，衝進了公寓的殘骸之中——倒塌後的瓦礫之中。

窗戶玻璃的碎片割到了手。

好痛。

裂開的木材也刺破了皮膚。
但是，光是這樣——是不會停止的。
我不會停止的。
不能停止。
無法停止。
在這底下——
大家被壓在這底下——
在哪裡？在哪裡？在哪裡？誰的房間在哪個位置？我完全不知道。連這種事也不知道、連這種原本很清楚的事也變得不知道一般地，骨董公寓完全化為了瓦礫堆。
為什麼——會這樣。
是誰做了這種事？
直到幾個小時前為止——不是還在的嗎？
不是還在這裡的嗎？
大家不是都還在這裡的嗎？
從美衣子小姐那——借了飛雅特的鑰匙。
其他的人——是在做些什麼呢？
那時候因為玖渚的事……忙不過來。
因為玖渚的事拼上全力。

當時崩子小妹妹在做什麼、荒唐丸先生在做什麼、七七見在做什麼，我並不知道。
真心她——苦橙之種當時在做什麼？
「混帳、混帳、混帳——」
這是——什麼啊。
到底發生了什麼事？
到昨天為止——直到昨天為止，不是還很和平嗎？不是彷彿一切都結束了一般地和平嗎？明明如此，但從在御苑，來的人並不是頭巾小妹妹而是澪標姊妹那時候開始——
就宛如從斜坡上跌倒滾落一般——宛如落下一般。
宛如跌落一般。
宛如崩塌一般。
一切都開始瘋狂了。
狂亂開始發生。
澪標姊妹——宴九段。
和玖渚友的——離別。
最後則是——我的住所倒塌？
為什麼會這樣……太荒唐了。
我不得不感到某種人為的因素。只能想到這是某人在進行的企圖。不，當然是那樣吧。不可能有這種自然現象。但是，並非如此——並非那麼一回事，這種某些事一旦開始順利發展，馬上就會喪失一般的、以為得到手的東西，在下個瞬間就溜走一般的、彷彿立刻奪走給予的東西一般、彷彿重要的事物消失到某處一般的——這種善變、彷彿遇到就連對加害者而言都無所謂般敷衍且隨便的嘲弄的纏人且固執的感覺是——

我不知道意義。

這到底有什麼必要性。

這到底有什麼必然性。

在這種現象之中——

「算了吧。」

這麼說著，並從背後把手搭在我肩膀上的——並不是零崎。

一轉過頭去——

站在那裏的是數一先生。

斑鳩數一。

西裝頭配上黑色西裝、領帶還有墨鏡。

京都府警——搜查第一課的刑警先生。

「……又見面了，小子」

「為什麼——你會在這裏？」

「因為有善良市民報警啊。」

數一先生嘴裏叼著煙這麼說道。

猛然一看——零崎那傢伙已經不見了。

那傢伙，似乎是看到刑警的身影就跑掉了。危機意識之高真是令人生畏……看他總是在傻笑，但在這種地方卻又很機靈。對了……倘若沒有被湮滅證據的話，那傢伙說不定還被京都府警給通緝著呢。

不過——

「一個人嗎？」

「……嗯，是啊。」我點頭同意。「比起這個——數一先生才是，您一個人嗎？沙咲小姐和其他的警官——」

「大家已經都回去了。」

數一先生說道。

一副覺得很麻煩的態度。

雖然因為墨鏡的關係，不是很確定他的表情……

「畢竟接到報案是好一陣子前的事了——因為發出了類似煙火爆炸的聲響，就來觀察了一下情況，結果聽說原本應該在的公寓不見了。雖然他也以為可能是老舊建築物自然倒塌了，但為了保險起見，還是撥了一一〇。這是在大半夜發生的事。」

「……」

「因為感覺也沒什麼話題性，所以大家都收隊了——不過正因為場所是這個地方，沒來由地我就決定留下來了。」雖然不是我專長的領域啊，數一先生彷彿喃喃自語般地說道。「直到剛才為止，佐佐那傢伙也在就是了——不過，怎麼說呢，就是那麼一回事。」

「不——雖然您說就是那麼一回事……數一先生。沒有……話題性嗎？」

「沒有。」

「不，這應該是個事件吧——無論怎麼看。這種狀況，除了事件還能說是什麼呢？」

「這也沒辦法啊——畢竟有被害者才能叫做事件。但沒有被害者的話，我們是無法行動的。」

「被害者……？」

「是啊。這並沒有話題性——因為居民們異口同聲地主張這並非事件啊。」數一先生說道。「真是群可怕的傢伙啊，一瞬間就套好了口供。又聯絡不上房東……這裡仍舊是棟胡來的公寓啊。」

「……這麼說！」

我逼近了數一先生。

「大家——都沒事對吧！」

「不算是沒事吧。」數一先生有些吞吞吐吐地說道。「感覺——不像是沒事啊。畢竟所有人都送醫了。」

「…………」
雖說是避免了最糟的狀況——但大家並非完全沒有受到倒塌的損害嗎?從這狀況看來，大概是被警方的人所救——的樣子吧，但大夥不愧是難以應付的傢伙們，似乎順利地敷衍了過去。
畢竟大家看來都很厭惡公權力的樣子啊……
但是，對方不愧是公權力，大概不會那麼輕易地在這種狀況之下立刻打道回府的吧——這樣的對話應該是發生在好一陣子之前——大概是我跟零崎還有統乃小姐，搭乘飛雅特前往城咲之後沒多久的事吧。
在日期改變的——那個時候嗎?
從十月到達十一月的那個時候嗎?
……啊。
我想起了某件事——於是向數一先生問道。
「請問——數一先生您見到了所有人嗎?」
「啊?」
「所有公寓的居民。」
「是都見到了啦——畢竟也算是認識的人嘛。那個武士女人和可愛的人偶少女，還有魔女跟肌肉老爺爺——那又怎麼了嗎?所有人至少是還活著喔?話雖如此，能夠靠自己行走的，也只有魔女就是了。」

「…………沒什麼……」

真心──並不在。

數一先生是不可能看漏那麼醒目的頭髮的。

雖然小姬和萌太小弟弟的事已經不經意地──大部分是夾雜了謊言──告知了數一先生，但真心的事還是個祕密。因為最近真心會在附近走動，所以相貌大概有人知道了──但應該還不至於被認為是居民。一切是這樣安排的。所以數一先生說的「所有人」之中，不包含真心這點毫無疑問。

不過──真心。

是上哪去了呢──

還被埋在瓦礫之下嗎？

「…………」

像這樣去想實在也太愚蠢了。

真是過份的欺騙。

這種事──

這種事，

一定是真心搞的把戲不是嗎？

這種事情──還有誰能辦得到？

就算再怎麼老舊，能夠讓一棟建築物倒塌、崩壞、拆卸的存在——實在是太有限了。能夠執行這種跟哀川潤和匂宮出夢讓清水的舞臺崩塌是同等任務的人，就目前殘留在我周圍的登場人物之中看來——

除了真心之外別無他人。

正因為如此——大家才會保持緘默。

將話題性給消除掉了。

為了庇護——真心。

因為想影真心已經是——大家的家人了。

但是……

話說回來，為什麼……？

為什麼——真心要做出這樣的事——

失控，這一詞首先閃過我的腦海。從三道鎖鍊，從「咒縛」之中完全解放出來的真心——如同繪本小姐、露蕾蘿小姐和狐面男子所擔憂的一般，無法完全抑制住力量而失控了……

但是，那是不可能的。

真心她——能夠確實地控制住。

她能夠控制自己的力量。

真心的暴力是只屬於真心的東西。

即使「咒縛」歸零——而有超出那控制的部分，再怎麼樣也很難想像會演變成這樣的局面。

「看熱鬧的人也少了一大半啊——在半夜時還有不少人。哼……啊，對了對了，魔女要我傳話給你，小子。」

「……是什麼事？」

七七見……

最惡的魔女，七七見奈波。

「她說『別在意，不是你的錯』。」

「…………！」

從那傢伙口中——

從那女人口中所接收到的那番話語——

遠比任何話語都更加痛苦、沉重、辛酸地迴響著。

當然，這大概就是她的目的吧……

不過，那女人只會說真心。

「也就是說，嗯，是你的錯吧。」

數一先生毫不留情地說道。

這樣啊——我懂了。

沒有為什麼——他並非會因為這種理由而留在現場的人。數一先生一直在等著我。

等著我——回到這裡來。為了向最後一名公寓居民的我詢問這些事。

這可不妙了……

別說套口供了，在這種沒有其他人在場的狀況下——只能用一問三不知來混過去。事情一旦演變成這樣，零崎迅速地逃離現場一事，反倒幫了大忙。要將那種臉上刺青的少年當成朋友來介紹，實在有點勉強。這全都是我出門時所發生的事，這說法是最安全的吧……？

不過，數一先生問的並非針對這棟公寓倒塌一事這類形式上的詢問。

「我說你啊。到其他地方去吧。」

「…………咦？」

我不禁——愣了一下，重新問了一次。

數一先生將同樣的話又重複了一遍。

到其他地方去吧，他這麼說。

「這實在是——這做得太過火了吧。這種事已經超出我們一般人能夠容忍的範圍了。」

數一先生的話語中——幾乎沒有高低起伏。這口氣彷彿只是將所想的事說出口而已。

「這可是建築物喔？好好的一棟建築物就這樣消失了喔？幸好是沒有死人——但這可是無論有誰死掉、或是有誰被牽連進去也不奇怪的事件啊。」

是事件啊——數一先生這麼重複說道。

他說是事件。

「這可是在日本不能發生的事啊——這件事。」

在日本不能發生的事。

這句話——我在五月時也聽過。

記得是從哀川小姐那聽到的。

但是……數一先生。

現在說出這句話的人，是數一先生。

「要是平常，應該更深入調查才對——但警察之所以會全員收隊，坦白說是因為恐怖啊。不是害怕公寓倒塌一事——而是引起倒塌的那個原因。」

「…………」

「**畢竟我們是人類啊。**可以本能地知道什麼是恐怖的東西。**不能有所牽扯的事物是怎樣的事物這點**——至少我們是知道的。」

「你說恐怖——」

「很恐怖啊，你這個人。」

數一先生說道。

「所以說，你到其他地方去吧。」

我——

只能沉默不語。

這種事並非第一次。是到目前為止曾發生過好幾次的事。無論是被畏懼或被厭惡，在我的人生當中，都並非那麼稀奇的事。

就連鈴無小姐都曾這麼說過我。

因為不知道所以害怕——她這麼說。

因為無法理解，所以害怕。

那是理所當然的事。

我並不打算否認理所當然的事。

我原本就不曾尋求他人理解。

但是——

現在，在這種狀況下被人這麼說。

這實在太過於——殘酷。

這是鞭屍的行為。

欺負我有什麼樂趣嗎？

「你可別誤會了——我個人是挺中意你的，小子。不過——儘管如此，還是非常不能容忍啊。對於會引起這種誇張現象的你，我實在是害怕得不得了啊。」

實在是害怕得——

不得了。

「……但是，就算你這麼說——」

「這也沒辦法不是嗎。這是沒辦法的事啊。我們就是會知道啊。知道你很恐怖這件事。」

「…………」

恐怖。

並非因為不知道所以害怕──

因為知道，所以害怕。

可以理解到──那是恐怖的事物。

「這樣啊……說的沒錯呢。我這個人──在很久之前……就已經脫軌了呢。」

從常軌中──脫離了。

結果……

並非光小姐，明子小姐才是正確答案嗎。

實際上──正是那樣。公寓倒塌，倘若突然直接面對到這種狀況──雖然是讓人不得不吃驚、不得不呆住的神奇現象，但仔細一想，這幾個月──不，這十個月，至少從回到日本來之後，我在這個國家所經歷過的事──

可不只是這種程度而已。

在絕海孤島上的斬首殺人。

現身於京都街道的殺人鬼。

只為了培育傭兵的女校。

企圖創造出天才的研究設施。
永遠不會死的少女之死。
不都很——荒謬至極嗎？
不，只是這樣的話，倒還無所謂。即使擁有異能或異常，只是這樣的話，並不會無法融入一般社會。正是那樣，像是哀川小姐，跟數一先生和沙咲小姐都相處得很好。
那是——我無法辦到的。
是不可能的。
所以……才會被畏懼。
會怎麼樣呢——現在還好。但是，倘若數一先生知道了到目前為止的我——當真赤裸裸地知道了的話，會有什麼反應呢？
那個時候——
一定不會只是被畏懼就能了事。
一定——會被殺害。
被迫害。
無法活下去。
就像以前的——玖渚友一般。

就像以前的——想影真心一般。
還有就像現在的想影真心一般。
為了活下去——必須適應才行。
必須卑躬屈膝地去適應才行。
或者是——必須逃跑才行。
必須逃到某處才行。
「…………」
那就是我。
我光是活著——就會給大家添麻煩。
我明明決定要活下去。
我明明拒絕了死亡。
儘管如此——
仍然對那樣的現實感到沮喪。
「……抱歉。我說得太過火了。」
這時，我大概露出了相當悲愴的表情吧——數一先生有些尷尬地拿下墨鏡，並這麼說道。
感覺很久沒看到這個人的眼睛了。
不，或許這是第一次也說不定。
話雖如此——數一先生即使低頭道歉，也依然沒有撤回前言。

「不好意思，這是真心話。」

「…………。」

「……無論怎麼說，我們已經無法再跟這件事有牽扯了。算了，反正這種事大概也會有某處施加壓力吧——就像昨天在御苑發現的女高中生的屍體一般。」

「——女高中生。」

是指頭巾妹妹……的事情嗎。

這樣啊……

感覺到目前為止，我一直過份拘泥於那種「理所當然的世界」——數一先生那一連串的話語，作為那種從四面八方來的拒絕的話語，實在是有效過頭了。

會是什麼呢。

真是不可思議。

雖說是脫軌——我的確是適合在擁有異常能力、異常才能的人之間東跑西竄、沒有任何力量的脆弱且平凡的小孩，這樣的形容照理說是我的個性才對——

但不知在何時。

我成了最奇特的異端呢。

是打從一開始嗎。

是因為到了最後嗎？

這種事情已經——無從得知。

至少是已經決定好的——事情。

那麼——

無論哪邊，都是一樣的嗎？

手機的鈴聲響起。數一先生從西裝的內側口袋中拿出電話。

「啊啊……嗯。我知道了。馬上回去。」

數一先生簡潔地這麼說完並掛斷電話，然後看向了我。他像是已經將想說的話都全部說出來了，一言不發地重新戴上墨鏡。

「再見啦。」

他這麼說，然後轉身背對了我。

離別的話語。

我無法做出回應。

明明沒什麼事要辦，也並非有想說的話或想問的事，儘管如此，但不知為何，我卻充滿了想挽留數一先生的心情——

直到他彎過轉角，看不見他的身影為止，結果我還是維持著半吊子地伸出了手的姿勢，什麼話也說不出口。

瓦礫之中。

簡直就像——戰爭遺跡一般的瓦礫之中。

木材和玻璃和鐵屑之中。
我，
「……是戲言啊。」
這麼無力地喃喃自語著。
肩膀沉重地垂落下去。
彷彿會順勢跪倒一般。
雙手——因為割傷而沾滿了血。
好痛。
我想是很痛。
疼痛——傷。
伴隨著疼痛的傷。
這就是活著——這件事。
「嗯啊，真是傑作對吧？」
「…………」
……零崎已經回來了。
真是令人畏懼的機動力。
應該說他似乎是待在附近。
「不，我一直在那棟建築物的屋頂上。」
「真是個動作快的傢伙……」

「你看起來像是被說教了一頓啊。」
「是啊。我覺得很受傷。」
「別在意啦。是凡夫俗子說的話對吧。」
「要是能那樣看開就輕鬆了——只不過，因為我自己本身也一直認為自己是個凡夫俗子，這就類似被同伴拋棄的感覺啦。」
「嘎哈哈。別一個人煩惱啦。你還有我在不是嗎？」零崎說道。「我可是為了幫助你，才專程再次大老遠跑到京都來的，不用客氣，儘管依賴我吧。」
「謝謝你，一看到刑警的臉便瞬間逃跑的零崎小弟。」
「哪裡哪裡，根本用不著道謝啦，就算是半點證據都沒有留下的我，可沒必要被出了包而被會被府警通緝的你這麼說啊。」
零崎笑了，
而我並沒有笑。
「……不過，關於在京都那十二人的事，也有可能是那個最強替我湮滅了證據也說不定——」
「哦。」
是哀川小姐她……嗎。
「那麼，之後要怎麼辦啊？」零崎環顧四周之後這麼說道。「感覺不太能在這裡停留下來悠哉地吃個飯呢。」

「嗯。會在這種瓦礫山裡頭做那種事的傢伙，只是個怪人罷了。」

不過從剛才開始，這傢伙就變成了只對食物有興趣的角色啊……不要緊吧。

「有些貴重物品應該還埋在瓦礫堆下面吧？像是存摺還印章什麼的，在被趁火打劫的小偷拿走之前，先找出來吧？」

「不——應該沒那個必要吧。」

只要踢開附近的瓦礫，稍微找找看就可以清楚知道了。

在這堆瓦礫之中——沒有任何一樣。

沒有任何一樣——保持著物體的原型這件事。

無論是家具。

書本。

音樂CD。

紙箱。

床。

小瓶子。

印章。

從大東西到小東西——都被體無完膚地拆卸成兩個以上的形狀。

或是扭曲，或是歪曲。

總之——十分徹底。

徹底到病態的程度。

所以說，這只要仔細看就能明白——只要仔細觀察就能明白。這並非因為單純的暴力所造成的破壞，而是因為單純的暴力所造成的徹底破壞。

令人畏懼的——破壞衝動。

偏執到不均衡一般的破壞衝動。

所有一切都——

成了無法回收再利用的狀態。

「我的損害頂多只有書本……啊～這下子美衣子小姐跟七七見受到的損傷可嚴重了呢。」

美衣子小姐的骨董興趣和七七見的收集舊書。

不過，應該沒有任何東西是平安無事的吧。

「原來如此。哈——啊啊，真的，仔細一看真的是那樣。這個場所——被徹底地給破壞了呢。嗯——並非試圖破壞物體，而是給人一種試圖破壞座標本身的印象嗎？破壞到**絕對無法恢復原狀**。至少位於根源的立場是這麼一回事吧。」

「零崎。你能辦到這種事嗎？」

「**這種程度**——能夠辦到的傢伙，我倒也知道幾個。不過，能夠辦到**這種事情**的傢伙——我就不是很清楚了。」

更何況，想到這恐怕是幾乎沒花上多少時間的「工程」，也難怪那個大叔會感到害怕了——零崎這麼說道。

「是那個叫真心的傢伙幹的嗎？」
「大概吧。」
「但是，為什麼？」
「這點我才想問人。」
「不過，正在發問的是我。」
「那麼，我就回答你我不知道吧。」
照理說並沒有——大鬧特鬧的理由才對。
至少，已經成為熟悉了這棟公寓的真心——照理說並沒有任何不惜傷害大家也要破壞這裡的理由，但是為什麼——
我完全不懂。
以可能性而言，雖然也並非沒想過這場破壞是來奪回真心的狐面男子的手下，「十三階梯」幹的好事——不過，我實在找不到要如此牽強附會，做出這種不合道理的解釋的意義。
該怎麼辦才好呢？
這種狀況……
「總之——只能先去醫院了。我也很擔心大家的狀況……雖然就剛才數一先生所說的話聽來，大家似乎都沒有生命危險的樣子……不過，我還是很在意。美衣子小姐和抱枕……不，是崩子小妹妹；像崩子小妹妹前陣子才剛出院而已，更讓人擔心。再說，也必須詢問他們究竟是發生了什麼事情。」

「說的也是。畢竟當時大家都在現場，應該知道些什麼吧。」

「雖然不曉得他們是否確實理解到發生了什麼事就是了——因為那大概是甚至沒空眨眼般的壓倒性破壞吧。」

在澄百合學園裡的——真心。

將萌太小弟弟撞飛、橫掃弄倒崩子小妹妹、將哀川小姐摔撞到地上、貫穿了出夢身體的——那種壓倒性的破壞。

常人是無法捕捉到那畫面的。

更何況是在和平、無風無浪的夜晚發生——除了美衣子小姐以外的人，一定都還在睡吧。

那麼——

「……在這裏迷惘也沒用，走吧。」

先跟樂芙蜜小姐聯絡一下比較好嗎——不，假如是被救護車給載到醫院的話，不能保證一定會送到樂芙蜜小姐那邊的醫院。如果是被送到離這裡最近的醫院——

我一邊思考著，總之先跟零崎一起離開原本建造著公寓的區域內。離開瓦礫山後到外面回頭一看，那真的就像是施工現場。那情景就彷彿是為了重新改建而打壞已經變老舊的公寓一般。

但是——

明明古老並非什麼壞事。

老實說，那雖然並非能說是易於生活的環境——但失去了用來休息的家，我從今以後該如何是好呢？這樣的想法確實是存在的。

如同數一先生所說的——

只能到其他地方去了嗎？

正在實踐這一點的是鈴無小姐。

她——在山中生活著。

既是修行僧亦是破戒僧。

但是，我是否能夠像鈴無小姐一樣看開呢——

「所謂的過去啊，是很重要的。」

零崎突然這麼說道。

「因為有過去，才會有現在，才會有未來。」

「……」

「不過啊，同類。」然後，零崎續道：「所謂的現在，並非僅由過去所構成的吧——所謂的未來，也並非僅僅由過去跟現在這兩樣東西構成的。我是這麼認為的。」

「那麼，你說說看其他還有什麼？現在是由過去以外的什麼東西所構成的？未來是——由過去跟現在以外的什麼東西所構成的？」

「天曉得。知道的話就不用那麼辛苦了。就是因為不知道，我們才會像這樣難看地活著吧。」

答案自己去找。

感覺像是被這麼說一般。

「實際上，還真是傑作啊……我說，戲言玩家。你認為活著是怎麼一回事？」

「怎麼啦？這麼突然。」

「回答我。所謂的活著，究竟是怎麼一回事？」

「天曉得……向現在的我詢問這種事，感覺實在太過殘酷了吧。」

「我最近認為所謂的活著，就是『認為自己是活著的』。」

「啊？」

「換言之——如果本人並不認為『自己活著』，那傢伙就不算是活著；這是種使用消去法的定義。應該說很消極嗎？先姑且不論我本身是怎麼想的……一賊——我想零崎一賊的傢伙大概是那樣的吧。」

「你是說為了實際感受到『自己正活著』，而重複殺人行為嗎？為了『活著』而殺人？身為一個殺人鬼，那實在是太任性——太笨拙的藉口了。有損天下第一殺人鬼集團的名聲喔。」

「可是啊——我所知道的一賊的傢伙們，實際上大部分都是這種可悲的傢伙啊。『零崎』的殺人行為之中並沒有意義，只有純粹的殺意——這番話雖然是經常聽見的說法，不過我認為，那些傢伙其實只是單純地感到寂寞而已吧。」

「寂寞……？」

「並不是為了活著而殺人。那只是在裝模作樣而已。重要的是比起這些，身為一賊可以團結一致一事。沒錯——那群傢伙所尋求的……不，至少那個變態大哥，是只有在尋求活著的實感——」

活著的——實感。

認為自己正活著。

活著這件事。

倘若那是——關鍵字的話……

「——危險！」

就在我快要想到什麼的時候——在彎過轉角處時，衣服的領口被零崎從背後用力地拉扯了過去。

脖子被勒住了。

我呼吸停止，差點失去了意識。

但是零崎對此毫不在意，他強硬地用蠻力將我順勢往後面一丟，然後自己本身也——往後面跳了過去。

然後。

原本是人行道的那個位置上——

汽車衝撞了過來。

車子伴隨著震耳欲聾的　車聲開上了人行道，在即將衝撞上位於那邊的電線桿之前，千鈞一髮，真的是只差了幾公分之處——車子一邊散發出橡膠燒焦的強烈臭味，一邊停了下來。

我一屁股跌坐柏油路上。

而且目瞪口呆。

不單是——因為大吃一驚。

是因為我有印象。

因為我對那輛車有印象。

「……啊。」

白色的——賓士車。

S—CLASS。

零崎咚咚地像是在單腳跳一般地湊近我身旁。似乎是他打算從車裡的人物手中保護我的意思表示。

但是——

並沒有那個必要。

從車裏走出來的人是——

「對……對不起。」

如我預料的，是繪本園樹小姐——

雨衣配上長靴。

可以看出零崎的臉色逐漸變得蒼白。

「我、我正想要、停車的時候，看、看到了伊君的身影……所以、不小心、踩下了油門、把方向盤、轉了過去——」

「…………」

這不是看準了時機打算碾死我的意思嗎？

然後——

副駕駛座的車門喀擦一聲地打開了。

「……啊。」

右下露蕾蘿小姐從裡面走了出來。

被繃帶、紗布、石膏包裹住的身體——雖然那副身影仍然讓人感到心痛，不過，從那之後過了半個月，看來她似乎已經勉強恢復到至少能夠一個人行走的程度了。

露蕾蘿小姐看向我，

「哈——」

純粹的，微笑。

「久違了呢，『阿伊』。你似乎還健在，真是太好了。」

「……多謝。」

繪本園樹。

右下露蕾蘿。

為什麼——這兩人會在這裏。

在思考這件事之前——總之我多少是有點鬆了口氣、感到安心的感覺。

澪標姊妹。

因為從澪標深空和澪標高海稱呼古槍頭巾為「背叛者」，並收拾掉她一事看來——

嗯，我一直滿擔心繪本小姐和露蕾蘿小姐是否也會同樣遭到那兩人的肅清。

總之——兩人似乎都沒事的樣子。

「對、對不起……對、對不起、對不起、對不起、對不起、對不起、對不起、對不起。」

繪本小姐她——

用雙臂緊緊抱住自己的身體，但身體卻依然無法完全抑制住地顫抖個不停；她雙眼布滿血絲並瞪大了眼，機械式地編織著話語。

「真、真的很對不起——真、真的很對不起！請、請原諒我這句話太自私自利了呢，實在無法說出口呢。倘若從我的角度來看，伊、伊君是、很重要的、朋友，但是，伊君、一定不會原諒我吧、不會原諒我的，一定正打量著以這件事為契機斷絕跟我的關係呢，一定是那樣的，一、一定是其實打從一開始就不認為我這種人是朋友只是方便使喚利用而已呢我只不過是被使喚利用而已呢，為、為什麼我、之前沒有察覺到這些事呢，一直到目前為止不都是那樣子嗎，到底要遇到幾次同樣的事我才會學乖，要被矇騙幾次……唔、不、不是的！我、我並不是、並不是不相信伊君唷，我相信你唷、我相信你唷，但、但是，這是、我自己的問題、我、我——」

「………」

很好。

一如往常。

我看向一旁，只見零崎是當真嚇到了。他墊起腳尖準備隨時可以逃走。嗯～雖然我原本以為應該沒那回事，不過我跟零崎喜歡的女人類型似乎不太合啊。

「大夫。冷靜一點。」露蕾蘿小姐看不下去，將手放到繪本小姐肩上。「沒事沒事。大家都最喜歡妳了。」

「別、別碰我！」

繪本小姐甩開了露蕾蘿小姐的手。

「露，露蕾蘿小姐也是，反正只把我當成是會治療傷口的人而已吧！」

「……不，這是……因為妳是醫生嘛。」

露蕾蘿小姐一臉苦笑的表情。

……她們似乎意外地是對好搭檔啊。

繪本小姐也曾說過她喜歡露蕾蘿小姐這個人，或許是在這一個月間，萌生出了友情也說不定。

「啊……我、我又說了一些奇怪的話。對——對不起。伊君跟露蕾蘿小姐都是……我、我就是這種性格……」繪本小姐一副很過意不去的樣子。「因、因為我以前是個愛欺負人的小孩……」

「啊……原來如此。」

……喂，慢點。

妳以前竟然是個愛欺負人的小孩啊？

「因、因為討厭被人欺負，而搶先去欺負別人，之後又害怕會遭到報復，就越來越沒有節制地繼續欺負下去……明明內心很難受，明明討厭這種事也知道是壞事，但卻無法停止欺負別人……」

「…………」

這種事我還是第一次聽到。

真是討厭的循環。

讓人不想深入牽扯的話題。

「算了，先別提這些。」

露蕾蘿小姐擱下還在碎碎念的繪本小姐，用感覺不太可靠的步伐通過了我跟零崎的身旁——跨步前往公寓的倒塌現場。繪本小姐像是突然回過神來一樣地連忙跟了上去。

怎麼回事……？

她們是來觀察公寓情況的嗎？

我原以為是為了見我才來的……

「喂，我說啊。」

零崎說道。

「……那就是『繪本小姐』對吧？」
「嗯。雨衣配上長靴。」
「然後，旁邊是右下露蕾蘿，是嗎……」
「沒錯。」
「喂，不良製品。」
「什麼事，人間失格？」
「即使相隔得再遙遠，無論何時我都會替你加油打氣的。」
「就說你還不能回去啦。」
我抓住試圖逃走的零崎手腕，順勢拖著他追在繪本小姐跟露蕾蘿小姐之後。兩人果然是站在遠方眺望著已經倒塌——化為瓦礫山的骨董公寓。
「這下子——沒救了呢。」
「嗯。沒救了。」
「真傷腦筋啊。」
「該怎麼辦呢……」
「如果能及時趕上的話，應該是最理想的啦——」
「就算及時趕上……也是束手無策的。」
「倘若是我，或許還是有辦法的。不過……那希望確實很渺茫也說不定……」
「嗯……」

兩人進行著這樣的對話。

雖然我不曉得意思——是在說真心的事嗎？對了，既然如此，那我——有必須問露蕾蘿小姐的事情。

我插進兩人跟公寓瓦礫之間。

「那個——露蕾蘿小姐。」

「不好意思啦。」

露蕾蘿小姐在我開口之前先說道了。

「這種事雖然不能說是我的責任——不過，儘管如此，我仍然是『共犯者』沒錯——」

「那麼——果然還是——」

「是啊。」

露蕾蘿小姐點了點頭。

「我太小看——時刻老爺了。」

「…………」

「那個人——對真心小妹妹施加了雙重的操想術。一旦我和賴知的『咒縛』解除——就會隨即發動的操想術。」

「…………！」

用催眠術來說——就是後催眠嗎！

不，但是——但是，就算是那樣。

即使是那樣，事情也不可能會那麼巨大地變動。無論是後催眠還是什麼……因為時宮時刻的「術」跟露蕾蘿小姐的「技術」一樣——只要長時間未跟術者接觸，光是那樣效果就會逐漸減弱的類型——有那個七七見擔任護衛，時宮時刻在這二十天之間，是不可能跟真心有所接觸的。

「露蕾蘿小姐——這是怎麼一回事？」

「啊啊。這是——」

「啊。伊君，你受傷了呢。」

繪本小姐像是要打斷露蕾蘿小姐的話一般，她將身體探向前方，輕輕抬起我的雙手。呃……確實在我試圖挖開瓦礫堆時手已經沾滿了血，即使在這種狀況之下，也還是會在意受傷的事嗎……

「啊啊……玻璃刺進去了呢。不快點處理的話會很危險的。車子裡面有治療用具，你來一下，伊君。」

「不，繪本小姐，現在並不是那種時——」

我想問的不僅是真心的事，還有澪標姊妹跟一里塚木之實的事情——關於頭巾小妹妹為什麼非得被殺死不可這件事，我也必須問清楚才行。

但是繪本小姐她，

「沒有比治療更重要的事。」

這麼堅定地說道。

我窺視著露蕾蘿小姐向她求助，但是，「……算了，沒事的。」露蕾蘿小姐感覺有些無奈地這麼說道。

「反正在這種地方——是有點難以啟齒的事啊。」

仔細一看——

看熱鬧的人又陸陸續續地增加了起來。

差不多是上班上課的時間了。

即使沒有人能夠理解發生了什麼事，不過，總之還是會注意到吧。因為處於複雜的位置，雖然不至於會形成人潮——但儘管如此，繪本小姐和露蕾蘿小姐確實是太醒目了。加上兩人又都是美女啊……而且還附帶了身穿偽軍服的顏面刺青少年，這麼一來就連我也像是某種角色扮演一般。

的確換個場所會比較好也說不定……

「大概會變成很複雜的事情吧。況且——」

露蕾蘿小姐說這麼說道。

「我這邊也有想要問『阿伊』的事情——後面座位的那個人，一定也這麼想。」

後面——座位？

不是只有兩個人來嗎？

還有其他人在嗎？

我的意識突然騷動了起來。

難道——

目前在這種狀況下，說到會跟這兩個人——「醫生」繪本園樹和「人偶師」右下露蕾蘿共同行動的人物——

說到會跟「十三階梯」共同行動的人物——

「…………」

我放開零崎的手腕——

沿著來路飛奔回去。

我彎過轉角，

抵達開上人行道的白色塗裝的梅賽德斯・賓士旁邊。

然後——

我用盡全力將後座車門給拉開。

並沒有上鎖。

車門順利到甚至讓人洩氣般輕易敞開，

從車裡面，

「咯咯咯——」

在這麼輕輕笑之後——

那個人物從容不迫地現出了身影。

「喲——我的敵人。」

不言而喻——是狐面男子。

白色的便裝和服——狐狸的面具。

仗著人高馬大——像是在輕視我一般。

不會再度碰面——

不會再度出現在我面前。

應該曾經這麼說過的男人——

現在就站在我眼前。

然後。

不僅只是如此而已。

還有一人——

跟在狐面男子之後走下車的人物。

那是——一個月不見的紅色身影。

哀川潤。

第十九幕——最終時刻

時宮時刻
TOKINOMIYA JIKOKU 操想術師。

要找的東西不在任何地方。

0

1

與其說是奇妙——不如說是珍妙。
與其說是不自然，不如說是超自然。

場所更迭——
場景變更至木賀峰副教授的研究室。
原西東診療所。
鋪設著榻榻米的——接待室。
木紋矮腳桌旁圍坐著——六個人。
西東天。
哀川潤。
繪本園樹。
右下露蕾蘿。

零崎人識。
還有我。
狐面男子、承包人、大夫、人偶師、殺人鬼──
戲言玩家。
倘若考慮到這六個人各自的相互關係──像這樣六人一起圍著矮腳桌喝茶的狀況，原本應該是無論怎麼想都沒有絲毫可能性。
首先，西東天和哀川潤──是沒有血緣的親子同時也是親生父女，是十年前曾互相殘殺的對手，從哀川小姐的角度來看──對方也是一直在尋找的目標。
然後我從那個西東天，也就是狐面男子的角度看來──是敵人。同時跟哀川小姐在這半年來亦打過不少交道，在這種場合下，說我算是站在哀川小姐這一邊的人，大致上也沒錯。
那麼要說繪本小姐又是怎麼樣的話，她也是不能用一般方法應付的人；繪本小姐憑藉自己的意志，已經是背叛「十三階梯」的身分──為了協助我，倘若用比較壞心眼的說法來說，她擁有將照理說是同胞的右下露蕾蘿「出賣」給我的經歷。
那麼，站在「被出賣」立場上的右下露蕾蘿，要說露蕾蘿小姐又是如何的話，不過露蕾蘿小姐身為「十三階梯」也早已經是個背叛者的身分，若要說那是為什麼，是因為她從身為「十三階梯」頭目的西東天本人那直接接收到「只要被我說了什麼就別違抗地背叛吧」的指令，換言之背叛本身並非她自己的意願。雖不情願，但儘管如此，她仍然是跟繪本小姐同樣身為背叛者沒錯。

無論是繪本小姐與露蕾蘿小姐並肩坐在一起的畫面，或是東天跟哀川潤並肩坐在一起的畫面，都同樣有種歪曲的感覺。

同為背叛者——

我跟雙方都有牽扯。

雖說是看對方的意願，但並非沒有關係。然後剩下的一人，零崎人識因為是昨天才剛登場的角色，跟其他五人完全沒有關連、毫無脈絡之人——若要說是否這樣卻又並非如此，原本西東天「敵視」的對象就是這個零崎人識，我充其量只是零崎人識的替代品。看來他似乎跟前「十三階梯」的匂宮出夢多少有些關連，而且更重要的是，關於他的死亡說，其犯人候補正是——哀川潤。既然零崎像這樣活著，可以證明那說法只是謠言；但哀川潤和零崎人識發生過衝突一事，已經是正式的事實，那時候——尤其是在第二次衝突時，究竟發生了什麼事這點，至今依然是個謎團。

所以——

與其說是奇妙，不如說是珍妙。

與其說是不自然，不如說是超自然。

關係是有的。

在這六人之間，有著斬也斬不斷，燒也燒不盡，糾結纏繞又無法解開的，等同人數份的緣分。反過來說，這也是一種，在這裡像這樣集合在一起一事本身，就宛如某種必然一般。就彷彿是盡可能地變成了這種狀況一般——

但是。

既然這樣——還有一個人，是這個場所欠缺的、不夠的——應該這麼說。

應該要在這裡的人物。

橙髮——

苦橙之種——想影真心。

真心應該要在這裡。

「呵、呵、呵——」

最先開口的是——

該說是果然嗎，是狐面男子。

「——嗯，要斷言說演員已經到齊了，是還缺了幾個人……話雖如此，這還真是形成了相當有趣的組合呢。」

狐面男子似乎跟我想著同樣的事，他環顧周圍——彷彿輕視一般地環顧著其他五人，看似愉快地這麼說道。

繪本小姐和露蕾蘿小姐正因為是「前」部下——雖然露蕾蘿小姐她大概到現在也自認為是部下吧，但先暫且當成這麼一回事——的關係，感覺有些惶恐地聽著狐面男子所說的話。姑且不論露蕾蘿小姐，繪本小姐與其說是惶恐，不如說是有些膽顫心驚的樣子會比較正確也說不定。

然後——

感覺不知該如何應對的其他兩人。
哀川小姐從剛才開始就非常露骨的不爽表情，醞釀出一股光看就讓人不敢向前搭話的氣氛。明明是久違了一個月的再會，但我卻連聲招呼也無法打。
零崎他這邊也是——我並不曉得他對於這個狀況是怎麼想的。只不過，似乎可以確定關於繪本小姐和露蕾蘿小姐的事，他決定統統無視的樣子。關於哀川小姐跟狐面男子——他似乎間接地不時以斜眼窺探著他們——但儘管如此，基本上他還是待在我旁邊一副百無聊賴的樣子。與其說是感覺很不自在，倒不如說或許他是認為「跟我沒有關係」。只從第三者的角度來看，有種難以言喻的感覺。
附帶一提。
這是非常重要的事，就是繪本小姐的裝扮從雨衣配長靴換成了白袍跟泳衣。似乎是有在建築物外穿雨衣、在建築物內穿泳衣這樣的規則。
今天是白色比基尼泳裝。
雖然沒有一個人吐槽這件事。
「那個……」
我認為這樣沉默下去也不會有結果，於是舉手之後對狐面男子說道：
「總之——好久不見了，狐狸先生」
「『好久不見了，狐狸先生』。哼。啊啊，也對。的確是好久不見了。」
狐面男子應道。

「哼——真不好意思啊，明明說過不會再見面，卻又像這樣對上了面。」

「不——反正我本來就認為會再次碰面了……雖然能不見面的話那是最好的。對彼此而言。」

「『對彼此而言』。哼。的確如此。」

狐面男子嘆了口氣。

「話說——在那裏的，對……是零崎人識嗎。嗯，不，在零崎一賊早已經全滅的現今——應該稱呼你為汀目俊希嗎？」

「我是零崎人識。」

零崎冷淡地回答。

「現在已經沒有其他名字了。」

「『現在已經，沒有其他名字了』。哼。原來如此——是這樣啊，原來如此，是這麼一回事啊。是那種形式嗎？真是耐人尋味。不過，我聽說你已經死了——」

「那件事去問那邊的大姊吧。跟我可沒有關係。」

零崎這麼說道，並手指著哀川小姐。

哀川小姐則是，

「啊～？」

看向零崎。

看起來真的很不高興的樣子。

「我才不知道咧。我哪知道啊。應該只是偶然沒成功殺死而已吧。你少得意忘形地隨便用手指著我，廢柴。真是的——記得我說過不要再讓我看到你的臉對吧？零崎小弟。」

「這種情況算是不可抗力吧——除了不可抗力以外還能是什麼啊。我才不知道是怎麼回事咧。雖然說我是想過要是能再見面就好了啦。我很喜歡像妳這樣高個子的女人啊。」

「這樣啊。我也很喜歡矮個子又惹人憐愛的男人喔。你把頭髮染黑然後穿上裙子來告白吧。我可以考慮個十秒左右。」

「哈。那真是棒透了啊。」

零崎這麼說，隨便地看向天花板。

……我原本有些擔心這兩個人該不會又要再次開戰了吧，不過他們似乎沒有那個意思，我也暫且鬆了口氣。

話說回來，哀川小姐……

看起來似乎並非因為身體不舒服或精神狀態不尋常，才悶不吭聲的樣子。倘若開口搭話，她也會很普通地——以我所知道的、有如到目前為止的哀川潤的身分來回應。即使我認為應該不會有那種事，應該不會做出那種事；但到目前為止，我在內心一直感到不安，擔心她會不會以萬分之一的機率，和真心一樣被迫變成了西東天的傀儡——

那麼。

為什麼她看起來會這麼不高興的樣子呢？

我這麼想時，跟哀川小姐視線交會了。

哀川小姐她——

「……啊，不，不好意思。」

她有些尷尬地搔著頭，並對我這麼說道。

雖然和平常不同——

感覺卻像平常一樣。

「好像——讓你為了一些不必要的事情擔心啊，小哥。」

「咦，啊，那是無所謂啦——」

「別在意。只是有點慌張而已。只是有太多事讓我不知道從何應付起而已。並沒有被怎麼樣——」哀川小姐這麼說道。然後她稍微側目看了一下狐面男子。「——只是因為有這種傢伙在一旁，才無法鬆懈警戒心罷了。」

「……是這樣啊。」

這種傢伙。

——父親。

究竟——這一個月。

在這兩人之間——曾有過怎樣的對話這點，我無法想像。我不可能會知道那種事。

人類最強和人類最惡會交談的對話內容什麼的——我怎麼會知道。

儘管如此，不過……

既然哀川小姐平安無事，就算了吧。
那些事情之後再問吧。
更重要的是，現在首先要——
「那麼……」
狐面男子這麼說道。
「該從哪裡說起好呢，我的敵人。我們彼此——無論是想說的事或想問的事，以及該說的事和該問的事，感覺都多得像山一樣高——不過，說到現在應該優先考慮的事情，我想大概只有一件——怎麼樣呢？」
「……或許是吧。」
想問的事——
從哀川小姐到澪標姊妹，發生的事實實在太多。多到光憑我的頭腦已經無法掌握的地步。
不過——
儘管如此，首先應該考慮的事情是。
「是關於真心的事情啊，狐狸先生。」
我說道。
「**真心她——怎麼樣了？**」
「……」
「根據我以前——從露蕾蘿小姐那聽到的消息來看……施加在那傢伙身上的

『鎖』，只要沒有持續施加下去，隨著時間經過效力便會逐漸減弱——據說是這樣。」

「似乎是呢。雖然我並不曉得。」

「……但是，剛才一問之下——據說有一個名叫時宮時刻的人，對她施加了雙重的『術』——而現在那正處於發動中狀態的樣子。」

「似乎是呢。這也是——我不曉得的事啊。」

「有兩個疑點。」

我說。

「其一——那究竟是怎麼樣的『術』。其二——時宮時刻究竟是如何對真心施加那個『術』的——關於這兩個疑問務必請你回答才行。」

「你還是一樣聰明呢。擅長歸納事情狀況。」狐面男子他「呵、呵、呵」地笑著。

「不過，兩個問題我都無法回答呢——因為我並不曉得啊。」

「……」

這個人什麼都不知道啊……

我看向哀川小姐。

哀川小姐彷彿束手無策般地搔著頭。

「小哥。」

然後她出聲叫我。

「別對**這個**抱有任何期待。這個身上可沒有任何小哥所期望的答案。是個明明什麼都不知道卻這樣一無所知下去，會將一切都搞砸的傢伙。」

「是啊──我現在知道這一點了。」

「我到了最近也總算是明白了……這傢伙真的是什麼都沒在想。老實說，一想到我竟然一直在尋找這種傢伙，就覺得自己虛度了無謂的時間。」

「…………」

「真是的……為什麼這種傢伙會是我的父親啊。麻煩、礙事、讓人火大……」

然後哀川小姐又再度看似不悅地陷入了沉默……總覺得，從這種角度來看的話，從剛才開始哀川小姐那種不高興的態度，說不定就類似「被人看到丟臉的雙親覺得很丟臉」這種感覺。該怎麼說呢，就像是小學生遇到雙親跑來週日的教學觀摩那樣。

敞開心房──應該不是這麼回事吧。

不過至少，

限定在目前這個瞬間來說的話──

哀川小姐似乎是沒有殺意的樣子。

雖然不知道是為什麼，或是什麼原因……

但她似乎並不打算殺掉──父親的樣子。

……不過，說到那個父親的話，

還是一樣──難以捉摸。

他有把女兒──當成女兒來看待嗎？

不把人當成人看待的這個男人。

「哼。」

狐面男子看似有些無聊地說道。

「雖然我的確是什麼都不知道——不過就是為了這種時候，我才會有『手足』。吶，對吧？大夫、露蕾蘿。」

「是啊。」

點頭同意的是露蕾蘿小姐。

「雖然還不是很清楚地瞭解全貌——但是大致上發生了什麼事情這點，我可是有確實掌握住的。」

真是可靠的一番話。

無能的上司有能幹的部下跟著。

從旁邊傳來了「呵啊」的呵欠聲。

是零崎。

「吶，小哥。」

「小哥不是你叫的。什麼事？」

「我想睡了，可以先去睡一覺再來嗎？老實說，感覺跟我沒什麼關係的話題又即將開始的樣子。」

「…………」

我原本心想他在這種緊張的場合是在說什麼鬼啊，但他似乎是真的想睡了，只見零崎的雙眼像是快瞇起來。仔細一想，他從昨天晚上熬夜到現在都沒睡——倘若這樣，說不定這傢伙是顧慮到在這種場合下不能光明正大地睡著。

「……二樓有床喔。」

說話的是繪本小姐。

「呃……因為其中一張是露蕾蘿小姐在用的床，請你睡另外一張。上樓梯之後，靠裡面的房間。」

「……謝啦。」

零崎說完便從座墊上站了起來。儘管是道謝的話語，卻可以充分感受到零崎對繪本小姐的警戒心。不知怎的，他站不太穩。

「你知道樓梯在哪嗎？」

「這點小事我立刻去找——別看我這樣，我的方向感跟掌握空間的能力可是相當強的。那麼，就這樣。」

零崎匆匆穿過露蕾蘿小姐和繪本小姐身後，走向紙拉門。然後在他要拉開紙拉門時，

「啊，對了對了。」

他開口——

對狐面男子說道。

「喂，你。」

「……什麼事，零崎人識。」

狐面男子頭也不回地答道。

不過，他說話的聲調——感覺和平常不同。

「雖然是怎樣都無所謂的事情，而且一問感覺會被人認為好像是我很在意一樣，我有點不太願意——就算這樣，還是問一下好了。零崎一賊會全滅是你幹的好事嗎？」

「…………」

狐面男子暫時沉默了下來，

「嗯，是啊。」

他這麼說道。

「正確地說，並非我而是想影真心——就是了。」

「……哦。」

「因為用來當測試力量的對手剛剛好——無論如何，只要殺掉一個人，對方就會主動接二連三地趕過來呢。而且也容易保密。」

「喔，這樣啊。」

零崎這麼說，

然後跨過門檻，從房間內往外踏出了一步。

「……你不覺得可恨嗎？恨這個殺了你家人的我。」

「不會。我才沒把那些傢伙當成家人咧。」

「儘管如此——你至今依然自稱姓氏為零崎不是嗎？」

「因為字面很帥氣，也沒為什麼，我就是很中意。只是這樣罷了。沒有其他原因。對了，還有人類最強。」

「啊？」

被這麼點名，

哀川小姐於是回頭看向零崎。

零崎他，

「我有遵守和妳的約定。」

這麼說了。

「雖然是『目前還有在遵守』就是了。不過，大概那傢伙也是一樣。」

「…………」

「雖然沒有保證，不過我是打算從今以後也繼續遵守下去。那傢伙大概也是吧。」

哀川小姐感到很稀奇似地暫時看著那樣的零崎——

「這樣啊。」

然後點了點頭。

「辛苦你了。」

「……不會、不會。請別在意。」

然後零崎關上了紙拉門——

隨後傳來了爬樓梯的聲音。

「…………」

雖然是僅僅十幾秒的對話——但在殺人鬼和人類最惡、人類最強之間的對話當中，感覺擁有許多讓人無法完全認識到的要素。

淨是些我不知道的事情。

儘管如此——

我很清楚讓零崎一賊全滅的元凶是真心。實在無法否定。雖然小唄小姐對那些事隻字未提——不過，我想她一定知道吧。雖然很難判別她之所以沒有告訴我，是出自於溫柔或惡意。

這是我早就隱約知道的事情。

雖然是我非常想否定的事情。

「哼——原來如此，是那種性格嗎。是那種性格啊。將零崎一賊全滅，儘管測試真心的力量跟運氣是第一優先的目的，但也含有搞不好可以把或許還活著的零崎人識給逼出來的意義在——但那個是那樣的話，大概是沒用吧。」

「狐狸先生……零崎或許還活著——你一直這麼認為嗎？」

「不，我個人是判斷他已經死了。終究只是為了保險起見，所謂試了才知道。不過既然像這樣看到他活著的樣子——這樣啊，表示那傢伙和出夢有直接性的關連嗎……不過那要說是和我的緣分，是稍微淺了一點。」

那麼——狐面男子說道。

「我和那傢伙，究竟是靠怎樣的緣分聯繫起來的呢——從看到臉也想不起來這點來看，應該是有某人居中的可能性較大吧……哼。倘若是萩原子荻等人的話就有趣了——不過那畢竟是太離譜了嗎？要是那樣，事情發展簡直是順利過頭了。既然我跟萩原子荻沒有聯繫……哼。既然如此，會是誰呢……」

就好比我和狐面男子之間有哀川小姐和真心一樣，零崎和狐面男子之間，也有某人存在著——即使是那樣，在目前這個時間點，那大概已經是沒有任何關係的事情了——儘管如此，這點的確是令人在意。

「那個——」

沒想到開口修正話題的人竟是繪本小姐。

「因為露蕾蘿小姐……還沒有完全康復——等這次談話結束之後，必須請她再去休息才行……所以請你們快點把話說完。」

「……妳還是一樣，只對傷患病人有興趣啊，大夫。這樣反而讓人感到愉快呢。好吧——零崎人識的事就之後再說吧。露蕾蘿，繼續說下去——應該說我也想知道。」

「啊啊。我瞭解了——妳也好好聽清楚囉？哀川潤小姐。」

「我知道啦。我並沒有在想我也來去睡好了之類的事。」

她剛剛似乎那麼想。

真是無法大意的人。

露蕾蘿小姐嘆了口氣——

然後面向我。

「最初的契機是——」

2

最初的契機似乎是露蕾蘿小姐所抱持的僅僅一丁點、彷彿只要一吹就會飛走般渺小的懷疑——的樣子。

據說她是從跟我接觸過的十月十五日開始，經過一陣子——肉體恢復到某種程度之後，勉強從生活中大部分都需要繪本小姐協助的狀態脫離時——

突然感到疑問的樣子。

是這麼——一回事嗎？她這麼想。

據說她是不經意想到。

那是我也曾想過的事——是我這兩個禮拜來一直在思索的問題。不只是跟狐面男子的戰鬥就以那種形式來結束一事，還包括真心的「鎖」竟然是那種只要時間經過就會自然解開的簡單束縛——即使施術本身要花上一番功夫，解術卻只要那樣就行了——我不經意想到這些事。

但是，我接受了那份無聊。

我認為大概就是那麼一回事吧。

這社會就是那麼一回事。

世界就是那麼一回事。

故事什麼的，在大部分情況下，都是那麼一回事——我這樣想。

不過——露蕾蘿小姐似乎無法接受是那麼回事。狐面男子的善變並非現在才開始的，而且從加入「十三階梯」之前，對露蕾蘿小姐而言那已經是很明確的事情，所以關於狐面男子西東天對我的投降宣言姑且不論——

苦橙之種。

關於想影真心——是個問題。

奇野賴知。

時宮時刻。

明明除了兩個「咒之名」以外，就連自己都有一份——但那結局未免也太掃興了不是嗎？

她那麼思考著。

不，她並沒有弄錯。並非這次是特例，而是無論何時都是那樣——包括奇野先生的「病毒」是那樣的種類一事、操想術並非會一直持續有效的術一事、還有就連身為人偶師的自己的「調教」，倘若沒有持續下去就沒有意義一事——都是很平常的事，是理所當然的規則。那樣是當然的。

所以說——並沒有不自然。

只不過是單純地，到目前為止沒有遭遇過會演變成那種狀態的事態而已——只是因為湊巧身為鎖鍊對象的真心逃跑的關係——並沒有任何錯誤或失敗。

不過。

在這麼想的時候——

這麼一想才注意到浮現出來的不自然就在那裡。

「……真心從你們的監視下逃跑時——時宮時刻碰巧離開了現場——是這件事實對吧？」

對於搶先說道的我，露蕾蘿小姐她點頭同意。

「就是那麼回事。」

當然，即使到目前為止，也並非沒有那樣的機會——三人中有某人不在場的情況一定發生過。所以真心是看準了有人不在場的瞬間逃走，這是一般的看法；要認為其中包含了時宮時刻恣意的意志，實際上是有些勉強。

不過——

露蕾蘿小姐卻在這邊產生了懷疑。

正因為懷疑——而回想起來。

不，正因為**那件事**留下了強烈的印象，露蕾蘿小姐才會懷疑時宮時刻；這種情況下這麼說會比較正確吧。

那是——

在奇野先生和露蕾蘿小姐的面前時——對真心施加「術」，綁上了三條鎖鍊之後沒多久的——時宮時刻所說的話。

『實驗，有個問題想要請教你們——』

時宮時刻這麼起了頭。

用跟平常完全一樣的語調。

『你們究竟是把**那個**定義為怎樣的東西？』

『什麼定義的——』奇野先生這麼回答。『那就是所謂的「人類最終」——也就是人類的完成形對吧？以存在而言，甚至勝過那個承包人「人類最強」——甚至凌駕於狐狸先生，「人類最惡」之上——是這樣吧。』

『說的沒錯。正如你所說的那樣，說的一點都沒錯。說的真是一點都沒錯。儘管這定義附帶將狐狸先生的話照單全收的限制條件，但就完全如同你所說的那般。不過——怎麼樣呢，你們怎麼想？假設那個苦橙之種是那種種類的東西——你們不認為那早已經是「世界的終結」的一個型態嗎？』

『…………』

『…………』

時宮時刻似乎毫不在意奇野先生和露蕾蘿小姐沉默下來這件事，他淡淡地繼續說了下去。

『原本——苦橙之種是以紅色征裁後續機的身分在大統合全一學研究所被製造出來的。這麼一來，假設紅色征裁——死色真紅是藉由狐狸先生的手，為了引發狐狸先生「世界的終結」這個目的而存在的失敗品——你們不認為身為成功品的苦橙之種，光是其存在就已經代表「世界的終結」了嗎？』

真心是——世界的終結。

那——

的確是我連想都沒想過的事情，不過，我認為這實在無法斷言是時宮時刻的牽強附會。

『但是狐狸先生卻只是把苦橙之種當成針對「阿伊」的炮灰、墊腳石在使用——為此用上我們三人將她五花大綁甚至還施加了「鎖鍊」，重疊了層層拘束。你們是怎麼看待這個現實的？』

倘若選對時間、地點跟場合的話，那應該是相當有見地的意見——不過奇野先生跟露蕾蘿小姐雖然表現方式稍微不同，但基本上都「心醉」於狐面男子，是贊同西東天的人格和思想的「十三階梯」一派——

所以對時宮時刻那番話，據說他們只是一笑置之。

但時宮時刻本身並非蘊含了相當重要的意義來向兩人提出那個話題，反倒像是在說那只是前提一般地——

『說的也是。』

他似乎這麼說道，接著提出下一個話題的樣子。

『賴知君。你剛才說苦橙之種是人類的完成形——但是，果真如此嗎？究竟是如何呢？追根究底來說，在被稱為人類、我們認知為人類的這種概念中，是否有所謂的完成形呢？』

『你說有沒有——既然就在眼前，那只能承認是有吧。』奇野先生似乎是這麼回答的。『再說，不是靠我們三人合力，才勉強封住了她的力量嗎？就算是時刻先生，也不至於忘記那龐大的力量——』

『用賴知君的「病毒」將體力、用蕾蘿君的「調教」將肉體、然後用我的「操想術」將意識給——各自拘束起來……不過，只有這種程度嗎？只不過**光靠我們三人合力**就會被拘束起來的東西——可以稱之為人類最終什麼的嗎？我是這麼認為的。我是這麼認為的喔。』

被說是「只不過」，奇野君似乎有些掃興——對露蕾蘿小姐來說，那似乎也不是讓人很愉快的意見。

希望你們不要誤會——時宮時刻續道。

似乎是這樣。

『不過，我只是想這麼說而已——**苦橙之種其實並非那種程度不是嗎？**』

『並非——那種程度？』

『不只是那種程度，我認為這種說法恐怕是比較正確的——從我們的角度來看，早已經是壓倒性的那份暴力——甚至用不著將露蕾蘿君所負的重傷拿來當例子，就連那壓倒性的暴力——對苦橙之種而言，會不會是事先受到限制的力量呢？就是這麼一回事。』

『限——制？』

『就是鎖鍊。』

時宮時刻說道。

『苦橙之種可能是自己在無意識之間克制著自己。』

『…………』

『有意識的克制當然不在話下……恐怕是被灌輸的人格的問題吧。將苦橙之種「開鎖」的人，目前是吾等之敵，「阿伊」對吧？既然如此——可以推測是他對那邊賦予了某種影響。真令人感興趣呢——「阿伊」給了苦橙之種什麼樣的人格。』

『不過——老爺，』露蕾蘿小姐忍不住開口說了。『苦橙之種是否在無意識之間克制著自己這種事，根本無法確定不是嗎？這種事要怎麼說都行——』

『我就算這副德行，也如你們所看到的一般，是操縱意識的術者；所以這種程度的推測——嗯，我自然是比你們還正確的。當然，我也無法否定「世界的終結」可能只是把那種程度的——區區的人類最強升級了幾種版本而已；我無法否定。要是你們叫我肯定的話，我會含糊帶過，不過，我還是無法做到否定的地步啊。』

『……你到底想說什麼？』

對於奇野先生的疑問——

據說時宮時刻似乎很高興地露出微笑。

彷彿打從心底一直在等待著——那個問題一般。

『沒什麼——我是認為假如是那樣，就太可憐了。苦橙之種、人類最終，甚至可說是人類完成形的存在——竟然因為那膽怯且怯懦的性格，而無法隨心所欲地做事，無法為所欲為地行動的話——

假如她是在畏懼著什麼的話。

那實在是太可憐了。』

『…………』

『…………』

在啞口無言的兩人面前——

時宮時刻似乎有些俏皮地聳了聳肩。

『姑且不論這些——你們也很想看吧？狐狸先生所說的「世界的終結」。既然如此——在這種那說不定就在眼前的狀況之下，要我什麼都別想——我是有點辦不到的。辦不到呢。無論是以身為「十三階梯」，或是「時宮時刻」的身分而言——吶。』

時宮時刻。

在談到自己的所屬時，不用「時宮」來區分，而是用全名「時宮時刻」來稱呼這點——據說是時宮時刻的習慣。

被賦予放逐者的——那個名字。

「……總之，」

露蕾蘿小姐這麼說道。

她以為那種事只是胡言亂語——而且那時候跟奇野先生和時宮時刻都才相見沒多久，所以露蕾蘿小姐似乎只認為「真是個奇怪的人啊」，並沒有放在心上——

這麼一來，

狀況一旦演變成這種局面——總覺得嗅到了什麼詭異的味道。

那是在一開始施加「術」後沒多久的事情這點——感覺也有些奇妙。

不過，由於戰鬥終結宣言的發布，「十三階梯」也跟著四處分散且七零八落，彼此之間早已經無法取得聯繫，也無法向時宮時刻問出事情的真相——所以這一個禮拜以來——露蕾蘿小姐似乎一直在心中存有芥蒂。

不過——

儘管如此，可以確定的是，無論時宮時刻對真心做了什麼——無論他在私底下瞞著奇野先生和露蕾蘿小姐施加了何種「操想術」——只要那個「術」沒有持續施加下去，就會自然風化掉。無論那是多麼強力或強迫性的術——只有這項規則照理說是絕對的。因為「操想術」這種操縱意識的術本身，原先就是以此作為底線規則而成立的緣故。

並非弱點，而是基礎。

所以——應該可以安心。

她這麼告訴自己——而且實際上，那份對自己的說服工作，大致上相當成功，對於一直照顧著自己起居的繪本小姐，結果也沒提出這些瑣碎疑問的樣子。

但——就在昨天。
十月三十一日。
這間前西東診療所——即木賀峰副教授的研究所，從「十三階梯」的一里塚木之實那邊接到了聯絡。
據說是——
已經捕捉到時宮時刻的企圖。
雖然在談話途中被他逃走——
但是必須阻止他的企圖才行。
我之後會再度拘捕時宮時刻。
會使用澪標姊妹。
你們——請保護狐狸先生——
以及偵測想影真心的狀態——
「請儘快。或許已經來不及了——這就是木之實所說的事。」
「原來如此。」
狐面男子看似嚴肅地點頭同意。雖然因為面具而看不見，但讓人認為他的表情應該正得意地竊笑著。
「木之實她——掌握到些什麼了嗎？還是一樣，是個明明沒拜託她，卻靜不下來四處奔波的可愛傢伙啊。我想起小時候飼養的倉鼠。雖然沒替牠取過名字什麼的，對了，那隻倉鼠就先命名為小木之實吧。真沒辦法，照這樣看來，監視．調查我的敵人的任務，或許應該交給木之實而非濡衣啊……那麼，露蕾蘿。木之實是怎麼說的？」

「雖然不曉得詳細的內容——」

「儘管如此，木之實還是掌握到能夠讓無法抱有確信的你做出行動的某些情報吧。快說明啊。我也是感到很困惑的——難得我們父女兩人獨處被人用這種方式干擾了。還真是不解風情啊。是吧，潤。」

「別用名字叫我。」

「用姓氏稱呼的傢伙是敵人吧？」

「以你的情況來說，無論怎麼叫都是敵人。」

哀川小姐不悅地將頭撇向一旁。

不知怎的，總覺得他們看起來似乎感情很好——父女兩人獨處……這兩人在哪裡做了些什麼啊？假如相信狐面男子所說的話，至少可以確定他們是離開了京都……

換言之，接到一里塚木之實的聯絡後，露蕾蘿小姐和繪本小姐首先確保狐狸先生的安全——同時也帶走在場的哀川小姐——之後為了尋找真心而來到那棟骨董公寓。因為真心居住在那棟公寓一事，對「十三階梯」而言，也早已類似公開了。

也就是說，如果露蕾蘿小姐和繪本小姐在確保狐面男子的安全之前，先前往公寓的話——以距離來說，那應該算是捷徑——或許就能夠避免公寓倒塌；不過那是以

「十三階梯」的身分來決定的優先順序，雖然沒辦法，但這也是不得已的嗎？

不過……說到昨天，那也是我差點被與澪標姊妹聯手的一里塚木之實——給殺死的日子。如果沒有現在大概在二樓睡覺的零崎在，我應該已經沒命了。

也無法跟玖渚離別。

照理說是死了。

到底是怎麼樣呢，從時間上來說，跟露蕾蘿小姐接到聯絡一事對比，應該是其中一邊先發生的吧。倘若考慮到從出夢那聽來的一里塚木之實的性格——嗯。至少，若是觀察到目前為止的反應，無論是露蕾蘿小姐或繪本小姐，還有狐面男子也是——都不曉得我昨晚差點被澪標姊妹和一里塚木之實給殺掉的事情……

話雖如此，但感覺氣氛似乎變得不適合提問這種事……

會被認為是不合群的傢伙。

「確保我的安全——既然木之實那傢伙這麼說，至少可以得知那是會危及到我自身安全的事情——儘管如此，究竟時刻是想要做什麼？若是不知道這一點，就無法繼續談下去。」

「我也不曉得那個行為可以怎樣表現。不曉得該怎麼說才好。但是，可以肯定那是對狐狸先生的背信行為沒錯——」

「不是背信啦。也並非背叛。」狐面男子說道。「原本，那傢伙就是以『准許一切自由』的條件加入『十三階梯』的。就連在一般狀況下會被稱呼為背叛的行為，都包含在約定之中。」

「……啊啊，這樣子啊。」

對於狐面男子依然不變的話語，露蕾蘿小姐雖然一副訝異的表情，但不愧是已經習以為常了，她照樣繼續說道。

「時刻老爺他——

似乎在策劃要解放真心。

並非拘束——而是解放。」

「…………」

解放——真心。

讓真心自由。

精製了施加在苦橙之種身上的三道鎖鍊中之一「操想術」的時宮時刻——在另一方面則是期望解放苦橙之種，是這麼一回事嗎？

不過——雖說是解放。

那實在具有太多意義了。

多到數不清。

「對操縱意識的時刻老爺來說，那方法以手法而言是比較穩當。因為與其**不讓她為所欲為**——倒不如**讓她為所欲為**——這樣要容易太多了。」

「其結果就是——失控嗎？」

我像是喃喃自語般地說道。

並非拘束，而是解放。

並非失控——而是解放嗎？

就像剛才露蕾蘿小姐在倒塌的公寓前告訴我的一樣——假如真心被施加了一種在奇野先生的「病毒」和露蕾蘿小姐的「技術」完全解開時會發動的後催眠——

然後。

倘若就像時宮時刻對奇野先生和露蕾蘿小姐所說的一樣，真心身為人類最終，在無意識之間克制著自身存在的話——

失控。

解放。

為所欲為。

那就是——

那些是真心一直想做的事嗎？

那就是——真心所期望的嗎？

倘若是這樣——

「…………」

我——

我們。

這表示我們究竟讓真心——

克制了多少想法呢？

我們勉強真心忍耐了多久呢？

嘴上說什麼要讓她自由——做的事卻跟奇野先生和露蕾蘿小姐、還有狐面男子，抑或——跟那個ER3系統的MS-2沒什麼兩樣——是這麼一回事嗎？

一直壓抑著的反作用造成了——那個結果。

那個結果。

將大家都牽扯進來……

然後——

真心也從我身邊逃離。

離開到——其他地方去了。

但是……

她看起來明明那麼快樂。

「哼。」

狐面男子說道。

「不過，真是不明白啊。時刻他究竟——是怎樣對真心行使那個操想術的？照理說在十月十日以後，那傢伙應該沒有跟真心接觸的機會啊。」

「正是那樣。」

「即使是類似後催眠的術——其道理本身應該不變才對。還是說——時刻那傢伙潛入了我的敵人的公寓呢？然後在那時被木之實給捉了——」

「那是不可能的。」

我如此斷言。

「那棟公寓要從外側接觸是不可能的。附帶一提的話，照理說還有玖渚機關的防禦壁擋著——」

「哼。玖渚機關的防禦壁是附帶的這點可真是有趣的說法。簡直就像是在開玩笑的說法啊。不過，既然如此——這是怎麼一回事，露蕾蘿？」

「答案非常簡單明瞭——我從木之實那聽說的時候，也感到非常意外。」露蕾蘿小姐壓低聲音說道。「**如果說不持續進行催眠，效果就會減弱——那只要持續進行催眠就行了**。道理就這麼簡單。」

對於露蕾蘿小姐這番話——

在場所有人都啞口無言。

不，與其說是啞口無言——倒不如說是單純地不明白話中含意吧。

這也難怪，那個理論在拓撲學（topology）上並不具任何意義。這就像是被人家說如果沒有飯，只要吃飯就行了一樣。就像是對於要怎麼做才能在空中飛的疑問，回答只要在空中飛就行了一樣；這樣的內容即使要當成禪問答也無法成立。

繪本小姐她，

「這、這是怎麼一回事呢？露蕾蘿小姐……」

問道。

……妳也不知道嗎。

姑且不論狐面男子，但繪本小姐即使事先聽過應該也不奇怪才對……或許露蕾蘿小姐也不知道該怎麼說吧。就連現在，感覺她也是邊想邊說的樣子——而且她似乎也注意到剛才的說明實在不夠完整，她嘴裡說著「不對」，稍微低頭看向下方。

「換句話說——所謂的催眠，換句話說，呃換句話說，就是類似意識的節拍那種東西——雖然催眠跟操想術是似是而非的東西，但也是雖非而似的東西——喏，不是有一種『你會越來越想睡』的催眠法嗎？」

「……將五圓硬幣垂掛在眼前的那招嗎？」

「對、對，然後說『你會越來越想睡』。」

「哼，感覺剝奪式幻覺嗎？」狐面男子說道。「靠單調的工作讓人意識麻痺的催眠手法。這也是『時宮』的操想術常用的手段啊。不過，那又怎麼樣？」

「所以說——只要讓意識層次配合催眠的節拍就行了——更進一步地說，只要讓它固定就行了。就是這麼一回事。」

露蕾蘿小姐率直地說道。

「只要將真心小妹妹的意識經常固定在**某種**節拍上，一**開始施加的操想術就不會解除了**；就是這麼一回事。」

節拍——

就是指操想術的拍子嗎？

原來如此，即使術者本人沒有經常待在身邊，只要事先訓練成意識會對某種節拍產生反應的話——就不需要一再重複施術好幾次了……是嗎？

不，那樣的話，跟後催眠是同樣的道理。

遲早——隨著時間經過就會解除。

而且所謂的催眠術，要是弄得太過火，對方會逐漸習慣，效果就會減弱——我也曾聽人這麼說過。雖然不是在說奇野先生，不過這就跟藥物或毒品具有成癮性一樣……

倘若把節拍比喻成音樂，感覺就像是已經聽慣了那段旋律一般嗎——

意識。

「不對。」

露蕾蘿小姐似乎終於要邁入結論了。

「並非那麼一回事……更加單純。

只要讓節拍一直響著就行了。

只要一直施加著操想術就行了。

以原始的節拍為基調就行了——

——就是這麼一回事。」

「……一直施加？」

一直施加。

一直施加著——是指。

「啊啊——原來如此。」

最先恍然大悟的是哀川小姐。

她的表情就像是打從心底——感到鬱悶一般。

「……是那麼一回事啊。要說是『咒之名』的作風倒是挺符合的——呿。感覺真差勁。」

「潤小姐——是怎麼一回事？」

「簡單地說，只要持續在眼前搖動擺錘，操想術就沒空減弱效果了——倘若是按照每次節拍都會勾起回想這個道理的話。沒有間斷的催眠術。哈——原來如此，沒有半點空隙。這樣一來，是不可能解除的。竟然會有人想到這種瘋狂的主意。」

「是怎麼一回事？說明一下，潤。」

「…………」

……狐面男子似乎還不明白的樣子。

這個人該不會其實很沒用吧？

哀川小姐沒有回應來自父親的要求，她面向露蕾蘿小姐，用下巴催促著要她說明。這個人如同字面一般試圖用下巴使喚身為狐面男子「手足」的「十三階梯」的傲慢態度，該怎麼說呢，即使在這種場合，也讓我不禁感到安心。

但是——露蕾蘿小姐接下來的話語，

「心臟的節拍。」

讓我那種感覺——凍結了。

露蕾蘿小姐手指著自己的胸口說道。

「真心小妹妹是以心臟的跳動為基調——被施加了操想術。」

「心——心臟……！」

以心臟的跳動——為基調。

既然如此——不，冷靜下來，既然如此，如果是那麼回事，事情會演變成怎樣？雖然我可以直覺理解到那是非常不得了的事，不過，那究竟意味著什麼，我一時之間還難以掌握。

呃——

就算是真心，雖說她是人類最終、是身為能夠淩駕於一切之上的存在的苦橙之種，想影真心——但既然身為人類……即使並非人類，即使是怪物，但只要是生物，心臟就不可能沒有在跳動。

而且心臟是非隨意肌——

無法隨心所欲地動作。

所以說——那是儘管位於自己的身體當中，儘管是能夠稱之為自己身體中樞的部分，儘管算是肌肉卻無法靠自己控制；是這般獨特且是最重要的器官。

將這個節拍當成基調就代表——

「一**直處於催眠狀態當中——那就是原始狀態**。」

不向外部尋求聲源——

而向內部尋求聲源。

是這麼一回事啊。

「等一下……那與其說是密技抄捷徑——不如說幾乎算是禁忌招式了吧——」

我無力——且充滿絕望感地喃喃自語著。

「怎麼會這樣……既然如此，三道鎖什麼的，不如別解除還好得多了……」

「我深有同感啊。」

露蕾蘿小姐這麼說著，在她身旁的繪本小姐也連連點頭同意。哀川小姐不用說，還是一副不悅的表情。

狐面男子他——

「哼。」

仍然表現出一如往常的反應。

他並沒有特別動搖的樣子——反倒表現出因為疑問獲得解決而感到神清氣爽一般，這種程度的反應。

「原來如此——心臟嗎。的確是個盲點。在刻畫著固定、單調節拍這層意義上，沒有勝過心臟的體內時鐘——當然這是真心才辦得到的事。因為要是一般人、平常人的話，心跳數很輕易地就會變動。哼，真的是很漂亮地利用了人類最終的完美部位啊——」

「而且要不是這種情況，就是毫無意義的事了。」哀川小姐接著狐面男子的話這麼說道。「那個操想術即使在發動之後，也會一直持續有效嗎？人偶師小姐。」

「……我並不清楚。」

「你們同樣是專家吧？」

「是沒錯。」

「那就預測一下。」

「嗯……時刻老爺應該不是會使用發動之後就此結束——那種簡單的「術」的術師。大概是類似巴甫洛夫的狗的條件反射那樣——

直到心臟停止為止，那個催眠都有效吧。

如果說就連目前這個階段都能夠支配到『意識』的話，照理說已經沒有應對的餘地了——雖然狐狸先生剛才那麼說，但所謂心臟的節拍，縱然有個人差異，但只要沒有生病，基本上是不會有太大變動的。所以在這種情況下，倘若是真心小妹妹，就更不用說了——應該這麼說吧。」

「…………」

直到心臟停止為止——這表示。

這——換句話說，不就代表是**直到死亡**為止嗎？

那個——過著連自己都不曉得至今為止的人生正確來說有幾年的那種人生，一直被人支配著的——想影真心直到死亡為止，都一直在操想術的支配下被施加著無法解除的鎖這件事實——

即使不論敵我，也無法原諒。

無法原諒。

我這麼心想。

深沉的黑暗感也同時壓了過來。

絕對解除不了的——催眠。

意識的支配。

「並不是支配——」露蕾蘿小姐說道：「不是支配。這是解放啊。應該說正因為是解放——這種荒謬的大招式、荒謬的操想術才有可能成功。」

「『應該說才有可能成功』。哼。原來如此，我可以理解了——時刻為什麼會做出那種誇張恐怕又大費周章的事情的意義——」

呵、呵、呵，他看似愉快地笑著。

即使在這種場合，也依然很愉快的樣子。

他真的——

這個人是沒有人心嗎？

「露蕾蘿——園樹。雖然我無法推測你們在心中是怎麼想的——時刻。時宮時刻，操想術師。那傢伙啊——在『十三階梯』的成員當中，包括明樂在內的十三人當中，不，即使把過去曾是『十三階梯』的理澄和出夢也包含在內——

他是唯一——

當真想見到世界終結的傢伙。

並非因為對我忠誠或感到興趣，或是以物易物般的交易、抑或順從自己的慾望——他是堅定且純粹地與我同調的唯一一個男人啊。露蕾蘿——」

狐面男子這麼向露蕾蘿小姐說道。

「或許妳可以理解一半時刻的心情吧——因為妳似乎相當期望世界的終結、故事的終局。以立場來說，把『好想死想死得不得了』當成口頭禪一樣在主張的諾衣茲或許還更接近一點——不過，無論是哪邊，都不具備時刻那般的純粹吧。」

「時宮——時刻。」

「就跟『十三階梯』對我而言，是為了看到世界的終結，為了閱讀完故事所準備的『手足』一樣——對時刻而言的我，大概是像『手段』般的存在吧……為了目睹世界的終結、為了閱讀完故事的『手段』。」

時宮時刻他——是隸屬於『十三階梯』的原因成謎的其中一人。雖然我曾隱約想過或許也包括那樣的理由——但我沒想到竟然會是**只有那樣的理由**。

那麼——

連同露蕾蘿小姐所說的一併來考慮的話。

「所以說——即使他對真心施加了那種種類的操想術——也並非不可思議到要稱之為不可思議啊。難得手邊有或許是『世界的終結』**也說不定的東西**存在，在我出了什麼差錯的時候，為了即使在那種情況下也能目睹到『世界的終結』，事先做好了準備——只要站在時刻的立場來想，大概就是這麼回事吧。當然這麼一來，他讓真心從『十三階梯』的監視下逃走一事，是否為故意的——我認為有點微妙。因為在那個時間點，我對於我的敵人的戰略，應該還近乎完美地順利進行著才對。」

「…………」

那是——怎麼樣呢？

在澄百合學園第二體育館內，將我的身影暴露在真心面前的那一刻——真心的逃離就已經類似注定好的事情，所以這種情況下，時宮時刻只是單純地製造了那個契機；

我覺得這種看法是比較普通的。話雖如此，但狐面男子所說的話也絕非毫無關係——

這一部分——

就只能詢問本人了嗎……

詢問時宮時刻本人。

「木之實之後還有聯絡嗎？」

「啊啊，呃……」對於狐面男子的提問，露蕾蘿小姐猶豫了一下之後，回答：「從那之後還沒有聯絡——畢竟是木之實，所以我想她應該不至於一個人去追時刻老爺——但她又說過要使用澪標姊妹……」

……一里塚木之實。

如果是從昨天開始沒了消息，這麼一來，該不會——也有可能是遭到時宮時刻的反擊嗎？雖說是「空間製作者」，但那樣的話應該毫無戰鬥能力才對——不，但是，有澪標姊妹在……

嗯～

因為我在御苑被那三人襲擊，所以無法冷靜思考。同樣地用常理來想的話，那應該也是追捕時宮時刻的工作中的一環……是這樣嗎？

不過，為什麼……

「哼。不過是木之實的話，應該不用擔心吧。」

狐面男子無視於我的內心糾葛，看來一副並沒有特別信賴對方的模樣，感覺非常輕鬆地說道。

這麼說來——

那時候在這裡的二樓，狐面男子對露蕾蘿小姐說過——『唯獨一里塚木之實是不會背叛我的』，他曾那麼斷言過嗎。

雖然那似乎也跟信賴有所不同——

卻是類似信賴的東西。

甚至可以說是信賴。

「——很好，露蕾蘿。我清楚瞭解了。我姑且向妳道謝——之後妳就好好保重身體。到二樓去休息吧。」

「啊，不……狐狸先生。沒事的，這種小傷——已經幾乎都恢復了……」

「是這樣嗎？大夫。」

「怎麼可能。」

繪本小姐不知為何將脖子轉了一圈並攤開雙手，用這種謎樣的過度反應來回應狐狸先生。

「其實連站著走路都不行的呀。露蕾蘿小姐只是把自己的身體當成人偶，勉強自己在走路而已。」

「真囉嗦……我身體的鍛鍊方式可跟你不同。要是用一般同樣的標準來估量我，我會很傷腦筋的。」

「我確實是以露蕾蘿小姐專用的標準在估量的。」

「我說妳啊，雖然我很感謝妳隨侍在側地替我治療，但黏得這麼緊只會讓人覺得煩躁耶。」

「無論煩躁或怎樣都行，治療傷口是最重要的事。請別像個小孩子一樣任性，露蕾蘿小姐。」

……喔喔。

繪本小姐對關於受傷的事是不會讓步的啊……

若是平時，一旦被說煩躁，感覺她會立刻哭出來的樣子；但剛才卻簡直是一副可靠醫生的模樣，雖然身穿白袍搭配比基尼。

「……我知道了啦。」

露蕾蘿小姐感覺非常不情不願、勉勉強強地站起身來。繪本小姐迅速地從旁協助她起身。看來若無其事卻無懈可擊的動作。

「那麼，我們上二樓去了——吶，伊君。」

「嗯？」

「那個顏面刺青的孩子，零崎人識君，身體沒有哪裡出問題吧？」

「咦？這是什麼意思？」

「他有沒有宿疾，或是受傷的後遺症之類的？」

「……？我想應該是沒有。」

「這樣啊。那他真的只是想睡嗎……嗯。那麼，我們走吧，露蕾蘿小姐。要順道去洗手間嗎？」

「不要當眾問這種事……」

…………

露蕾蘿小姐真的被當成小孩子看待。

感覺她們真的是一對不錯的搭檔啊……

兩人就這樣離開了接待室，然後——

然後。

三個人在榻榻米地板上圍著矮腳桌。

剩下了三個人。

人類最強和人類最惡和人類最弱。

哀川潤和西東天——還有我。

這才算是——

應該說正因為人數減少，所以演員都到齊了嗎？

「……坐在車內時我就在想了，小哥，你為什麼會被那個女醫生狀似親密地稱呼為『伊君』啊？」

從哀川小姐那飛來了一筆意外犀利的質問。

呃——狐面男子他知道多少呢……從至今為止的樣子看來，繪本小姐「當真」背叛他一事，看來他似乎是不知道——嗯，如果不知道的話，還是暫且保密下去比較好。都已經是這種狀況了，用不著弄得更加混亂。

再混亂下去叫人怎麼受得了。

實在不可能比現在更混亂了。

更何況——

我和狐面男子的戰鬥早已經結束了。之所以會像這樣在這裡碰面，是非常荒謬的意外事故——

「因……因為我們是網友。」

「……」

「……」

唔哇，我說錯話了。

現在這種時代，這麼說有點悲慘嗎……

何況我又不會傳送電子郵件。

「先、先別提這個了，潤小姐才是，迄今都在做些什麼呢？大家都一直很擔心呢。光小姐甚至不安到將她的肉體託付給我——」

「不要用肉體這個詞。聽起來很下流。」

用問題來回答問題這招禁忌方法意外地有效，只見哀川小姐她「啊～」一聲地，一副很尷尬的樣子。「大家都很擔心」這句似乎比我預料的還有效。

「嗯，發生了很多事……」

「……」

她似乎並不想說。

狐面男子「哼」一聲地——卸下了面具。

他將狐狸面具放到桌上。

喔喔……雖然這是第一次像這樣看到他們並排在一起，雖然跟預料的一樣，但這麼一看——與其說是父女，倒不如說他們相似得宛如雙胞胎一般……

相似到甚至超越了男女差別跟年齡差距。

是怎麼回事呢……

可以說是存在很相似嗎？

並非外表，而是內在。

不過，我想這也包括了單純是狐面男子異常愛裝年輕的緣故。

「還真是傷腦筋呢。」

狐面男子這麼說道。

「演變成非常麻煩的局面了。」

「……以你而言這真是番膽小的發言呢，狐狸先生。至少你那種態度——我總覺得幾乎是第一次看到。」

「我也是個人類啊，我也是會傷腦筋的。吶，我的敵人。真是傷腦筋啊。我跟你之間的緣分實在太過深厚又太過堅定，這件事本身在直到戰鬥為止的過程中，對我而言只有喜悅——但戰鬥明明已經在半個月前就結束了，儘管如此卻還是斷不了緣分的話，實在是相當鬱悶啊。」

「還真是非常自私自利的理由呢……」

你是容易喜新厭舊的十七歲少女嗎？明明直到前一陣子，每發現一個共通點，就會高興得要手舞足蹈起來一般……

雖然並非要報復，但我還是說了：

「切不斷的——與其說是我，不如說是跟真心的因果吧，狐狸先生。」

「……哼。你還真是勇於將想說的話說出來啊。」

狐面男子說道。

然後他接著——說出了驚人的話。

「不過……這麼一來，嗯，幾乎——可以說是結束了也說不定。」

「……什麼意思？」

「那個真心——那個人類最終正『失控』著啊——我可沒有阻止那件事的方法。老實說，我一直在心底認為，只要交給你，她就不會失控了吧；我的敵人。因為你不但是真心的鞘，同時也是——核心的鑰匙。」

「真心她——即使沒有我，原本是根本不會失控的喔。」

「你想那麼認為的話，就那麼想吧。」

狐面男子這麼說完便閉口不語。

我認為他那種態度——相當可疑。

繪本小姐和露蕾蘿小姐離開房間後——總覺得他似乎轉變了態度……不過，這究竟意味著什麼呢？

「……？我還以為——你鐵定會說『無論真心失控與否，結果都是一樣的』，類似這種感覺的話——不是嗎？」

「才不是呢。姑且不論時刻的事——真心她啊，是完全不一樣的。你——不是提出了兩點疑問嗎？是怎麼樣的術，還有是怎麼施加那個術的。針對那些疑問的解答已經很明顯了。那是『解放真心的術』，且是『藉由心臟節拍施加的後催眠』。這麼一來——由於解答出現，接著會產生新的疑問吧。換言之——」

「真心接下來會做什麼？」

——哀川小姐插口說道。

看起來像是要咋舌一般地不悅。

「接下來——做什麼？」

「被解放的真心，究竟期望著什麼——就是這麼回事。小哥，想影真心——據說是本小姐的完成形的苦橙久種，在打從內心被解放的狀態之下所期望的事，你認為是什麼？」

「……」

打從內心。

真心打從內心所期望的事——

一直被壓抑著。

一直被鎖鍊拘束著。

一直、一直，任人擺布。

就連自己不將自己給束縛住的話，甚至無法活下去——宛如玖渚友一般。為了活下去，正因為完美而必須期望不完美、必須期望不幸的真心，說到她打從內心所期望的事——

「——復仇。」

……我說道。

「大概，首先會是——復仇。」

她說過——並不怨恨。

她也說過，怎樣都無所謂。

但是——那些都只是漂亮話。

我不會說漂亮話不好，反倒該說很好。

但是——

人類最終無戰無敗的作風——絕非真心自己主動期望所獲得的吧。
宛如小姬的演技一般的處世術。
宛如玖渚的限制一般的生存術。
真心是怎麼樣呢——
她善良嗎？
只是單純地善良而已嗎？
倘若不是單純善良的話——
假如是那樣——
只要放棄那種鎖。
從所有支配當中——從所有壓抑當中被解放出來的話，真心一定會期望復仇。照理說是這樣。不，那感情是否伴隨著可稱之為復仇的強烈意志這點相當可疑。若要使用復仇這個詞，要使用復仇或贖罪或怨恨或惱羞成怒或遷怒這些詞，真心她——實在從所有事物當中受到太多迫害了。
宛如過去的我的妹妹一樣。
既然如此——那已經不算是復仇了。
那是破壞。
徹底的破壞。
完美無缺、屹立不搖、無可奈何般地——徹底的、壓倒的、破壞行動、破壞衝動。

毫不留情且毫不猶豫——

破壞。

破戒。

「……但是，如果說——那種事才是真心的真心話——那實在太令人悲傷了。」

我說道。

「那樣的話——不就表示我們沒有任何一個人真正理解——那傢伙的真心話嗎？」

「那種東西不是我們能夠理解的存在吧。」狐面男子冷酷地說道：「所以問題在於她復仇的對象啊——我的敵人。真心的破壞衝動會持續多久這點，我也難以估算——儘管如此，她確實會進行復仇、在現實中破壞的對象——大概有三個。」

「三個——」

「**我本人。ER3系統。然後——還有你。**」

在狐面男子的話語當中——即使到了這種時候。

感覺仍然沒有包含絲毫感情。

「要恨的話，就是這三個對象吧。」

「…………」

「無論怎麼想。」

以我的立場而言——無話可說。

我不知道該說些什麼。

不過——

至少我是認為就如他所說的一般。

倘若我站在真心的立場——絕對會。

詛咒生下自己的世界吧。

「……只能說是自作自受啊。」

哀川小姐這時彷彿事不關己般地說道。

「至今為止做了一堆蠢事的報應回到自己身上了啊。混帳老爸跟小哥都一樣。雖然直接來說是時宮時刻的責任，儘管如此，嗯，感覺就是你們也沒什麼好同情的。」

「哼，的確是那樣啊。」

狐面男子點頭同意女兒所說的話。

「實際上——要是被解放的真心成了我的敵人，的確是毫無勝算啊。以我的立場來說，只能老老實實地像是躺在砧板上的鯉魚一樣任憑宰割了。」

「啊哈哈！你活該。」

哀川小姐……

突然搖身一變，看來當真很高興的樣子……

「……畢竟那個苦橙之種即使在受到諸多限制的狀態之下，還是光靠一擊就能解決屬於舊型號的我的女兒啊。」
狐面男子提出了意料之外的反擊。
哀川小姐的笑容緊繃了起來。
「嗯，這麼說來，妳明明那麼狼狽地輸給了真心，卻打算自稱人類最強到什麼時候啊？」
「……唔。」
哀川小姐退縮了。
的確是很壞心眼的說法，雖然我認為用不著刻意把那種事提出來說嘴，但是，嗯，那確實如同狐面男子所說的一般。
「只要受過一次那種恥辱，普通人已經害臊到不敢再自稱什麼人類最強啦。嗯，我說，潤，對於這些事妳怎麼想？從下次開始要自稱是人類當中第二強的承包人嗎？」
「——不。」
哀川小姐緩緩地搖了搖頭。
感覺像是大人物的風格。
「沒那回事。」
哀川小姐說了「沒那回事」，
「沒那回事沒那回事沒那回事沒那回事沒那回事沒那回事沒那回事沒那回事沒那回事沒那回事——」

哀川小姐說了十次「沒那回事」。

「嗯，我那時候的確是被痛扁到失去了意識，但是什麼勝負強弱之類的，這些事要光靠那些材料來判斷的話，我可是會很傷腦筋的啊。希望你們不要為了那點小事就說什麼哀川潤已經不是最強了啊，嗯。」

「……」

「……」

…………

人類最強的承包人開始找藉口了！

「所謂的最強並不是那種意思吧？我可是用更長遠的目光在考量事物的。因為我是大人嘛。要是為了這些小事被挑剔找麻煩，我可會很傷腦筋的。被人像在雞蛋裡挑骨頭一樣吹毛求疵，真的是啊，該怎麼說呢？你們知道吧，那個所謂的最強啊，光靠那種短期的樣本果然是無法測量出來的。只是一兩次的話也可能是僥倖，果然還是應該把長期的累積、努力什麼的也考慮進去之後，再來進行這種判斷才行啊。不過我也不是不明白你們所說的啦，畢竟我也是有在考慮彈性的應對方式。」

「…………」

「…………」

我知道了……

我知道了，所以別再說下去了，哀川小姐……

「哼。那就再去戰鬥一次看看啊。然後試著保護我看看啊，我的女兒。」

「唔！」

她很明顯詞窮了。

總覺得……

雖然我一直在想，十年前哀川小姐身為狐面男子・西東天的道具而存在的時候，西東天究竟是怎樣使喚哀川小姐的——原來如此，是像這樣子使喚的啊。

那當然會被怨恨吧，狐狸先生……

但是……真的是完全當成小孩在對待呢。

上個月，在十月間——也是這樣子嗎？

是這種調調嗎？

父女兩人獨處——

雖然我還是不認為那是父女團聚。

只不過……儘管如此，西東天身為人類最惡一事——是千真萬確的。哀川小姐那句自作自受一整個正中靶心。

對我來說也是一樣沒錯。

「喂喂給我等一下混帳老爸，你要是開始把我當成無能角色在看待，那可真的是這個世界的末日囉。」

「不是很好嗎，反正都到最後了。大家一起無能地等死吧。」

「我才不要，我討厭那種像是因為『不受歡迎』以外的理由而被腰斬的漫畫最終回一樣的結局。」

「來舉辦一場害羞的告白大會吧。一號，人類最惡。其實我什麼都沒在想。」

「這我早知道了。」

「我也清楚到厭惡的程度。」

「哼，真是愚蠢。」

狐面男子自嘲地說道。

「沒想到會在這種——跟世界的終結沒有任何關連的地方——輕易地面臨終局啊。真沒辦法。並非戰鬥的結果之類的——也並非和敵人的戰鬥、或是研究的成果——由於一名『手足』擅自的行動，一切就受到了阻礙……雖然我很想見識一下世界的終結——故事的終局啊。不——就如同時刻所想的，現在的真心才是——或許她本身以存在而言就是『世界的終結』也說不定——不……嗯。不對……並非那樣……並非那樣的解釋——世界……啊啊……原來如此，是這麼一回事啊……倘若是那樣……」

倘若是那樣。

我也一直在尋求著無聊的東西啊。

狐面男子他——這麼說道。

「一直在尋找的幸福就近在身邊——這種話根本無關痛癢。什麼梅特林克（註1）

---

1 上面那句話出自《青鳥》，梅特林克（Maurice Maeterlinck）是作者。

的，在這種時代是能做啥？」

「…………」

狐面男子他——

為什麼到目前為止，沒有像時宮時刻那樣想過呢？只要考慮到苦橙之種是哀川潤的進化形，真心本身——真心自身就是「世界的終結」一事，總覺得即使不是時宮時刻，這也是頗容易聯想到的合理推測——

不。

他並非沒有想過。

那是——過去的失敗。

既然如此，是因為在十年前曾經失敗過一次的關係嗎——是因為狐面男子無論成功或失敗，同樣的事情都不會再重複第二次的性格所致嗎？光是那樣，總覺得無法說明清楚……

但是。

「我說過，這很無聊吧。」

我——

面向狐面男子，直接了當說。

「你剛才說世界的終結——很無聊？」

「……如果說真心真的是那樣，那實在很無聊——就是這個意思。感覺就像是原本很愉快地閱讀到欲罷不能的小說，有個窮極無聊的結局一樣。」
「如果——」
我說道。
話中包含著決心。
還有——玖渚的話。
我一邊回想起玖渚最後的願望。
「如果你能以此為契機，放棄『世界的終結』、『故事的終局』——如果你說這『很無聊』，打算放棄的話——**這件事就由我來設法處理也無妨。**」
「………」
狐面男子他——
瞇起了雙眼，看似詫異地回看著我。
「設法處理——你打算怎麼辦？你也跟我一樣，一定是被憎恨著啊——畢竟將原本跟前面那些前輩們一樣不完全的想影真心給——推上苦橙之種這位置的，打開鑰匙的人——就是你啊，戲言玩家。」
「我知道啦。」
對真心的責任。
對苦橙之種的責任——
看到公寓的慘狀後，我深深瞭解了。

但是，這並非責任。

責任什麼的根本沒有關係。

並非如此——

為了更加重要的事物，我想行動。

行動。

「你也聽到露蕾蘿的話了吧。已經束手無策了——真心直到死亡為止，直到那顆心臟停止為止——都不會結束失控。」

「我知道啦。我知道，我知道的；我大概是——最清楚明白的。正因如此——不，什麼因為的，即使沒有這層因果關係——」

我說道。

「我必須拯救真心——才行。」

因為是朋友。

那一定是——我最後的職責。

尚未完成——

即使從現在開始也來得及的，唯一一件事。

第二十幕——正義的伙伴

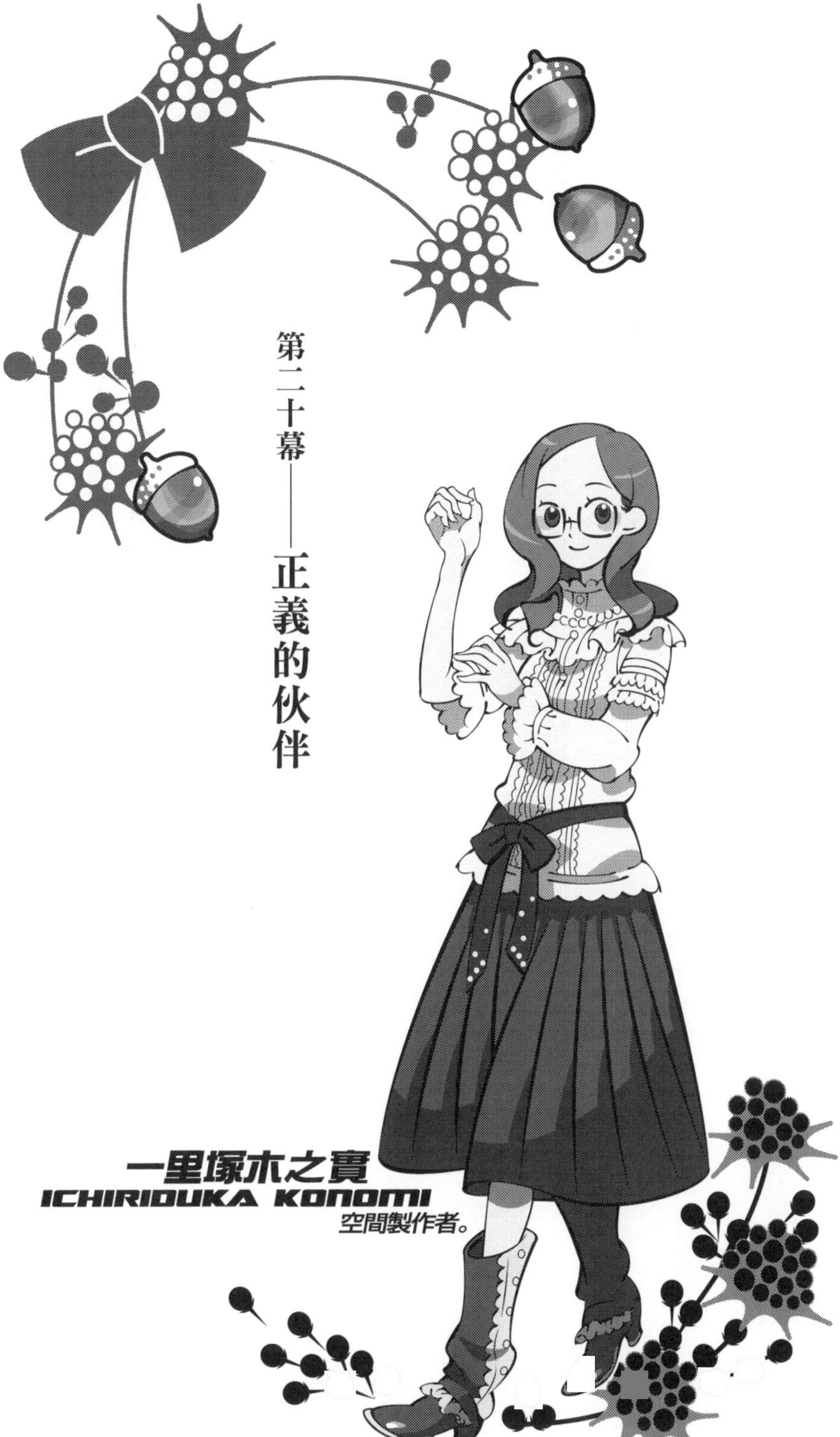
一里塚木之實
ICHIRIDUKA KONOMI
空間製作者。

只有妄執會讓人放棄自我意識。
是將矮小變貌成更加矮小的行為。

0

1

一里塚木之實——
因為我事先從出夢那聽說過木之實小姐的容貌——所以一眼就能判斷出來了。
據說是彷彿會在圖書館閱讀詩集之類的——
看似認真且優雅的女性。
她正好是那樣的印象。
從她在新京極附近位於四条通、河原町通跟烏丸通中間一帶的書店一樓的新潮文庫區裡閱讀著考克多（Jean Cocteau）詩集這點來看，她似乎非常瞭解自己的形象。
空間製作者。
「嗯。你好。」
她立刻注意到逐漸接近的我——當然，不用說，我的長相對方早已經一清二楚了
——木之實小姐啪嗒一聲地闔起了書，將文庫本放回原來的位置。

然後她深深地、客氣地鞠了個躬。

「初次見面，幸會。我是『十三階梯』第二階——名為一里塚木之實。今後還請您多多關照。」

「……我應該不需要自我介紹了吧。」

「是的，我很清楚您的事情。」她抬起頭來，嫣然一笑。「在您與狐狸先生為敵之前——就已經略有耳聞。」

「這樣子啊——那還真是……」

「在ER3系統中有幾位我的老朋友。而且我跟玖渚機關旗下的栞外也有頗深的因緣。」

「嘿——跟那個栞外啊。那麼，或許六年前我們曾在哪碰過面呢。呃……」

「請稱呼我為木之實。雖然我並非人類最強——但我不太喜歡被人用姓氏稱呼。」

木之實小姐有些俏皮地吐了吐舌頭。

「所謂的一里塚，要是反過來想的話，是個意思不太好的詞彙呢。」

「那麼，木之實小姐——這麼稱呼就行了吧？」

黑色鑲邊、感覺有些過時的眼鏡。

只是簡單地往左右分邊的頭髮。

色調別緻的樸素服裝。

該怎麼說呢，在整體而言淨是一些角色特徵明顯的「十三階梯」之中，雖然這人物造型看起來像是相當不顯眼的類型——單純就外側物品來說的話，憑著還能用「女高中生」這個記號來被裝飾這點，一般人甚至會認為頭巾小妹妹更勝一籌吧——不過。

儘管如此，從她若無其事的舉止之間，或像這樣稍微僅僅聊過一下便能瞭解的奇妙的感覺——完全看不出空隙、不曉得該從哪裡如何行動、簡直找不到可以利用的把柄——像這種奇妙的感覺，光是這樣，就足以讓我提高警覺了。

是不能大意的對象。

內心如此煩囂喧鬧。

不過——

只見她輕鬆愉快地微笑著。

「真是討厭，請您不要警戒成那樣嘛——會感到害怕這點我也是一樣的。我們彼此都是毫無任何戰鬥能力的同伴，有什麼萬一時，您還可以靠腕力壓制住我，所以比較害怕的人是我才對唷。」

您看——她這麼說道，並捲起袖子讓我看。

「我手臂這麼纖瘦。」

「……是呀。」

「而且我們應該已經並非敵對關係了吧？既然如此，我想就將內心的想法逐步揭曉出來吧。」

總之——木之實小姐這麼說道，然後像是在催促我一般地迅速指向了書店入口的自動門。

「我們邊走邊談吧。或許這樣有點神經質——但我不太喜歡停留在同一個地方交談。」

「我知道了。」

「那麼——」

木之實小姐像是要鑽過我的身旁一般——沒有發出半點腳步聲，宛如滑行一般地動了起來。動了起來，為了捕捉這鏡頭我需要花上一瞬間——然後我立刻跟了上去。

該怎麼說呢——非常自然。

實在是太過自然了。

這可以說是太過理所當然嗎？

……她應該不具備絲毫戰鬥能力才對吧……

即使是那樣，但果然還是我比較弱吧——我這麼心想。與其說是我，倒不如說，這是身為戲言玩家的感想。

雖然同樣是非戰鬥員，但生存的世界實在相差太多了。要比喻的話，我就像是偶然迷路闖進戰場的平民——但木之實小姐一定是打從一開始就在戰場上出生、在戰場上長大的平民。那種無懈可擊的表現，我想就是從中培養出來的。當然，「空間製作」等等應該也有所關連——但以更之前的問題來說，追根究柢而言是這樣的。

不過——

容貌這部分暫且不論，關於出夢所說的性格方面——感覺印象有點不同呢。他說過『是相當辛辣的性格』……不過那已經是大約一個半月前的事了，老實說我記得不是很清楚。也說不定是我聽錯了。

看起來感覺大約二十幾歲——大概比繪本小姐和露蕾蘿小姐稍微年輕一點，但實際上究竟是幾歲呢？我一邊這麼心想，一邊跟木之實小姐在四条通上往西走。

「話說回來——」木之實小姐感慨良深似地說道。「——我從未想過會有一天像這樣跟您友好地並肩走著呢。總覺得非常不可思議。」

「那當然了——我也是一樣啊。畢竟在明地暗地表面裡面都受了您不少照顧嘛。從在地下鐵被迫跟諾衣茲兩人獨處那時開始——到前天差點被深空小妹妹和高海小妹妹給殺掉為止。」

「唉呀，真是討厭。我不太喜歡那種話中帶刺的說話方式。」

「那我們要試著攜手同行嗎？」

「那也未免做得太過火了吧。更何況我的手臂是只為了和狐狸先生攜手而存在的。」

只不過，狐狸先生願意跟我攜手這種事，應該是永遠不可能發生的——木之實小姐有些羞澀地這麼說道。

感覺她是個讓人無法厭惡的人呢。

不過，僅限於這點來說的話——只要想到大概是因為她的特殊能力「空間製作」的緣故，感覺就相當複雜。

「…………」

十一月二日。

星期三，下午，四點。

和一里塚木之實約好要碰面。

從那之後——

昨天聽了露蕾蘿小姐所說的話之後。

雖然我對狐面男子自信滿滿地誇下了海口——但就現實層面來說，在那個時候，實際上我是什麼也辦不到的。

然後要說事實的話——

我和零崎一樣，也是整晚熬夜到天明，而且迄今一直沒有鬆懈下來的空閒——將露蕾蘿小姐送到二樓，且進行完各種檢查後回來的繪本小姐也以醫生的身分強制要我休息。

「請去睡覺。」

她對我這麼說。

「伊君現在大概……那個、因為缺乏睡眠，加上，很多事……發生了很多事，所以處於混亂狀態，頭腦變得有些奇怪。」

「…………」

沒有其他說法了嗎？

姑且不論是否有睡意——不過，我的身體確實是想要休養。倘若要說活動界限，我早已經迎向活動界限了。

原本——

倘若是原本的我，在跟玖渚離別的時候就算當場倒下也一點都不奇怪。之所以沒有演變成那樣，八成單純地只是因為玖渚她——解放了我，而且最重要的是還，發生了真心的事。

「哼。」

狐面男子這麼說道。

「我的敵人。我就姑且回覆你現在的戲言——很遺憾地，那不能說是可以交易成立的要求啊。」

「…………」

「不，我並非認為你無法阻止真心——我反而認為目前擁有那種可能性的人只有你而已。只有身為刀鞘的你。雖然是相當低的機率——但還是有可能。不過啊，我的敵人。」

狐面男子他——重新戴上了面具。

「假如你制止了真心，我大概會立刻去尋求下一個『世界的終結』吧。使用這個舊型號。」

狐面男子指向哀川小姐。

少在那裡舊型號舊型號的叫個不停——哀川小姐狠狠瞪著他並這麼說道。這也難怪。

「雖然我的原則是盡力遵守約定——但那是因為我的原則是不跟人約定辦不到的事情。既然活著，我就無法放棄世界的終結、故事的終局。」

「……我想也是。」

是場不可能的——交易嗎。

果然——

只要他還活著，只要還讓他活著，就不可能讓這個狐面男子——人類最惡，西東天放棄追求世界的終結嗎？

可以的話，我是希望能一舉兩得的。

「這樣子啊……」

「不好意思啊。那麼——你打算怎麼辦，我的敵人。」

「……總之——我現在只打算去睡覺而已。雖然剛剛說了大話，但我並非有什麼具體的策略——」

說的也是——狐面男子點頭同意。

他交互地看著我和哀川小姐。

「無論如何——總之，像這樣聚集在一個地方，就目前這階段而言是上策吧。哼。西東診療所啊——我一直認為這是個沒落的場所，不過——結果我還是只能回到這裡來嗎？若是這樣，還真是讓人相當不舒服的事情啊。哎……對了，必須召集還殘留著的『十三階梯』才行——」

「……那麼，我先失陪了。」

狐面男子他——

大概還不曉得頭巾小妹妹的死訊吧。

還有宴九段——滋賀井統乃的事。

但我實在不想告訴他這些事。

雖然我並非強烈地想睡——

但還是決定照繪本小姐所說的去睡一覺。

十一月一日——

因為二樓已經擠滿一堆人了，所以我便到一般認為是朽葉小妹妹以前所使用的房間——睡上一覺。

記得八月時——朽葉小妹妹是絕對不肯讓我進入這間房間的。我當然也沒預料到竟然會以這種形式進入朽葉小妹妹的房間——不過，由於繪本小姐已經打掃過了，所以並無法在房裡感受到朽葉小妹妹的身影——

我醒來的時候是半夜了。

總覺得難以入眠——便醒了過來。

照理說應該睡得很飽……卻覺得不夠。

十一月了，就算是京都，照理說應該也已經進入了相當寒風刺骨的季節……

為什麼，會那麼地，

難以入眠呢……

感覺做了場惡夢。

這是常有的事。

我搖搖晃地走出房間一看——

建築物裡面一片漆黑。

這是當然的，畢竟是大半夜啊。

大家都已經入睡了吧。

包括哀川小姐、狐面男子還有繪本小姐。

露蕾蘿小姐也不在話下。

就在我這麼想時，有光線從接待室紙拉門的縫隙當中漏了出來。啊啊，這樣啊——我這麼心想並走近，拉開紙拉門一看，如我所料，零崎人識正在那裡——感覺十分悠閒地啜飲著茶。

大概是他自己泡的茶吧。

「喲，小哥。」

「嗨，零零。」

因為零崎也是從白天就開始睡了——所以晚上才會醒過來的吧。似乎是醒來後也不能做什麼，無所事事正閒得發慌的樣子。

我搬了張座墊到隔著矮腳桌正好是零崎對面的位置，然後盤腿坐了下來。

「以睡了十個小時以上的傢伙來說，你還真是無精打采啊。」

「因為這裡沒有我用習慣的愛用抱枕啊……所以睡得不是很熟。不過，儘管這樣，也變得沒那麼想睡了吧。」

「……要是肚子餓的話，我可以煮點什麼喔？」

「你真的越來越像個飯桶角色了喔，小心一點……不用了啦。我沒那種心情。」

「可是你已經一整天什麼都沒吃了吧？」

「我習慣絕食了。三天左右的話，我光靠水就能活動。這是我從以前鍛鍊出來的技能。」

「是喔。ER3系統時代的事嗎？」

「是啊——這麼說來，你說之前曾待在海外，是表示你在那附近對吧？我好像還沒跟你確認過這件事。」

「算是啦。不過那些事情——我不太想提就是了。因為人識小弟稍微遇到了有點難堪的事情啊。」

「那就別說了。我不會問。」我說道。「不過，真不好意思啊。還特地把你叫回來。雖然有點猶豫，但關於這點我還是先向你道歉。」

「別在意啦。反正就算你不叫我，就算那個綁辮子的牛仔服沒來——我也一定會在這裡出現。如果說是叫做想影真心的那個傢伙——讓零崎一賊全滅了的話。」

「……你想復仇嗎？」

大概——

真心並不記得那件事吧。

因為那應該是在她被奇野先生、露蕾蘿小姐和時宮時刻的三道鎖鍊近乎完美地支配著的狀況下時所發生的事——

儘管如此。

如果說家人被殺了的話——那種事情，加害者的意識處於什麼狀況這種事，或許可以說根本沒有關係也說不定。

但是零崎他，

「才不想咧。」

這麼說。

「就跟我向那隻狐狸說的一樣——我並不認為那些傢伙是家人。從我的角度來看，只認為他們是**曾經待在那邊的一群傢伙**。我只是一直從他們身邊逃跑。國中時班上的班長給我的印象還比較深刻。雖說有一個傢伙死纏爛打地不斷追著我——但那小子也已經不在了。我之所以會自稱零崎這個姓氏，真的只是因為單純很中意罷了……」

「………………」

儘管如此——

他還是主張他會在這裡出現嗎？

我一輩子都無法理解你這個人啊——我原本想這麼說，但是一開口的話，感覺似乎會說出「這才是我的另一面」這種話——所以我只是保持沉默。

零崎他，

「嘎哈哈！」

大笑著。

「擦身而過時，我從那個變態女人那聽說了。」

「……？啊啊，繪本小姐啊。你聽說了什麼？」

「想影真心——苦橙之種失控的事情。那個倒塌現場就是因為這個理由。」

「——零崎，你認為我該怎麼做才好？」

「隨你高興去做吧。這已經不是我能參與的故事狀況了吧——跟五月的時候一樣。我似乎沒辦法輕易參與你的故事啊。」

「嗯，好像是那樣。」

「因為我完全慢了半拍啊——如果說情況還處於跟那個狐狸小子的戰鬥中，我大概還可以幫上你的忙——但事情一關係到你的朋友、你的人際關係，就沒辦法了。」

「…………」

「如果又發生類似那個澪標家雙胞胎姊妹來襲的事，雖然我也可以保護你，但除此之外，已經是你的工作了吧。」

「這樣啊……你說的對。」我點頭同意。「可以的話，希望時宮時刻的操想術也能交給你負責就是了呢。」

「我不喜歡那種彆扭的東西。在被詛咒之前殺了他就是我的作法。只不過——

嗯，對了。儘管如此。給你一個對策倒也無妨。如果是這種程度的參與，大概無所謂吧。」零崎說道：「告訴我有關時宮時刻的事情的女人這麼說——『倘若不小心與他為敵的話』——」

「不小心與他為敵的話？」

「『就什麼也別看。』。」

「啊？」

「就什麼也別看，她這麼說的啊。我也不知道是什麼意思。文字遊戲是你擅長的領域吧。隨你高興怎麼解說吧。」

「…………」

「就只有這樣。」

就只有這樣而已。

之後——我和零崎，一整晚，直到早上其他所有人起床為止——閒聊著無關緊要的瑣事。

我說了今年遇到的各種事。

從零崎好幾次說「我說不定認識那傢伙」這點來看，果然零崎跟我之間，似乎有著不可思議的緣分。

我聽說了有關零崎的「家族」的事。
零崎一賊。
零崎的哥哥和——妹妹的事。
然後也聽了零崎還是普通國中生時的事。狐面男子所說的「汀目俊希」，似乎就是那時候使用的名字。
會跟出夢認識也是——
在國中即將畢業時的事情。
「我們都過著很不像樣的人生啊。」
「是啊，說的一點都沒錯。」
零崎笑了——我並沒有笑。
然後——
包括露蕾蘿小姐在內的所有人，正吃著繪本小姐和哀川小姐兩人做的早餐（從背後看著烹調中的她們，感覺是有點不可思議的雙人組）時——
露蕾蘿小姐的手機響了起來。
木之實小姐來聯絡——首先第一件事是確認是否在狐面男子還沒事的時候保護了他的安全，然後，就她所言——
已經拘捕了時宮時刻。

似乎是這麼回事。

接著——

回想結束，然後演變成目前這種狀況，就是這麼回事……

「……我沒有毫無意義地去誇獎別人的興趣，所以希望妳能將這些當成普通的感想來聽——木之實小姐。老實說，感覺您似乎是『十三階梯』當中最優秀的人才呢。應該說在一堆怪人奇人當中，您是唯一能讓人感受到領導者資質的人嗎？」

「承蒙誇獎，不勝惶恐；但那是稍微太抬舉我了一點。我不太喜歡過度的評價。」

「回想起來，出夢似乎很不擅長跟您相處的樣子——現在我覺得能夠瞭解其理由了。」

「不擅於相處這點是彼此彼此。因為出夢先生是個難以講道理的人呢。應該說他將事情都看得太單純了嗎？偏偏據說將那個出夢先生——還有理澄小姐用話語來封印住的您，如果撇開敵我不談，我是相當尊敬您的喲。當然這是我們兩人之間的祕密就是了。」

「這才是客套話吧。」

「哪裡哪裡，才不是客套話。硬要說的話，這算是一種自戀呢。因為我的『空間製作』和您的『戲言』，基本上是同樣的結構且以天意為基礎所構成的東西。在這層意義上的共鳴，是真的存在喲——不過，多少有同類相嫌這點也不在話下。」

「……所以妳才會企圖利用深空小妹妹和高海小妹妹來殺我嗎？因為同類相嫌而憎

恨我的關係？」

「假如我有要殺害您的理由，那與其說是憎恨，不如說是因為角色重複的緣故吧。」

「…………」

為了這種理由被殺叫人怎麼受得了。

荒謬至極。

「不過，那真的並非因為那種理由的緣故喲，戲言玩家先生。請您不要誤會了。那完全是澪標深空小姐和高海小姐的請求。我只是協助她們而已。」

「這些事情我還不是很清楚……應該說我認為唯獨這件事必須在跟時宮時刻碰面前先問清楚弄明白才行──結果，那一天您是怎麼行動的？總覺得摸不透時間軸。要是看不透時間表，我實在是坐立難安啊。」

「……狐狸先生向您投降並終結了戰鬥之後──我主要是負責戰敗的後續處理。因為狐狸先生就如您所見是那樣的人，而且不適合這一類的行為。」

「那倒也是。」

似乎也沒有其他適任的人了。

嗯，這樣比較妥當吧。

……但是，木之實小姐說到狐面男子的事還真是不留情面呢。這是跟露蕾蘿小姐以及澪標姊妹所不同的地方──是嗎？

一里塚木之實。

「當然，個別的說服工作應該由狐狸先生自己來，才能稱之為誠意的誠意吧——但在這件事之外，我還稍微進行了一下『十三階梯』的內部調查。」

「……也就是說？」

「嗯，雖說現在的『十三階梯』各自都有種種目的，但基本上是由為了擊敗『阿伊』您而被聚集起來的人才所構成的——所以跟您的戰鬥終結之後，我認為必須整理好那附近的『空間』才行。基本上這是一里塚木之實無法忍受空間縫隙這種個人的興趣。算是在打掃偏離了『十三階梯』的基本思想、迄今能夠容忍的部分吧？」

「……在那過程中察覺了時宮時刻的『扭曲』，是這麼回事嗎？」

「大致上就是那樣。雖然到設法盤問他那邊是成功了，卻被他給逃了。接著在我更加深入調查之後——就察覺事情的真相……無論怎麼說，那都是月底的事，所以早就為時已晚就是了。」

不太算是先發制人——木之實小姐這麼說道。

明明這樣已經很了不起了，真是個謙虛的人。

「哦……」

十月後半，在我儘管警戒著周圍，卻也沒特別發生什麼事，可以說悠哉度日的時候，正進行那樣的攻防嗎？

我實在無言以對。

「畢竟關於時刻先生，我從以前就覺得他很可疑了——在狐狸先生的投降宣言那時，他也表現出了既非贊同也非不贊同的奇怪反應。」
所以稍微偷偷觀察了一下——她這麼說道。
「即使同樣是『咒之名』，時刻先生跟賴知先生還是有些不同——倒不如說，關於這一點，應該說賴知先生要成為『咒之名』、『奇野』的話，是稍微太過善良了點嗎？」
「這——或許是那樣也說不定。」
雖然奇野先生對美衣子小姐施加了「病毒」——但就連那件事，其實都應該不是沒有更凶惡「病毒」才對。當然是現在回想起來才會這麼認為就是了……雖然出夢比起「時宮」，似乎對「奇野」抱持著更多畏懼，但那是因為他已知的範圍並未包括到其個性的緣故——不，即使是那樣，倘若從我的立場來說，無論時刻先生或奇野先生，基本上都是一樣危險的。
嗯……
「……但是，光靠這番說明，我認為並沒有解釋到在御苑發生的那件事。我究竟為什麼非得被你們襲擊才行？」
「在聯絡了右下露蕾蘿小姐之後——我必須獨自去追捕逃走的時刻先生，但我畢竟沒有自信到能夠一個人對付身為『咒之名』的對手。我需要其他人的協助。」
「那就是深空小妹妹和高海小妹妹？」
是的，她點頭同意。

「深空小姐和高海小姐，也是僅次於時刻先生的監視對象——之所以會這樣，似乎是因為在澄百合學園被出夢先生打倒那件事，而強烈怨恨著您。狐狸先生的『誠意』好像也無法確切傳達給她們的樣子。」

「狂信——是吧。」

「是的。與其說是忠誠，不如說是狂信。不愧是戲言玩家先生，找到了最適合的話語。儘管如此，為了不讓她們對您出手，在那之前我本人也是很努力的喲。」

「……真是謝謝您，但我想這應該並非道謝的場合吧——」

「說的也是呢。為了讓深空小姐和高海小姐『協助』我追捕時刻先生——最終來說，我還是決定利用您的存在。」

關於這個人的情況——

並非忠誠也非狂信，是這麼回事嗎？

會因應狀況來變通這點……

就找個臨機應變之類的詞彙吧。

真是適合她的話語。

「向深空小姐和高海小姐請求『協助』時——她們正好在拷問古槍頭巾。啊啊，那是您所熟知的第十二代那位。」

「…………」

「古槍小姐的『背叛』——古槍小姐與您勾結一事，老實說從我的角度來看是一目了然，也並非要特別注意的事——對狐狸先生而言也是同樣的事就是了。倒不如說狐狸先生甚至對第十二代古槍頭巾的那種地方有所期待——但是大約有兩名無法理解這一點的小笨蛋。」

「嗯……遇到你們這些專家，她那種程度的背叛——其實顯而易見、完全被看穿了嗎。」

「老實說，我感到非常心痛。」木之實小姐說道：「即使撇開和您的戰鬥明明早已經結束一事不看……再怎麼說——都不需要對那種普通的孩子做到那種地步。我不太喜歡那種事。」

「…………」

即使——那是真心話。

仍然是讓人難以信服的話語啊。

木之實小姐繼續說道。

「只能說當時我關注的焦點太偏向時刻先生那邊了——所以對澪標姊妹的監視才會有所疏漏。第十二代的古槍小姐甚至並非監視對象……然後，深空小姐跟高海小姐據說從古槍小姐那問出了重大的情報。」

「會在御苑跟我碰面一事——對吧。」

十月三十一日的——晚上九點。

在御苑——交付「無銘」。

「因為我跟您不同，並沒有那麼擅於用話語來說服別人，那並不是我最擅長的地方——所以我協助那件事的代價，就是委託兩人幫忙搜尋時刻先生。委託時也一邊亮出了狐狸先生的名字。」

「……一切總算是說得通了。」

這麼一來——

那天深空小妹妹和高海小妹妹不可思議的發言就有合理的解釋了。明明是偏離狐面男子的指示在行動，卻跟最受到狐面男子信賴的木之實小姐處於共同戰線的理由也是——

「她們之所以會對您燃起復仇心，也可以說是煽動了她們的我的責任——畢竟我在那個時候，也壓根沒有想到故事會呈現出這種樣貌。」

「…………」

這表示即使那晚我在御苑裡被澪標姊妹殺害，木之實小姐果然還是完全不介意啊……

感覺我總算瞭解到出夢所說的「性格辛辣」這種形容了。

為了目的不擇手段，如果說是只選擇最短距離，或許聽起來好像還不錯……

但或許是跟我的角色重複了也說不定。

「唉呀，真是討厭。請您別誤會喔——既然狐狸先生說了『不會再和我的敵人有所牽連』，我也是多少準備了您用不著死就能了事的方法。聯絡了宴小姐的人，實際上也是我。」

「……嘿。」

也就是說她一方面在御苑進行「空間製作」，另一方面則是想盡辦法讓我不要到御苑去。之所以會來不及——是因為宴九段就是滋賀井統乃……啊啊，原來如此。那麼，對統乃小姐而言，那成了一個契機——讓她決定雖然遲了點，但還是來告訴我關於玖渚的事嗎？

根據零崎從統乃小姐那問出來的事判斷，她對關於「空間製作者」——木之實小姐的事似乎是一無所知；這麼說來，大概是木之實小姐運用她擅長的「空間製作」，若無其事地讓「膽小鬼」的統乃小姐在不知情的狀況下採取行動——吧。

互相牽連著呢……

應該說擰成一團了嗎？

當然，從木之實小姐的角度來看，即使統乃小姐沒能阻止我前來御苑，她也早知道真心待在公寓裡的事了——實際上來救我的人是零崎這件事，只不過是單純的偶然——只是單純的必然，倘若不是那樣，照理說會來那裡幫助我的人，應該是真心才對。

話雖如此——

那應該是場危險的賭注吧。

因為那就類似施加在真心身上的「解放」操想術發動的幾小時前那種場景——別說是宛如穿過針孔一般，這根本是宛如鑽過針氈一般大膽的想法。關於真心，比起露蕾轟小姐，事先讓統乃小姐去確保她的安全也無妨；應該也有這種看法才對——現在已經可以明顯地知道，統乃小姐比起宴九段這個身分，更先是「集團」的一員。木之實小姐在那個時候，已經知曉這件事了嗎？倘若知道的話……不，反倒該說如果不知道的話——嗎？當然，在最糟的情況之下，木之實小姐只要能保護到狐面男子就好，所以無論統乃小姐是否趕得上，無論真心的狀態如何，我是否會被殺害更不在話下；終極而言，是怎樣都無所謂的吧。

換言之，這是無論事情怎麼變動，唯有第一優先的目的是一定會達成的結構。

嗯……

真辛辣啊……

「因為我用狐狸先生的名義，跟深空小姐和高海小姐約好了——『機會只有一次，無論成功或失敗，接著都要轉移到搜尋時刻先生的行動上』。雖然我在兩人面前進行了『空間製作』，但只要有人前來幫忙，我是打算立刻停止的。」

「那……當時就算只是讓警鈴發出聲響，也沒什麼問題是吧。」

「沒錯。您那樣不行啊，必須貫徹初衷才行。可以哄騙匂宮兄妹的您，怎麼可以被澪標姊妹給哄騙住呢。」

「啊……」

「只不過——那位殺人鬼先生卻輕易地突破了我的『空間製作』呢——就算再怎麼說因為範圍太廣而使得效果變弱……不，那倒還無妨。那種案例也是存在的。倘若有下次，到時一定可以順利進行吧。」木之實小姐這麼說道。「啊啊，請您放心——現在我有叮嚀深空小妹妹和高海小妹妹要避免跟您的戰鬥行為。」

「那還真是感激不盡啊。如果她們會遵守妳的叮嚀的話……那麼，那兩人現在正做些什麼呢？」

「因為在逮捕到時宮時刻的時候，一里塚木之實的職責就已經結束了。我有吩咐那兩人回到西東診療所去保護狐狸先生。雖然沒有確鑿的證據，但她們大概會遵從這個吩咐吧。」

「……無論是其他的『十三階梯』——還是我本人，都像是您的棋子一樣呢，木之實小姐。這是領導者的資質嗎？讓我稍微想起了以前認識的人。」

「是萩原子荻小姐嗎？」

明明說得很含糊，卻一整個命中靶心。

感覺就像是徒勞無功。

「嗯，說實話，我也是澄百合學園出身的——只不過因為素行不良，在高二時便退學了。」

「退學？嘿——」

我記得——

在那個學園裡，所謂的退學，應該幾乎等於是被通緝了。甚至用不著舉出小姬的例子……

「雖然我聽說幾年前更換理事長時，學園的系統也變質了相當多……儘管如此，我還是有耳聞萩原子荻小姐的評價喔。狐狸先生似乎也曾執著於她。我對她也有很大的興趣呢。畢竟我曾經是澄百合學園作戰部的一員。」

雖然還不到軍師那種地步——木之實小姐微笑著這麼說道。

就算她那樣微笑，老實說我也不知該如何回應。

「啊，就是這裡。」

通過烏丸通的紅綠燈，又走了數十公尺之後——木之實小姐停下了腳步。

那是一棟大樓。

有複數的企業將辦公室設置在其中的大型建築——木之實小姐所指的，是一棟玻璃閃亮著宛如鏡子一般的全新大樓。

「……妳將時宮時刻——監禁在這裡嗎？」

「監禁這種說法聽起來很難聽呢。我不太喜歡這種說詞。」

「那麼，軟禁？」

「可以那麼說呢。真不愧是戲言玩家。」

「請您不要一直重複不愧是、不愧是——厭惡過份評價這一點，我也是一樣的喔。」

「我們的角色重複了呢。」

「從迄今所交談過的對話看來，我姑且先承認這一點；但這種事不要太招搖地跟別人說比較好喔。因為跟其他人角色重複這種事，一般來說是很丟臉的事情。暫且不提這些，但是——在這種面向大馬路的全新大樓中軟禁人……這不會有點勉強嗎？不知道什麼時候會被拆穿。而且應該有很多人出入吧。」

「在四樓有一間可稱之為死角，要當成辦公室使用感覺也稍微狹窄了點的出租房間——我進行『空間製作』讓那裡獨立了起來。雖然那似乎原本就是時刻先生的藏身處之一——但是在我面前想要隱藏到『空間』裡面，就算再怎麼說是『時宮』或「『咒之名』，也實在太小看別人了呢。」

「嘿——」

換言之，是在時宮時刻逃入這房間時——木之實小姐和澪標姊妹合力從外側將他追趕進去並拘捕起來的。如同本人所說的一樣，就憑木之實小姐的纖細手臂要用蠻力是不可能的，所以在此才會將澪標姊妹那個類似合氣道的技巧驅使到最大限度來使用吧……嗯……雖然不想承認，但只要弄對使用方法，澪標姊妹也並非一般的麻煩人物嗎……

呃，喂，等等啊。

那兩人回到西東診療所一事——不就表示深空小妹妹和高海小妹妹又會跟零崎碰頭嗎？

那有一點……會怎麼樣呢？

不過，狐面男子和哀川小姐也在，我想應該不會有什麼嚴重的問題才對……

「怎麼了嗎？」

「不……那麼，也沒什麼時間了——」

我確認時間。

下午四點三十分。

雖然並非有時間限制——

「總之，我決定就跟往常一樣直接上場試著談談看了。」

「好的。從這邊開始就是您的領域——」

木之實小姐說道。

「萬事拜託了。」

2

時宮時刻——

這麼說來，我還未曾從任何人那聽過關於時刻先生的容貌，所以無法肯定地判斷他就是本人——不過，因為在這個只放有生活所需最低限度家具的房間當中，雙手被手銬固定於釘在地板上的大釘子上，蹲著身體動彈不得的他，是這房間裡唯一的人類——

他一定就是時宮時刻沒錯吧。

雖說是手銬，但也並非那麼特別的東西。

如果是那種程度的拘束，的確用軟禁來形容就行了——但既然無法逃脫，時刻先生一定也跟我和木之實小姐一樣，可以說毫無戰鬥能力沒錯。

恐怕是澪標姊妹做的好事吧，時刻先生身體上四處殘留著疑似受到拷問的痕跡。那是頭巾小妹妹的身體上也曾出現過的傷痕。不過，時刻先生他對那種東西——似乎根本不放在心上。

不，對他而言，拷問什麼的一定毫無意義吧。

大概——

用不著拷問，甚至用不著詢問，他就會坦白說出所有事情沒錯。

在那種意義上的主張或思想等等的——

值得守護的東西等等，

他一定一樣也沒有。

雖然他被用手巾蒙住了雙眼——

但仍立刻注意到進入房間的我，

「啊啊。」

並這麼說了。

「——你好。」

「你是——原來如此，你是『阿伊』對吧。要說是初次問候，我們似乎已經對彼此都太過清楚了；算了，無妨。這也是禮儀上不可欠缺的事。我最重視的就是規則。」

然後時刻先生報上了名字。

「我是『十三階梯』的第六階——時宮時刻。」

「……」

「只不過到了現在，大概階數也有相當大的變動——而且也沒有人會承認我是『十三階梯』吧。『十三』這個數字無論如何都會讓人不得不聯想到背叛者，但猶大既非宴也非真心——而是我這件事，還真是個諷刺的結果。」

「是啊……的確是那樣吧。」

無論是繪本小姐或頭巾小妹妹，抑或露蕾蘿小姐——都並非是那層意義上的背叛者。雖然她們以各種形式背叛了狐面男子——但卻沒有以像時刻先生那般的形式來反叛。

就連背叛都是在約定的範圍內。

那樣的他——肯定是猶大沒錯。

「……希望你能幫我拿掉遮眼布。」

「咦？」

「我只是想看看你的臉——這種小事應該沒什麼關係吧。」

「……非常抱歉——木之實小姐有囑咐過我，她說倘若對手是外行人，您只要對上視線——就能夠施加操想術。」

「怎麼，已經被拆穿啦？真是太遺憾了。」

時刻先生面無愧色地說道。

他看似從容地微笑著。

「只不過——如果你真的是『阿伊』，像瞬間催眠這種技巧大概起不了作用吧——因為我不擅長對付擁有堅強心靈的人。」

「……」

「你大概會認為自己的內心並不堅強也說不定，但並非如此——」

「請別再說了，時刻先生。」我說道：「如果是用其他的手段還很難說——但倘若將範圍只限定在言語之內，你的能力對我是起不了作用的。」

「……戲言玩家，是嗎？」

「嗯，就是那麼回事。」

我——

反手關上了門，靠在那扇門上。五公尺。保持這樣的距離——應該就不要緊了吧。

不用擔心會有人來妨礙。

因為木之實小姐應該正從外側進行「空間製作」，所以不會有任何人來妨礙。

我可以盡情地——

面對這個操想術師。

「那麼……時刻先生。現在這個世界正發生著什麼事——處於什麼狀況這點，您理解到何種程度呢？」

「真不湊巧，向我問這種事是很殘酷的啊。這是找麻煩啊。澪標深空和高海也是，因為我不擅長向其他人說明事情，所以只是被單方面修理得很慘而已——不過，儘管如此，如果你說那樣也無妨的話，我可以預料得到；不只是深空和高海——不只是木之實，包括『阿伊』你會像這樣出現在我面前，就表示——」

「……」

「狐狸先生選擇和你組成共同戰線了嗎——要說很像他的作風倒也沒錯，不過，從我的立場來看，還真是期待落空了。我還以為狐狸先生一定會很高興的。」

「你說——高興？」

「他一直期望的『世界的終結』，我不是實現給他看了嗎——那樣他到底是哪裡不滿呢？」

「那表示真心的失控並非狐狸先生所期望的『世界的終結』吧——舉例來說，你至少知道狐狸先生並不期望那種用核武將整個地表都破壞掉一般的『結束方式』吧？真心的失控一定是在其延長線上——」

「不是失控，是解放。」

時刻先生彷彿在說唯有這一點絕不會讓步一般，他用包含著堅定感情的聲音訂正了我的話語。

「……你一定認為會使用什麼操想術的傢伙十分可疑根本無法信賴，不是什麼正經的傢伙吧。」

「我不會否認。」

「是啊，就連我也不會否認。實際上，也是我出生故鄉的『時宮』的人們，都有著討人厭的性格——就連我也不打算主張自己是擁有清廉潔白且豐富人格的人。沒那打算。但是——儘管如此，我認為苦橙之種很可憐一事，是真的。」

「……很可憐。」

那一定是我也——如此認為的事。

要是說我完全沒有同情過在大海對面、ＥＲ３系統的ＥＲ計畫之中——曾經同間房的想影真心，那一定是謊言。

是天大的謊言。

雖然並沒什麼理由。

但我是認為她很可憐。

正因為如此——

我將那傢伙的——鎖給打開了。

…………

那麼，是怎麼樣呢？

時刻先生對真心所做的事——跟我那時候對真心所做的事，當真是完全一樣的事嗎？

真心被紅蓮的火焰——

被鮮紅的鮮紅的、緋紅且深紅的火焰焚燒致死一事，首先可以肯定這是我的責任

——但時刻先生的行為，跟那件事所具有的含意，至少是可以拿來議論一般的沒什麼兩樣嗎？

不……

那種事情我早知道的一清二楚了。

我在內心深處早已經理解了。

正因為如此——

我才必須設法做點什麼才行。

我必須拯救真心——才行。

拯救那傢伙——想影真心。

正因為是將她當成玖渚替代品的——

我才必須如此做。

「我先更正一下你的誤解——我跟狐狸先生目前並非處於共同戰線——甚至也不是同盟關係。我跟狐狸先生之間的戰鬥行為早已經終結一事，應該就如您也知道的一般——現在我們只不過是同樣身為被想影真心追殺的人，躲在同樣的藏身處而已。」

「嘿……是這樣子啊。」

那還真是令人感興趣——時刻先生這麼說道。

對於他明明被蒙住雙眼，並被手銬拘束著——卻還是一副冷靜且跟平常一樣的態度，只能說真不簡單——大概在這種狀況之下，他並不認為我會造成任何威脅吧。

不，不對嗎……

原本時刻先生就是掌管「恐怖」——掌管「意識」的人。

他已經不在那種階段上了。

他是從上方在俯視著那種意識的。

恐怖並非去感覺，而是去操縱的東西嗎？

「實際上——從木之實小姐那接到已經逮捕您的消息時，狐狸先生也毫無反應到令人吃驚呢。彷彿在說那種事情——怎樣都沒差一樣呢。」

「那是當然的吧——我終究只是十三隻手足中的一隻罷了。倘若是只有兩隻手的其中一隻，或許是很重要；但有十三隻的話，少了一隻也無所謂吧。」

「所以說——這是我個人擅自的行動。因為我想試著稍微跟您聊一聊。」

拜託狐面男子和——

木之實小姐協助了我。

跟昨天向狐面男子提出的那場交易毫無關係——在沒有任何關連的時候，我現在——來到了這裡。

只為了跟時宮時刻交談。

實際上——我並非有所企圖。就如同我對木之實小姐所說的一樣，的確是直接上場

——倒不如說，以我的心境而言比較接近臨陣磨槍。繪本小姐和露蕾蘿小姐都齊聲說道「還是不要比較好」。看來積極去和「咒之名」有所牽連的行為，似乎是那般脫離常軌的行動。

但是——

怎麼說呢，我直覺地認為。

我總覺得即使提不起勁，即使不情不願——也必須跟時刻先生談一談才行。

談關於真心的事。

零崎和哀川小姐提出了既然如此，可以陪我前來的提議——雖然那非常令人感激，不過我希望那兩人能穩固守備方面，所以堅決謝絕了。

我的話暫且不論——

我不想讓真心殺了西東天。

我認為要是做了那件事——就結束了。

並非世界或故事——

而是真心會滅亡。

倘若是狐面男子，大概會說早已經結束了吧——但只要存在可能性，我就想試著賭賭看；現在的我這麼認為。

對失去妹妹，

失去玖渚的我來說——

已經只剩下真心了。

「——西東天。」

時刻先生說道。

「從我被他邀請加入『十三階梯』那時開始——我就一直在想。恐怕他是個無論用盡多少方法，用盡多少『手足』，都絕對無法達成目標的——迷路的孩子。」

「……迷路的孩子？」

「與其說是迷路的孩子，不如說是路痴會比較貼近現實。他簡直就像是個不死心的小孩。原本——十年前在紅色征裁的製作中失敗的時候，就應該放棄一切的。」

「…………」

「簡直像是亡靈一樣。你不這麼認為嗎？『阿伊』。如果是一般人，應該老早就處於放棄的階段了——所以我首先直覺地感受到了。西東天恐怕是比任何人都要最惡——不過，正因如此，他才永遠無法達到目標吧。戲言玩家，倘若你也是操縱言語、編造言語的人，至少應該知道所謂的永遠這個詞，並非那種僅靠兩個文字就能結束的詞彙吧？」

「真不湊巧，我的專長就如同字面一般是戲言——對於真言我是一竅不通……那麼，這表示您是知道狐狸先生絕對不會達成目的——卻還跟隨在他麾下嗎？」

「正是那麼一回事——狐狸先生是怎麼形容我的呢？」

「在『十三階梯』當中唯一一個真正打從心底純粹地、沒有其他雜念地追求著『世界的終結』的男人——據說是這樣子。換言之——從狐狸先生的角度來看，您在身為名為『十三階梯』的『手足』的同時，或許也是他唯一一名同志也說不定。」

「原來如此。」

「被那樣的你背叛的話，就算是狐狸先生也感到很震驚吧。雖然他不是那種會抱怨的人——但無法完全掩飾住他失望的神情。」

「不對喔——我說過吧。我不過是其中一隻手足。那個人是不會因為我的事而失望的。你不也那麼說過嗎？」

「我所說的，是捕獲你時的反應喔。雖然在聽到背叛的消息時，他也若無其事的樣子，但是——針對關於你所引起的事情結果，他看來是很失望的樣子。這是千真萬確的。就這樣結束了嗎——像這種感覺。」

「這對我而言是無從判別真假的話呢。不過，硬要說的話——就跟你剛才所說的一樣喔。他應該很厭惡吧。將苦橙之種——定義成世界的終結這件事。」

「畢竟他是個無論成功或失敗，都不會重複同樣事情的人嘛。」

「並非如此，並非如此而已。十年前，由於那個手段而從因果當中被放逐的他——一開始應該是因為唯獨那個手段他無法採用才對。正因如此，才會說是我代替他去實行了——但果然還是期待落空了呢。假如他當真感到失望的話。我還以為他會感到高興的。」

「在你看來——真心是那麼可憐嗎？」

「與其說可憐——不如說真相是被她引起了憐憫之情。這是真相呢。就跟眺望關在柵欄中的獅子是同樣的感情——雖說是操想術，但比起支配，我原本就比較擅長解放這件事。因為我天生就是個會選擇比較簡單的道路的性格。正因如此，才會被賦予『時宮時刻』這種名字——」

「………………」

「這麼一來，會是如何呢？他本身，西東天本身不早已經可以稱之為『世界的終結』嗎？身為一個光是登場，光是那樣便意味著故事一般的殺手角色。無論是替代可能、時間收斂或是永劫的最終章——說不定都是指示著西東天本身的話語。倘若是那樣，那他真的是——亡靈啊。」

「……亡靈這個詞彙實在過於符合了吧。畢竟他在十年前，就已經被親生女兒給殺害了。」

「就連那個女兒，本來在十年前也已經死了。」

「是啊。」

「戲言玩家。你曾經死過嗎？」

「天曉得……我自認是還活著——且決定從今以後也要活下去——不過會是如何呢？說不定我其實在老早以前就已經死了。像是在六年前。」

「倘若是那樣，那你就是亡靈了……曾死過一次的人，之後的人生——只是跟自己的格鬥。已經無法和世界有所關連。正因為因果已經斷絕了的緣故。所以狐狸先生的想法——在根本的地方就弄錯了。」

「……假若是那樣？」

「正因如此，我才會隸屬於『十三階梯』——我的願望是『世界的終結』這點，就如同狐狸先生所說的。但是，同志這種漂亮的詞彙並不適合。我是利用了狐狸先生——包括其他的『十三階梯』。」

狐面男子也——曾那麼說過嗎。就跟時宮時刻身為西東天的手足一樣，西東天是對時宮時刻而言的手段——

當然，狐面男子他只要能在和我的勝負中獲勝——然後到達世界的終結的話，那樣對時刻先生而言，大概是十全十美的吧。

「這樣啊……即使實際上將那個展示在他眼前，對狐狸先生而言，苦橙之種仍然並非『世界的終結』嗎……他那麼厭惡嗎。真是不可思議。也罷——不過，無論狐狸先生認為好或不好——終結早已經是終結了。被解放的苦橙之種一定——從壓抑當中被解放的苦橙之種，一定會殺了你們吧。」

「…………」

「因為她要是不破壞你們——就無法確立出自我。就連苦橙之種，一定也是亡靈沒錯。」

亡靈。

是我——殺死的。

是西東天所生，是ＥＲ３撫養，是我殺死的。

「……我開門見山地問。」

我對時刻先生說道。

「您施加在真心身上的『解放』的操想術——有解除的方法嗎？」

「沒有。」

沒有絲毫混亂——他立刻這麼斷言。

甚至讓人察覺不到一絲曖昧。

「即使是我——不，即使將『時宮』最棒的施術者給帶來——也不可能解除施加在苦橙之種身上的操想術。我並非用那種膚淺隨便的心情對苦橙之種施加操想術的。」

「…………」

「即使會被千刀萬剮——我也要用我自己的方法論來實現『世界的終結』——我這麼下定了決心。所以為了不讓覺悟變弱——我宛如蜘蛛織網一般纖細地施加了——堅固到近乎強迫性的、絕對無法解開的『術』沒有解除方法。就連驅除方法也沒有。」

「……這樣子嗎。」

老實說——我原本是相當期待的。

即使那是只要心臟還在活動，就會永遠持續下去、不會解除的術——儘管如此，倘若是施加了術的本人，說不定知道解除的方法——但卻無法演變成像是找尋三道鎖的解除方法時那樣順利的展開——嗎？

無法成為投機主義嗎。
真的是萬分遺憾。
「那麼——我該怎麼辦才好？」
「嗯？」
時刻先生露出詫異的反應。
我不在乎地重複提問著。
「我究竟要怎麼做——才能夠拯救真心？」
「……」
「什麼世界的終結還故事的終局——那種事情已經無所謂了。這三個月來——自從跟狐狸先生相遇之後，我一直在內心某處想著這件事——雖然我試著想過。但卻不可能會冒出答案，儘管如此，唯有一點很清楚的是——這種問題不是我能負荷的而已。」
「那樣說來逃避是戲言玩家的慣用手法一事，我可是很清楚的喔。」
「並非如此——只不過我實在是認為那都是徒勞無功。試圖讓世界終結的實驗——狐狸先生跟您所說的事，我都只能認為是徒勞無功而已。因為——」
我說道。
「世界並不會終結不是嗎？」
「……不會終結。」

「無論怎麼想，都不會終結——在持續了四千年以上名為戰爭的互相殘殺也沒有終結的這個世界，為什麼會因為區區十個人還二十個人起了爭執而終結？即使人類毀滅，地球還是會殘留下來，即使地球破裂，宇宙還是會殘留下來。即使宇宙消滅，時間還是會持續下去。結果，能夠使其終結的，只有對每一個人而言的個人世界對吧？不知何時，狐狸先生他——似乎曾經否定過那種每一個人的各自的世界——但是，果然還是存在的啊，那種只有自己的世界。」

然後——

我一邊回憶起各種往事一邊說道。

「到目前為止，我曾向各式各樣的人——詢問『對你而言的世界的終結』……有趣的是答案都各自不同。假如說有多少世界就存在著多少世界的終結，那並非正確解答或不正確解答的問題——不就表示世界的數量是無限的嗎？狐狸先生試圖終結的——還有您試圖終結的，都是那渺小的——個人世界不是嗎？」

「……真讓人不愉快。」

時刻先生他——

第一次用緊迫的聲音回答我。

「你竟然打算把狐狸先生和我——當成井底之蛙來看待嗎？」

「倘若能一直閉關在水井當中，那倒也是無害呢——但因為到了大海還說著一樣的話，才會說這是給人添麻煩。至少我是感到困擾了。」

玖渚友。

想影真心。

抑或哀川潤——

「操弄僅僅一人的渺小存在——藉由那種狡猾的行為所產生的終結，我認為沒什麼大不了的。」

「……把苦橙之種和紅色征裁——當成是渺小存在看待嗎？自吹自擂得太誇張了。太誇張了啊，真是夠了。未免太不知分寸了。」

「隨您怎麼說……我再問一次，時刻先生。為了拯救真心，我該怎麼做才好？如果您有想到什麼的話——請告訴我。」

「我不知道。只能回答你沒有那種方法。因為實際上就是沒有那種方法。」

「……這樣子嗎。」

我將身體從門上移開。

我鬆開盤著的雙手。

手心——因為緊張而濕透了。

嘴裡也感到乾渴。

「那麼——就到此為止。雖然只有短短幾分鐘，能和您交談真是太好了。非常謝謝您。」

「嗯？」

「我覺得似乎掌握到提示了。」

我悄悄地走近時刻先生。不愧是在地下世界生活的人，似乎光靠氣息就知道了這點，時刻先生稍微挺起了身。但因為被手銬拘束著，所以那幾乎沒什麼意義就是了。

我在時刻先生的面前停下腳步——我伸出手，卸下遮蓋住他雙眼的手巾。

時刻先生的雙眼顯露出來。

面對久違的光明——

時刻先生感到刺眼似地眨了眨眼。

我拿著手巾固定住時刻先生的頭部——讓他和我幾乎是強制地對上了視線。

讓視線——對上。

「…………」

「我和你們不同——無論怎麼掙扎，無論怎麼期望——都無法讓世界終結。我是個連殺一個人、破壞一個人這種事都做不到的男人。所以殺害世界、破壞世界、甚至是終結世界這種事——我也辦不到。

但是，我可以拯救世界。

我決定了——我要成為正義的伙伴。」

「……你——不怕我的術嗎？」

「說起不了作用的人，是您吧？」

「…………！」

「就憑您的術，對我而言根本不痛不癢。」

你就一輩子——

畏懼著我吧。

「您是非常弱小無力的啊。」

我從時刻先生的頭上鬆開了手。

然後我背向了他。

我打開房門，

從那房間裡——離開到外面。

根本不可能有什麼道別的問候。

我嘆了口氣。

果然——如同大家所說的一般，還是不應該來這裡的想法占據了我大半的內心——

不過，就像剛才說過的，感覺掌握到提示這件事——也是千真萬確的。

真心。

施加在真心身上的操想術。

「您辛苦了。」

就在我走出大樓時——

在那邊等候的木之實小姐迎接著我。

「結果如何呢？」
「沒有值得報告的成果……從今以後，時刻先生他——會怎麼樣呢？」
「您的意思是？」
「與其說會怎麼樣——或許該問**會怎麼做**，在這種情況下是比較正確的吧。」
「啊啊。關於這點請您放心。」木之實小姐說道：「畢竟直到前一陣子，我們都還是敵對關係，所以您會感到不安也是難免的——但至少我本人並非擁有那般暴力性思想的人。我不會做什麼要時刻先生付出背叛代價的事喲。我不太喜歡那種事。」
「…………」
「雖然身為狂信徒的澪標姊妹大概會想殺了時刻先生——但這點我會巧妙地迴避掉的。方便的話，能請您指導一下屆時應對的戲言嗎？」
「要籠絡那對姊妹，對我而言是不可能的——正因為失敗過一次，所以我這邊提不起勁來。如果您堅持的話，我也是會動手啦。」
「反正您會不得不動手的。因為回到診療所之後，她們就在那裡——話雖如此，但就如同狐狸先生所說的，對我而言，要籠絡您這件事大概比那更加困難呢。」
「承蒙褒獎實在倍感榮幸。只要有您在，或許就不需要諾衣茲君了吧；儘管如此，像我這樣的人還是會想——要用甜言蜜語獲得您的芳心，似乎要花上一百年呢。」
「要是被您那麼熱情地獻殷勤，即使是我大概也無法招架吧。」
木之實小姐有些俏皮地說道，並笑了。

「暫且不提這些——嗯，說的也是，關於時刻先生今後的處置——當然請他退出『十三階梯』一事是大前提……嗯，在問出能夠探聽出來的情報，並讓他無法再度使用操想術之後再進行解放；應該會採用這種方式吧。倘若按部就班來的話。」

「啊啊，那樣的話用不著擔心——我想他大概已經無法使用操想術了。」

「啊？」

「沒有在看任何事物的雙眼，還有所謂眼球的表面，坦白說就類似鏡子一樣的東西——啊，不，沒什麼。」

「……？」

木之實小姐看似訝異地歪了歪頭。

但她立刻轉換過來，

「接下來，您有什麼安排？」

她這麼問我。

臨機應變。

「啊，呃～對了，如果木之實小姐方便的話，一起吃頓飯如何？」

「我不是那個意思。」

輕易地被閃避過去了。

應該說被斬釘截鐵地拒絕了。

真讓人震驚。

「大概——無論怎麼做，都無法解除施加在真心小姐身上的操想術——我想只有這件事被證明了而已吧。」

「……什麼啊。原來您早就知道了？」

「不，但是那種程度的事我大概預料得到。就算看起來這樣，我和時刻先生可是從他加入『十三階梯』之前就認識了。」

「嘿……」

「如果他單純地只是有害於狐狸先生，立刻排除掉他就行了——但他比起我來，似乎在思想上位於更接近狐狸先生的位置呢——」

「您——真的很喜歡狐狸先生呢。」

「唉呀，討厭啦。真不好意思。」

木之實小姐感到害羞般地微笑著。

雖然出夢用了心醉這種詞彙——

但這反倒該說是戀心嗎？

並非忠誠，亦非狂信。

我這麼認為。

原來如此，在交接頻繁，很難湊齊十三人的「十三階梯」中——她能夠經常不斷地保持在「第二階」的理由，我似乎有些懂了。

戀心。

比狂信還要——無可救藥。

「……關於今後的預定。」

「啊，是的。您要怎麼安排呢？如果說您要回到西東診療所，我想和您一道同行——」

「啊啊，關於那一點，總之我是預定會那麼做——但我有個請求，木之實小姐。能夠請您——幫忙尋找真心嗎？」

「……尋找？真心小姐？」

「是的。我想跟那傢伙——談一談。」

「…………」

木之實小姐暫時——陷入了沉默。

她用手扶著下巴，一副思索中的表情。

「……我認為——那沒有任何意義。」

「我想應該不會是找不到——不可能找不到那頭鮮豔明顯的橙髮。倘若是能夠輕易捕獲操想術師時刻先生的您。」

「不過——既然如此，就算您不拜託我……為了狐狸先生，我還是不得不那麼做——」

「**請您瞞著狐狸先生**來找。」

「…………」

我原以為她會生氣——但並非如此，木之實小姐只是露出了困惑的表情。彷彿在說無法理解我說的話一樣。

我接著進行說明。

「請您不要誤會——為了狐狸先生這一點可以保持原狀。我只是希望您將這件事瞞著狐狸先生——在私底下行動。然後——我希望您讓我跟真心碰面。」

「……所以說，那件事——有什麼意義嗎？」

「我想和真心談一談。在沒有任何人會打擾的地方——只是這樣而已。」

「會被殺死喔。」

木之實小姐毫不留情地說道。

「這種事您應該知道吧？」

「不——剛才和時刻先生對話時——我察覺到有一點不太自然的感覺。話雖如此，那也只是如果您說『那又怎麼樣』的話，我也無法反駁一般渺小的不自然感——」

「說來聽聽吧。」

木之實小姐沒有多說一句廢話，立刻這麼說道。

真是了不起的判斷力，我這麼心想。

「如果說真心她——並非『失控』而是『解放』的話——我認為有件事會說不通。例如將公寓完全破壞掉一事——您認為那究竟是有什麼意義呢？」

「意義？您說意義嗎？」

「那實在是半吊子啊──要說是任憑怒火去破壞掉公寓的話，那場破壞實在太過於精密了，況且──**只將公寓區域內的東西**給破壞掉的精準程度，在這一點就產生矛盾了。如果是木之實小姐，會怎麼說明這一點呢？」

「……嗯～」

「雖然發生了很多事，所以還沒能去探望──但就我透過電話聯絡到認識的護士所知的範圍，公寓居民們的傷勢似乎並沒有那麼嚴重。要說是『解放』──其被害程度之小可真是個瓶頸呢。雖然昨天因為太過突然，腦袋沒有反應得這麼快──但要讓一棟老舊公寓倒塌崩壞，能辦得到的人大概相當少吧──真心要做這件事的話，您不覺得有些大材小用了嗎？如果說真心當真被『解放』了的話──即使毀滅掉一整個城鎮，也沒什麼不可思議的。」

「……的確，因為我曾經耳聞在某個『零崎』醒過來的時候，一整條街道就已經不見的事情──對照這件事來看，嗯，要說不可思議的話，或許正如您所說的一樣。」

唔嗯──木之實小姐這麼說道。

「不過，以根據來說，這還是稍嫌薄弱。也尚未達到推測的範圍。」

「沒錯，剛才那番話只不過是伏筆之一，無法說是證據。但是，接下來的事實又如何呢──**現在我像這樣還活著的這件事實**。」

「…………啊，啊啊。」

「從擊敗了出夢跟哀川小姐這點來看，真心她現在應該會被認為是只強化了肉體方面；但實際上，她的頭腦也相當聰明喲——聰明到無愧於人類最終之名。所以要找出那個西東診療所的位置這種小事——應該是輕而易舉的。」

明明是那樣——

明明真心被「解放」後已經超過四十小時以上，但迄今——我仍然像這樣活著。

恐怕——西東天也是。

如果真的打算殺了我和西東天，那真心應該老早就能夠實踐這件事了。因為對真心而言，那——就像是將右邊的東西移到左邊而已一樣。

「是怎麼一回事呢……？那——的確是很奇怪……那可以說是異常也不為過。」

「雖然一旦變成被追殺的對象，就意外地不是很瞭解這種事——但對於追殺人的那方，對真心而言，以我們為對手的話，她並沒有理由要警戒啊。這是——您認為是怎麼回事呢？木之實小姐。」

「……例如——真心小姐是先將ＥＲ３系統、ＭＳ－２當成標的……不，這個看法太過武斷了呢。因為照理說先從附近的開始殺起會比較合理。倘若將她的標的排出順序，應該會是您、狐狸先生、然後ＥＲ３系統這樣才對。這麼一來——呃，會變成怎麼一回事呢……？…………打從一開始……她就沒有要殺害——狐狸先生和您的意思……？」

根本沒有——要殺害的意思。

苦橙之種。

「或許是。」

我點頭同意。

被施加了無法解除的術這件事應該是真的吧。

那並非失控，而是解放一事也是。

但是——

儘管如此，還是有不明的疑點存在。

只有這件事是千真萬確的。

還有——曖昧之處殘留著。

「至少，在採取某些行動這件事上——還沒有毫無意義這種必然，就是這麼回事。」

「那大概是——狐狸先生不會有的想法呢。」

「是嗎？昨天的話暫且不論——我想他應該也差不多注意到了吧。雖然我直到跟時刻先生對話為止，都絲毫沒有想到這些——

但是，倘若是狐狸先生的話——」

「不，不可能的吧。」

木之實小姐肯定地說道。

「妳真的是不留情面呢……」

「不，那並非那種層面的問題。那種想法……倘若不是當真沒有任何芥蒂、純粹地信任真心小姐的話——是不會有那種想法的。」

「…………」

「我明白了。」木之實小姐說道：「我就同意您的提案吧。我會瞞著狐狸先生——開始搜尋真心小姐。話雖如此，狐狸先生大概馬上就會察覺到這件事吧——關於您和真心的接觸，我會準備好萬無一失的狀態。我替你們主持一場兩人獨處的約會。」

「全靠妳了，空間製作者小姐。」

「請稱呼我為木之實。老實說，我不太喜歡那個頭銜——全都是漢字而沒有平假名的頭銜，感覺不是很僵硬嗎？」

「是啊，那麼說也沒錯。」

「接下來，您有什麼安排？」

「那，一起吃頓飯如何？」

兩人獨處的約會。

只有孤單兩人的——約會。

就在此刻——

我在內心當中。

做出了一個決定。

在內心底部的深處。

第二十一幕——家

想影真心 苦橙之種。
OMOKAGE MAGOKORO

0

已經不在這裡。

1

十三階梯。

第二・架城明樂。
空間製作者・一里塚木之實。
大夫・繪本園樹。
架空兵器・宴九段。
刀匠・古槍頭巾。
操想術師・時宮時刻。
人偶師・右下露蕾蘿。
暗殺者・闇口濡衣。
殺手・澪標深空。

殺手・澪標高海。
不諧和音・諾衣茲。
病毒使者・奇野賴知。
苦橙之種・想影真心。

十三名手下。
十三隻手足。
十三具人偶。
十三個異形。
那一開始讓人感覺無法招架，不曉得事情究竟會演變成如何的龐大數字——才經過了區區一個半月左右的時間，就已經幾乎失去了身為組織的架構。
要讓樹根枯萎，就折斷它的枝幹。
擰下手足，然後擊潰首腦。
原本架城明樂在現今就並非實際存在的人物，他只活在西東天的心中而已。
宴九段——滋賀井統乃比起狐面男子，原本就是聽命於玖渚友的人，在玖渚離開我的現在——我離開玖渚的現在，並沒有服從狐面男子的意義。
古槍頭巾則是第十一代、第十二代均已死亡。
衰老和拷問致死。

時宮時刻——出局。
闇口濡衣——撤退。
諾衣茲——出局。
奇野賴知——死亡。
想影真心——從一開始就並非「十三階梯」。
到這邊為止，已經有八階的存在消滅了——
第三階的繪本園樹已經不打算協助「世界的終結」，第七階的右下露蕾蘿雖然不至於退場，但距離重返戰線還需要一段時間。
這麼一來，剩下的人已經——
只有一里塚木之實和澪標姊妹而已。
十三階梯——抽掉十階之後，剩下三階。
只剩三階的話，實在已經稱不上是階梯了。
那只不過是段差罷了。
頂多算是摺梯。
雖然只有木之實小姐還能夠稱得上是棘手人物——但假如是現在的狀態，即使演變成要跟狐面男子重新開始戰鬥，我也有自信能夠獲勝。木之實小姐跟諾衣茲君在這層意義上，果然還是不同。關於澪標姊妹，我也知道光靠零崎一人就足以應付她們了
——

這麼一來，「十三階梯」已經等同於無了。

就跟消滅了一樣。

話雖如此，要說有什麼問題的話，那就是哀川小姐。

哀川潤。

人類最強的承包人——紅色征裁。

死色真紅。

那個人現在究竟是作何打算而待在狐面男子身邊的呢——要是不弄清楚這一點，我也無法清楚地確定自己對於現狀所處的位置。

我認為——是無所謂。

如果他們和解了，那倒也無妨。

要是問她十月後半和隱藏起行蹤的狐面男子一同在哪裡怎樣地共有了時間這種事，果然還是太不解風情了點——而且比起在眼前上演血淋淋的悲劇，我認為保持現狀還比較好。

不過——是什麼時候呢？對了，是在……

為了尋找可以拯救美衣子小姐的解毒劑，我和哀川小姐、崩子小妹妹還有萌太小弟四人一起前往澄百合學園遺跡的車內。

萌太小弟向哀川小姐詢問。

妳——該不會是想見父親吧？

哀川小姐回答了。

我一直在找他——為了這次一定要殺了他。

但是，這是我之前也曾想過的問題；哀川小姐她並非那種為了個人的怨恨或復仇而能夠殺人的人——這件事到了現在，已經可說是一目了然。

實際上……她是個濫好人。

光是從她願意跟我這種人友好（雖然也有種主要是被添麻煩的感覺）就可以知道這件事——其他也有許多可以佐證的例子。至少在身為一名濫好人這件事上，我還不知道有誰能勝過她。

從零崎那聽來的話——也是如此。

十一月一日晚上，雖然零崎有些難以啟齒的樣子，但還是說出了跟哀川小姐第二次起衝突的事——那是光用聽的就會讓人感到害臊般天真的故事。感覺可以瞭解到零崎不怎麼想說的原因。

哀川小姐對「殺之名」和「咒之名」——對那邊世界的居民毫不留情這點，實際上的確是那樣，零崎當時也幾乎差點被殺的樣子，但是——

家人。

據說看見碰巧也在現場的另外一名零崎一賊——零崎稱之為「那傢伙」的那個「零崎」——庇護零崎人識之後，哀川小姐便停止了攻擊。

我對這種事沒輒啊。

她這麼說道。

那算犯規啊，那太狡猾了，太卑鄙了。看到對方做出這種事，我不就什麼也辦不到了嗎——

她似乎這麼不滿地叨叨唸著。

然後哀川小姐讓零崎跟另一名「零崎」發誓從今以後不會再殺人——之後便離開了。

面對殺人鬼她在說什麼莫名其妙的話啊該不會是白痴吧——雖然零崎和另一名「零崎」都這麼認為——

但目前他們似乎都遵守著那個約定。

這表示他那時在御苑沒有殺掉澪標姊妹——也不光是因為我說了別殺她們的關係嗎？

匕首全都用光了——嗎？

算了，雖然我壓根沒相信過那種事，但被這麼一說，感覺確實曾聽過沒錯；不過——真是天真。

天真。

太天真了。

就連週刊少年ＪＵＭＰ，最近也沒有刊登過那麼天真爛漫的故事吧。

仔細一想，那個人在面對造成小姬死因之一的出夢時，也是用類似平手的形式結束了決鬥——就連在六月讓澄百合學園崩塌時，不也沒有出現任何死者嗎？

啊啊，只要想一下就會知道了。

為什麼之前沒有想到這些事呢？

若是十年前還很難說——

但現在的那個人，是不可能殺人的。

話語中一定沒有謊言。

她肯定是一直抱著那樣的打算——在尋找西東天的。那甚至能成為她的個性一般地，這十年來她一定不斷在尋找狐面男子。

原本應該已經斷絕緣分的——

親生父親。

但是，即使碰面了，她也不可能動手殺他。

對濫好人的那個人而言。

所以說——萌太小弟那時所擔憂的事，只能說實際上是正中了靶心。不，在當時的話姑且不論，事到如今，那種事或許並非什麼大不了的問題。在要跟狐面男子戰鬥的時候，這和必須考慮到應該位於同伴陣營的最重要人物・哀川潤可能差點會成為狐面男子同伴的那個時候不同——

雖然不同。

就如同那天在御苑所想的一樣。

對西東天而言——應該沒有像哀川潤一般原本就得心應手的「手足」。因為她是一開始就是為此準備的「道具」兼「手足」——進行得順利的話，照理說光靠哀川小姐一人，就能夠達到世界的終結、故事的終局才對。

記得——他是說了什麼呢？

當時——他是說了差點讓因果崩壞嗎？因為知道那是錯的——雖然知道了，卻為時已晚——那時西東天死了一次。雖然時刻先生似乎有不同的見解，但我認為那是狐面男子沒有藉由「解放」苦橙之種・想影真心來迎接世界終結的理由——在我深思熟慮一番之後，我這麼認為。雖然光是那樣，的確無法成為他將那個「終結」說成是「無聊透頂」的理由……

無論如何。

重要的是，只要有哀川潤一個人在，就能夠替代所有「十三階梯」成員這個客觀的事實，很難說對我而言是有利的。

哀川潤和西東天和解的可能性——就跟萌太小弟一樣，照理說我也非常擔憂這一點。

長期感情不睦的親子能夠和解真是太好了呢——開玩笑，若是要用那種家庭連續劇風的天真劇情來整合，無論是父親或孩子，圍繞著其角色的故事實在都過於不尋常。

舊型號。

稱呼哀川小姐為舊型號的——西東天。

所以我——

在接到木之實小姐的聯絡之前，我在西東診療所中，木賀峰副教授的研究室裡，過著奇妙的共同生活——和零崎人識、繪本園樹、右下露蕾蘿、澪標深空、澪標高海、哀川潤、西東天——過著奇妙的共同生活時，我最在意的是——自然而然地會用視線去追逐的，就是哀川小姐的動向。

當然我也不可能只關心那件事。

例如至今仍然把我當成讓她們沒面子的對象，而似乎看我不太順眼的澪標姊妹，總是會找理由對我糾纏不清（因為是從兩旁同時糾纏不休地前來找碴，實在沒比這更煩人的事了）；我這邊也是，畢竟那兩人殺了頭巾小妹妹——對於在拷問之後又殺害了人的對手，我也實在無法容忍；因此該怎麼說呢，實在很難相處。在剛來到診療所，我和木之實小姐出外到街上的期間，她們果然還是跟零崎又起了一次衝突的樣子；然後似乎跟上一次是同樣的結果，雖然並非被拔了牙齒或被釘子釘住，倒是沒有突然襲擊過來的情形了。

附帶一提，她們似乎並非從平時的日常生活中就一直穿著僧衣，倒不如說那似乎是類似為了提高鬥志的戰鬥服；在西東診療所內的生活時，她們會穿著露肩洋裝或迷你裙之類的，像是現代少女會穿的服裝，是相當養眼的存在——話雖如此，既然她們是不太適合養生的存在，我就不可能親近地對待她們。雖說因為是可能會直接危害到狐面男子的狀況，才不得已趕回來的；但那兩人，深空小妹妹和高海小妹妹，似乎還未從正面和狐面男子打過照面——

真是複雜。

糾結纏繞在一起。

我試著詢問過一次。

關於她們殺害頭巾小妹妹的經緯。

兩人對那件事——

兩人對殺害了頭巾小妹妹的事，並不覺得有什麼。簡直就像是我說了奇怪的話一般，她們只是感到不可思議地歪著頭。

你在說什麼？

你在說什麼？

不懂你的意思。

不懂你的意思。

因為不懂你的意思，所以我要殺了你。

因為不懂你的意思，所以我要殺了你。

就算知道意思也要殺了你。

就算知道意思也要殺了你。

啊啊……

沒錯。

是居住在不同世界的——異世界的居民。

抱持的事情不同。

抱有的常識不同。

與其說是否為狂信，或是什麼為了狐面男子，倒不如說，原本深空小妹妹和高海小妹妹就——不認為奪走人類性命這件事有什麼大不了的。她們是以跟書寫文章、敲打計算機同樣的道理——也能夠殺人的殺手。

包括殺害我一事——她們也不認為有什麼。

在御苑那時也是。

然後到了現在仍然一樣。

她們甚至不認為那是暴力。

跟有理澄陪著的——

出夢的情況完全不同。

話雖如此，對於深空小妹妹和高海小妹妹，因為有零崎人識這個可以當成防衛壁依靠的男人存在，澪標姊妹跟我之間的不和，倒還不至於發展成鬥毆一般的慘狀。

至於說到那個零崎，他似乎並不擅長跟繪本小姐相處。「那女人超恐怖的耶！」這是零崎最常說的臺詞。比「真是傑作啊」說得還多。這要說是麻煩事，也算是麻煩事沒錯。當然，即使扣除對於繪本小姐的排斥意識不看，零崎和哀川小姐也醞釀出奇妙的氣氛——在「殺之名」當中被厭惡排擠的零崎人識，似乎原本就不擅長集團生活，大部分的爭執原因都在於零崎。但既然澪標姊妹在此，也不能將他趕出去；因此我被分配到「零崎負責人」這個實在非常討厭的任務；不過這點倒是彼此彼此——就是了。

露蕾蘿小姐過著療養生活。

木之實小姐則是為了尋找真心，過著清早出門之後直到大半夜都未歸的日子——

然後是哀川潤。

哀川小姐並沒有特別做些什麼——倒不如說，她簡直像在等待著什麼一般普通地完成被分配到的任務。

只要將工作交給她，她比任何人都能幹。

打掃、洗滌、烹飪、採買。

就連照顧露蕾蘿小姐的工作也一樣。

跟至今為止彷彿沒有任何改變。

相當普通。

但這反而讓人感覺有些不自然。

不過，至少就我的觀察範圍內看來，那一天，自從十一月一日圍著矮腳桌那天以來，除了用餐的時候，哀川小姐好像幾乎沒有跟狐面男子交談過。

並非明顯地無視——但是，如果是哀川小姐那般等級的人物，巧妙地偽裝成很自然的模樣來避開狐面男子這種程度的事，應該是可能的吧。

雖然——我不認為那是壞事，但既然如此，只有在用餐時像平常一樣這點——很奇怪。

哀川小姐究竟在想些什麼呢？

附帶一提，狐面男子在這種共同生活之中，是唯一一個達成了沒有分攤任何工作這項豐功偉業的人。

不工作就算了，至少把要洗的衣服確實拿出來吧——雖然我必須好幾次這麼說道，但他還是絲毫不放在心上的樣子。就連深空小妹妹和高海小妹妹，只要有人開口，至少也會打掃院子一下……

狐狸先生不用工作也沒關係。

狐狸先生不用工作也沒關係。

狐狸先生的份也由你來做。

狐狸先生的份也由你來做。

不過我試著若無其事地跟兩人聊了一下之後，嗯，就是這種感覺，所以也用不著再問露蕾蘿小姐和木之實小姐了。

狐面男子的心情比哀川小姐更不明瞭。

對於真心的事，他究竟是怎麼想的——

對於現在的狀態，他是怎麼想的？

完全猜不透。

這部分他跟哀川小姐一樣，向他搭話的話就跟平常一樣，雖然那副讓人想質問他你是在強制自己當國王嗎？一般看似偉大且斷定的態度，讓人經常跟他對立——

但就只有那樣而已。

真的就只有那樣而已。

繪本小姐似乎是因為光穿著泳衣的話越來越冷了，因此開始會裝備暖腿套和圍巾，變成了更加不知所云的時尚裝扮，讓零崎害怕不已。零崎在房間角落渾身顫抖著的身影實在相當有趣，因此我有一次沒出手相救並置之不理，但後來差點被殺掉，所以之後我每次都會幫他。就在這麼做的期間，我沉痛地感受到「啊啊，繪本小姐以前真的是愛欺負人的孩子呢」。

這樣——種種事情。

因為這樣種種事情。

這似乎讓我想起了剛搬到被真心弄倒的那棟公寓時的生活——雖然發生了許多問題，雖然要擔心的事一直源源不絕——

但老實說，過得很愉快。

這樣的生活——持續了十天。

然後這是——

對我而言最後一段安穩的時間。

「找到真心小姐了。」

我的手機終於從木之實小姐那接到這樣聯絡的是——十一月十二日。

是個平凡無奇的一天。

我原以為是個跟平常一樣的一天。

「假裝出外買東西……對了，請您到您原本居住的那棟公寓的現場來。」

2

「老實說——我並非刻意要炫耀自己的力量，但我認為這如果不是我的話，應該是找不到的。」

倒塌公寓的現場——久違的那個現場，已經變成了整齊的空地——在那裡等候著我的木之實小姐，開口第一句就是這麼說道。

「因為真心小姐——製作了空間。」

「……咦？」

「所以說，真心小姐——」

木之實小姐說道。

「真是的，該怎麼說呢，感覺自己的特技完全被搶走了一樣。」

「特技被……那是能夠那麼輕易模仿的東西嗎？那個異能——」
「異能……是誰這麼說的？」
「出夢。」
「……所以我才不擅長跟他相處——明明他自己才擁有並施行著超乎常人的力量，卻無論什麼都要當成超能力來看待。空間製作只是一般的技術唷。基本上無論是誰都能辦到的。」
「無論是誰？」
「所以說，和您的戲言是一樣的。」
「…………」
「您一副難以認同的表情呢。我不太喜歡被人擺那種臉色。」
「但是——將所有人從地下鐵的車廂中全部清除，還有在四個人組成隊形行走時，只將正中間的兩個人轉移到其他場所這種事——很明顯並非普通的技術吧。」
「人類的認知能力是有限度的喔。所以說，只要使其超過那限度——空間自然就會在那裡產生。即所謂意識的空白。」
「意識的空白？掌控意識的技術——應該是時刻先生的領域吧？」
「不，所以說並非意識，我利用的是意識以外的部分。只是說明的話，雖然很簡單……呃，說的也是。那麼，這就當成大放送。」
木之實小姐這麼說道，像是要看手相似的用雙手牽起我的右手——

然後嫣然一笑，
將手朝自己的胸口用力地壓了下去。
「……木、木之實小姐！」
「是的。現在您的意識被色色的事給占滿了。真～下～流～」木之實小姐鬆開手，感覺非常愉快似地說道：「那麼，您有什麼感覺呢？」
「咦，不，冷靜下來一看是正中央偏高，雖然沒什麼深刻的感觸——不對……」
「我是問您**被踩的那隻腳的感覺**。」
「…………」
「原理是一樣的——這種情況，是讓對手的意識集中到一點，其他一切都弄成空白的技術。嗯，以印象來說，就類似那種大家對於零錢掉落的聲音敏感地反應，在那一瞬間便毫無防備的情況。」
「這，這樣啊……」
明明還可以比喻成其他狀況吧……
果然是個令人搞不懂的人。
而且這個人的情況，那種「搞不懂」是演技表現出來的，所以才棘手。
經過計算的意義不明。
斤斤計較的複雜怪奇。
「反之，將意識分散到其他所有事物上——只弄出一個漏洞這樣。當然，一旦範圍變成像御苑那麼寬闊的場所，可是很辛苦的喔？我可是四處不停打電話呢。」

「………」

空間製作還伴隨著相當樸實的活動呢。

幕後工作……

「在地下鐵那時也是一樣——因為您從一開始就注視著諾衣茲先生，所以那反倒算是簡單吧。倒不如說，實際上我那時在車廂內，就坐在您隔壁的座位上呢。」

「……真的假的？」

「這身樸素的服裝也是為了這個目的——我其實比較喜歡哥德蘿莉式的裝扮。還有頭髮也想染成金色，但那應該要等退休之後吧——真羨慕繪本小姐自由的時尚風格。話雖如此，那也算是一種空間製作就是了。」

「是那樣子嗎？」

「因為喬裝假扮是不想將原本的自己暴露出來那種心情的象徵嘛。實際上，要是看到白衣搭配泳裝的她出現在眼前，只會對那身服裝留下深刻印象，首先會注意到她本性的人並不存在吧？」

「那的確是那樣沒錯。」

「那是殼呢。對繪本小姐而言的。」

「………」

「從繪本小姐的角度來看，她應該認為是盔甲吧；遺憾的是，那種程度的空間製作，只有一敲就會裂開來那種程度的強度而已。」

嗯……

關於空間製作的結構，我是弄懂了。實際上應該是更加更加複雜，要到達木之實小姐那種程度，還需要各種步驟吧；但總之瞭解到製作出「意識的空白」這句簡單的話語似乎就足夠了。

這並非可稱之為異能的異能嗎……

反倒跟露蕾蘿小姐同樣，是種技術。

從所有事都以單純明瞭的想法為主的出夢的角度來看，那種東西無論得到怎樣的說明，他大概都不覺得是超能力以外的其他東西；更何況——以木之實小姐的情況而言，真正恐怖的是，那份「異能」似乎並非「技術」的樣子……對出夢來說，這真的是他不擅長應付的類型吧。

「雖然我和理澄小姐的關係並沒有那麼糟就是了。因為她的調查能力，對我而言是非常有益的能力。」

「因為理澄小妹妹是個無論和誰都能成為好朋友的女孩嘛。在她面前，戲言玩家和空間製作者都顏面盡失了吧。」

「……可以請教一件事嗎？」木之實小姐改變了語氣。「關於匂宮兄妹，即使因為有一邊是理澄小姐的存在而還在容許範圍內——但為什麼您會原諒澪標姊妹，我實在不是很懂——」

「原諒？如果是指殺了頭巾小妹妹的事——那您就弄錯了。我並沒有原諒她們。現在只是因為不得已，才過著共同生活而已。就連出夢——我也並非原諒了他。」

「並非那樣，而是意義的問題。雖然使用的技術一樣，但您和我所處的立場完全不同——正因如此，我才會想要答應您的提案試試看。但是，看到您面對澪標姊妹的態度，我也並非沒有感到疑問。」

「疑問——嗎？」

「這是個假設，」木之實小姐彷彿要刺穿我一般地瞥了一眼，說道：「**假如您認為被當成殺手來養育成人的澪標深空和澪標高海很可憐**——那您就搞錯了。」

「…………」

「不，同情是無妨——只是同情的話，那是您個人的自由。但是，如果因此而原諒她們的話，我認為那是不對的。」木之實小姐續道：「因為——那樣的話，會變成什麼都有可能對吧？因為可憐就全部原諒的話，不就會變得是非黑白不分了嗎？」

「……木之實小姐——」

「我是無妨——畢竟我算是這邊的人。但是……我認為您要是贊同我們的理論，那是不對的。看到跟澪標姊妹和殺人鬼少年友好相處的您——我不由得感到不安。老實說那副景象——真噁心。」

「我並沒有跟他們友好相處的意思。」

「儘管如此，也是一樣。倘若您現在要用那種心態去見真心小姐的話，我認為那是不對的。因為那樣的話，是無論誰都能辦到的事。」

「……並不是那麼一回事啊，木之實小姐。」我說道：「以前——曾經有個女孩子那麼對我說過。那個女孩子是木之實小姐的學妹，也是子荻妹妹的左右手。換言之——她是在那種地方養育成人的傭兵兼狂戰士。坦白說——她的精神並不正常。倒不如說——她原本就不具有所謂的人格。只不過是在黃泉世界和現實世界之間搖擺不定地徘徊著而已——那樣的少女向搖搖晃晃地迷失在戰場中的我問道：你有與我們匹敵的理由嗎——只不過是單純地否定、說什麼那是異常或非現實之類的話是很卑鄙的——不要那麼輕易地否定別人——她這麼說道。就在前陣子，我從零崎那傢伙那聽說了……她對他人會說出三句以上能表達出意義的的狀況似乎很罕見。」

被稱為黑暗突襲的她。

那樣的她——

首次看到的普通人大概是我吧。

「我並沒有。」我斬釘截鐵地說道：「我並沒有足以匹敵深空小妹妹和高海小妹妹的理由——沒有足以匹敵零崎人識和匂宮出夢的理由。就連足以匹敵他們和她們毫無理由的毫無理由都——沒有。」

「………」

「我並不瞭解。因為不瞭解——所以根本無從抱怨。時刻先生說真心很可憐——雖然的確如他所說……但是，至少——我無法同情深空小妹妹和高海小妹妹。她們並沒有——同情的餘地。」

「……我懂了。」木之實小姐這麼說道並點了點頭。

「懂？」

「是的。**澪標姊妹為什麼不殺掉你的理由——**」

「…………？」

嗯？

那——不是因為有零崎在的緣故嗎？

「不，請您別在意——這只是我們這邊的事情而已。」

「這樣啊……——那麼，姑且不提那個，結果，真心她人在哪裡呢？」

「出乎意料地，就在旁邊。」

「咦？」

「北野天滿宮。」

「…………」

「就在這附近。」

那確實是——

從這棟公寓的位置來看，應該說就近在眼前，徒步也花不了十分鐘距離的場所。

我記得，對了，五月時跟秋春——宇佐美秋春最後交談的場所，不正好就是北野天滿宮嗎？

「老實說，那的確是個盲點——看來真心小姐似乎一直待在那裡呢。」

「盲點……是空間製作嗎？」

「雖然並非單純地只是那樣──但基本上是一樣的。因為我在真心小姐面前曾經披露過幾次那個技術。被她依樣畫葫蘆地給偷學去了。」

不愧是人類最終──

木之實小姐這麼說道。

我有些無可奈何地聳了聳肩。

「那傢伙從以前開始就很擅長這招──也就是依樣畫葫蘆。雖然這是推測出來的假設，但在這裡將公寓破壞得體無完膚時所用的招式，我想應該是出夢的『一口吞食』。只要是看過一次的東西，無論什麼她都能複製。」

與其說是複製，倒不如說那是完成（complete）。

「那──該不會就連操想術也……」

「是有這個可能性。」

倘若是奇野先生的「病毒」，那必須事前在身體裡植入毒素，所以應該是行不通。

「這才是人類最終的意義。無論任何人或任何事，只要是其他人類辦得到的，沒有真心辦不到的事──就是這麼一回事。用某漫畫來比喻的話，就是所謂的完全生物。」

「這樣啊。雖然我不曉得那部漫畫……」

「咦？」

我有些驚訝。

「是為了什麼呢？」

「…………」

木之實小姐也有些驚訝。

咳咳——木之實小姐乾咳了幾聲，

重新開口說道。

臨機應變。

應對如流。

「人類最終……並非最強亦非罪惡，被製作出來的人類最終。不過——這麼一來，也有件事無法說明。」

「是什麼事？」

「為什麼真心小姐會那麼嬌小呢？」

「…………」

木之實小姐並沒有特別想要知道答案的樣子，只不過像是只有這點感到疑問一般地繼續說道。

「追根究柢而言，很不可思議呢——倘若真的是『最終型態』、『完成型態』的話，我認為普通應該會變成像哀川潤那樣的體型。那手臂的長度、那雙腳的長度……雖然我不曉得紅色征裁小姐的正確年齡，但外表年齡大約是二十五歲……二十五歲正好是人類肉體的全盛期對吧？既然如此，外表應該接近這年紀會比較理想——但是為什麼真心小姐會維持那種甚至稱不上是十幾歲的體型呢？」

「那應該無意識的限制之一吧。除了真心之外，我另外有一個朋友——我的前任朋友當中，也有個類似的傢伙。她自己停止了成長——然後就那樣變得無法動彈的傻瓜——」

……只不過，也有位於那種規則範圍之外的，像是三胞胎女僕的例子；不過那也是一種樂趣，所以無所謂吧。

「總之——雖然這會變成拓撲學上的話題，但正因為我是空間製作的使用者，才能夠花費十天左右便找到了她。畢竟既然身為使用空間製作的人，自然也瞭解意識的空白會在哪裡產生了。」

「伸出右手的話就看左手，是嗎？」

這麼說來，不知何時，小唄小姐曾說過類似要藏樹木的話就要藏在公眾面前——這種話，木之實小姐的情況，可以算是能夠靈活應用要隱藏在森林面前或隱藏在公眾面前吧。

「那麼，我們走吧。雖說是北野天滿宮，但範圍也相當廣大；會躲藏在哪一帶呢？那裡有能夠遮風避雨的地方嗎？」

「邊走邊說明吧。」木之實小姐說道，並邁出步伐。「其他人情況如何呢？」

「啊啊——嗯，跟往常一樣喔。並沒什麼特別的事……但是，果然還是不曉得哀川小姐跟狐狸先生在想些什麼呢。尤其是狐狸先生——他對真心的事是怎麼想的？木之實小姐有聽說些什麼嗎？」

「雖然我試著問過，但被他巧妙地迴避掉了。應該說——現在狐狸先生說不定是認為所有一切怎樣都無所謂。」

「那不就跟平常一樣嗎？」

無論有什麼，無論發生什麼——

無論沒有什麼，無論什麼都沒有發生——

那種事終究是一樣的。

所以一切——怎樣都無所謂。

重要的只有一件事——

「並不是那樣。」木之實小姐說道。「就連那唯一應該很重要的『世界的終結』——他似乎也是怎樣都無所謂的樣子。」

「……咦？」

果然——相處的時間長短不同。

木之實小姐似乎從狐面男子這十天的舉動當中——察覺到某些跟迄今確實不同的變化。

「他應該也受到了很大的打擊吧——對於時刻先生的背叛。正因他們曾志同道合。」

「不，我想應該沒那回事。因為是身為『十三階梯』設立期成員的我所說的，所以不會有錯——畢竟狐狸先生至今為止，在那層意義上一直被背叛了過來。」

「…………」

「關於激發出人類才能這點，雖然他是一流的，但畢竟是那種個性，雖然有看透人的眼光，卻沒有看人的眼光呢。即使說這次算特例……但狐狸先生的氣量可沒狹小到會因為時刻先生一人而動搖。」

「這點時刻先生本人也說過呢──那麼他究竟是哪裡不滿意呢？當然不會是因為實現了夢想而感到一陣空虛吧……結果木之實小姐一次也沒有從狐狸先生那邊接過『找出真心』的命令對吧？」

「是的。雖然有點意外。但他說『會來的話就算放著不管也會來，沒有尋找的必要』──啊啊。」

她這麼說道──

木之實小姐這時停下了腳步，回頭看向我。她稍微眺望了一下我的臉之後，又再度邁出了步伐。

「……？……有什麼事嗎？」

「不──我想應該先說一下比較好，我決定先說出來了。關於真心小姐──您的推測的確一語中的。」

「咦？」

「真心小姐她──並沒有復仇的想法。」

木之實小姐面向前方這麼說道。

「無論是對狐狸先生或是對您──當然，對於ＥＲ３系統也是，她似乎絲毫沒有

——要復仇的意思。」

「……該不會木之實小姐已經和真心談過話了吧？」

「不。因為我不想都來到這了還讓她逃掉，所以並沒有超出必要以上的接近。無論怎麼說，她已經知道我的長相，不管怎樣消除氣息，我都不能從正面進入她的視線範圍內。」

「但是，既然如此，您為什麼會知道——」

「一眼。」

木之實小姐說道。

「**因為只要看一眼——就一清二楚了**。」

「………？」

「啊啊，說不定狐狸先生早就知道了這一點……雖然這樣我就要收回之前對您所說的話了。正因為您相信真心小姐，才會提出那個解答。我一直認為這是狐狸先生所沒有的想法……但是，如果那對狐狸先生而言——**已經是不證自明的話**——」

並非相信——

而是已經知道的話。

「是啊，不過，對我而言，為什麼真心小姐會變成**那樣子**——我實在不明白。」

「還真是……曖昧不明的說法呢。」

「抱歉——這表示我也感到混亂。關於這點，並沒有空間製作的花招。」木之實小姐說道：「只有一件事還請您告訴我，戲言玩家先生——您見到真心之後作何打算呢？您打算——談些什麼呢？」

「沒什麼——和時刻先生那時一樣，是直接上場。只不過並非臨陣磨槍罷了。」我回答。「只不過，嗯……我只是單純地想幫助那傢伙……」

「幫助，是嗎？」

「沒錯——有什麼問題嗎？」

「我在想是否能夠辦得到。」

紅綠燈。

人行道。

在那前方——可以看見北野天滿宮。

大型到可以說是巨大的鳥居。

在鑽過那門的對面——真心正等著。

「我就到這邊為止。」

「咦？」

「這之後就請您一個人前往。」

「……呃，是因為真心她——或許會依樣畫葫蘆地使用操想術也說不定的緣故嗎？」

跟時刻先生碰面的時候，木之實小姐也是因為那樣的理由而從外側進行空間製作——這是這次也採取同樣的行動，的意思嗎？不過，木之實小姐搖了搖頭。

「這並非能否使用操想術這種程度的問題。只是單純地並非我能關連的事——當然為了防止干擾，您可以放心將空間製作交給我。這是兩人獨處的約會呢。不過，既然真心小姐本身就能夠辦到這件事，或許是多此一舉……唉，我就承認吧。雖然我剛才那麼說……但老實說，我並不想靠近——現在的真心小姐。」

「這是為什麼？因為——危險嗎？」

「不。」

木之實小姐說道

「因為太悲慘了，我不想看。」

「…………」

「無論要談什麼——戲言玩家先生。我建議您——絕對不要在意識上製造出空白。這是為了您，也是為了真心小姐。」

紅綠燈變成綠色了。

木之實小姐動也不動。

她已經不打算再說下去。

我——並沒有完全——倒不如說幾乎沒有掌握住木之實小姐話中的真正含意——便跨出了腳步。

不過。

穿過鳥居，踏進北野天滿宮的區域內走了一陣子之後——我便不由分說地被迫理解那件事。

我以為有屍體。

我以為是屍體。

除此之外——無法看成其他任何東西。

極為自然地——

極為理所當然地——

極為光明正大地融入在風景之中，雖然並非要套用木之實小姐的說法——但如果不是我，大概甚至不會注意到那是人類這件事吧。

逐漸腐朽——

彷彿只是在等待逐漸腐朽殆盡一般，像是已經久候多時一般的，身體。

那樣的東西——正橫躺著。

面向上方。

眼睛是睜開的。

瞪大了眼。

有些混濁。

看著——空中的太陽。

彷彿要弄毀自己的眼睛一般。

目不轉睛地瞪著看。
潮濕陰沉地渾濁著。
她有多久——沒睡了呢？
雙眼下方刻畫著漆黑的黑眼圈。
服裝也破爛不堪。
光腳。
整體來說有些髒亂。
不——並非弄髒了。
汙穢。
最明顯的是髮色。
原本美麗且鮮豔的橙色——
現在簡直有如生鏽一般。
鐵鏽色。
辮子已經七零八落地散亂到看不出原型，
彼此糾結在一起。
空洞。
存在本身——非常薄弱。
「……真——」
我猶豫了——是否要搭話。

厭惡感——首先湧了上來。

舉例來說——那就類似在眼前看到屍體、看到被殘殺的屍體時會感覺到的，類似在眼前看到被斬首的屍體時會感覺到的——

厭惡感。

嘔吐感。

空間製作——

並非只有那樣，木之實小姐這麼說了。

原來如此，的確如她所說。

就連我也——

可以的話，想要通過這裡。

如果事不關己——

如果是毫不相關的事情，我應該那麼做了。

但是——

無論那是何種姿態。

因為在那裡的是——我的朋友。

因為是我的事情。

「真心。」

「…………」

「想影——真心。」

「啊啊——還以為會是誰，原來在那裡的是阿伊嗎？」

雖然是彷彿在沙漠流浪了一個禮拜一般沙啞的聲音——不過意識似乎相當清醒的樣子，真心這麼回答了我的呼應。

「咳咳……哇哈哇哈……俺一直認為會跟俺搭話的一定是阿伊……喔。俺正在實驗跟死亡相比哪邊會比較快呢。」

「妳等等——我去附近買水過來。」

「不用了……水那種東西附近要多少有多少。而且，明天似乎會下雨呢。」

「…………」

「原以為不吃不喝地一直發呆下去就能夠死掉，果然事情似乎沒那麼簡單啊。這副身體被打造成相當……非常不容易死掉呢。」

「在做什麼啊……？妳——」

「……要聊的話，換個地方吧。」

真心她——

不曉得她究竟是怎樣地使用了哪邊的肌肉，只見她維持著仰臥的姿勢，並沒有特別改變體勢，便輕鬆地跳了起來並直挺地站著。

殘破不堪——

雖然外表變得殘破不堪——

但她的身體能力似乎沒有地方衰退。

「話說妳這樣子跟裸體沒兩樣嘛。妳還是等等，我去買件衣服來——啊啊，不，在那之前要先去澡堂嗎……頭髮也是！」

我伸出手——觸摸真心的頭髮。

那簡直就像是，

觸摸到金屬絲一般的——感觸。

「——這不是妳最中意的部分嗎？」

「因為阿伊記得以前的每件事——俺才沒輒。」真心用沙啞的聲音說道：「無所謂啦——別在意。反正沒有人可以看見俺。」

「……看見——」

我並沒有遲鈍到……無法察覺那——並非單純地只有因為真心現在正進行著空間製作的意思。

所以——我無法再多說什麼。

真心她，

「哇哈哇哈哇哈——」

高聲地像是在乾笑一般的笑著，就那樣赤腳走向天滿宮的內部，找了一個位於那裡、長滿了苔蘚的石頭當椅子坐了下來。因為看起來相當滑溜，我認為要當椅子不太適合，所以我並沒有坐在她旁邊——

我在真心的正面張開雙腳站立著。
雙手抱胸。
面對著面。
「……我想說的事和想問的事都有地球那麼多。總之先茫然地問一下——妳究竟在做什麼？」
「迂迴的自殺。」
真心理所當然似地回答。
「即使想死，俺畢竟也沒有活著嘛。」
「妳活著啊。就在我面前。」
「哇哈哇哈。阿伊真是積極呢。」
真心說道。
「你知道嗎?俺從以前開始——就很喜歡阿伊這一點。」
「無論是以前或現在，我都是很消極的喔。我只看得見過去的事情。根本看不見未來啊。倘若我能稍微看透的話——就不會讓妳變成這副模樣了。」
「是嗎?俺可是相當中意喔，這副模樣——不過，終究只是這樣罷了——只是個殼。」
「殼？」

「空殼。」（註2）

「……這樣啊。」

我鬆開交叉的雙手，聳了聳肩。

「大家——都在擔心妳喔。妳在這種地方做些什麼？」

「……大家，」真心低下頭說道：「大家——怎麼樣了？」

「妳問怎麼樣——」

她會——在意嗎？

公寓那些人們怎麼樣了。

「——雖然所有人都暫時送進了醫院，但崩子小妹妹以外的人都已經出院囉。而崩子小妹妹只是在醫院裡稍微染上了感冒，跟妳做的事沒有關係。」

「這樣啊。」

雖然嚴格來說也並非不能說崩子小妹妹是被樂芙蜜小姐給拘束住了，但這可能會搞砸嚴肅的氣氛，所以我自制了。

也不會弄錯說成抱枕。

「但因為公寓已經不在了——所以大家都各自分散到朋友家或回老家去就是了。」

「已經——無法恢復原狀了嗎？」

2　此處的「殼」跟「空」在日文中讀音皆為「から」。原文中此句只有「空」一字，但為求中文語意通順故譯作「空殼」。

真心一反常態地——樣子怯懦地說道。
「因為俺——破壞成無法恢復原狀的樣子。」
「…………」
「明明就像家人一樣。那棟公寓——」

「明明就像是家一樣。」

我——點頭同意真心這番話。
「……家，嗎？」
「無論是家人或家——都是俺沒有的東西。所以——所以，所以所以所以所以所以所以
所以所以所以所以所以所以所以所以所以所以！所以——俺才會破壞掉嗎？」
所以。
那樣漂亮地——精密地。
不留一絲粉末痕跡。
無論形影皆一觸即潰——
只有骨董公寓被破壞掉而已。
「……心臟——」
我說道。

從剛才開始——就注意到了。不，關於這件事，木之實小姐已經暗示過了。
「妳知道——操想術被施加在妳的心臟上這件事嗎？」
「嗯。是啊。」
真心一副無所謂似地點頭。
「那種東西，俺已經解除了喔。」
「咦？」
「俺說已經解除掉了。那種東西根本沒什麼大不了的。」
「妳說解除掉……怎麼做？」
「啊啊，就是說……」真心看似有些麻煩地抬起頭，用手指叩叩地敲著自己的左胸附近。「既然是將心臟的節拍當擺錘被施加了術，那只要讓心臟的節拍亂掉就好了。只是那樣而已。」
「但是，心臟是非隨意肌，所以無法靠自己的意志控制吧——而且應該也不是那種盡力去跑步讓心跳加快就能夠解除的術。」
「阿伊的話應該知道吧——俺會被稱為苦橙之種的根本理由。首先是因為能夠領先於任何理由，靠自己來管制自己——因為能夠靠自己完全控制住自己的緣故。心臟跳動的構造其實很簡單喔——簡單地說只是電子信號。跟大腦的功能相同，基本上，人類活著的架構，全都是電子信號。所謂的心臟只是對心臟內部某個組織所發射出來的電子信號產生反應，然後刻畫著固定的節拍罷了。雖然說成非隨意什麼很誇張的形容，但那構造其實極為單純。」

「哦……這我還真的不知道。然後呢？」

「所以說——你看。」

真心指向我的背後。

那裡是北野天滿宮的停車場。

以前，在那裡——我曾從秋春那接收了巫女子的偉士牌。

停車場。

「我從那邊的車裡偷來了電池，讓俺的心臟通電。」

「……靠電擊來進行的心臟按摩嗎？」

「像是那個，或是讓心臟停止之類的……嗯，各種方式。」

「哈啊……」

原來如此……

雖然是很荒唐的粗暴方式——但若是那樣，確實。

要解除一直施加著的術——或許那是唯一的方法也說不定。對啊，我太拘泥於狹隘的視野之中了——不過，採用那種手段還能存活下來的人，也只有真心了吧。無論再怎麼說，那般超乎常識的行為，應該是在時刻先生的預料之外。

「這樣啊——所以是北野天滿宮啊。畢竟這是附近汽車最多的地方嘛。」

插座那種程度的電壓，對真心而言沒有任何意義吧。然後她就順勢——在北野天滿宮住了下來。

還真是會給人添麻煩。

「……那麼說，這表示妳——意識並沒有——全部被操想術給支配住對吧。倘若真的失控……被解放了的話，照理說根本不會有那種試圖解除操想術的想法。」

「嗯。」

真心點頭同意。

不過——這樣的話，表示在真心破壞骨董公寓的同一天內——大概就在我前往西東診療所途中的時候，她早已經從那個操想術當中解放出來了嗎？從露蕾蘿小姐那聽到有關被施加在真心身上最後的「術」時——她早已經靠自己，單憑自己的力量——這表示那種程度，她已經自己設法處理了嗎？

「俺對自己施加的咒縛可沒薄弱到——光靠那種程度的催眠術師的技術就能夠全部被解放的地步。」

「………………」

玖渚。

玖渚友——藍色學者。

「那麼——妳真的是在這種地方做什麼啊？為什麼不回來？妳介意弄傷大家的事嗎？既然如此，我不會說要妳別介意，但是跟大家說了妳的事之後，大家都很擔心喔。」

「俺沒有資格被擔心喔。」

「被擔心哪需要什麼資格？」

「被擔心當然需要資格啊……阿伊。你說回去，回哪裡？俺應該回到哪裡才好？若是該回去的場所，那早已經被俺——破壞掉了。」

「我並不是在說這種——」

「俺正在說的，就是這種事。」

真心強硬地說道。

強硬到甚至讓我退縮。

「吶，阿伊。即使那是半吊子——即使並不完全，即使是馬上能夠解除的術，俺那個時候，的確是被『解放』了。」

「……真心。」

「你明白嗎？俺之所以做出那種事——並不是那個叫做時宮時刻的催眠術師害的。並不是因為俺被那傢伙給操縱了。那是俺所期望而做出的事情。自己期望而進行破壞——自己期望而傷害了大家。」

「不，可是——」

可是。

可是，那——

「這種情況沒什麼好可是的吧。俺是知道的——因為是自己的事情。那並非想法被操縱的緣故——是俺一直壓抑住的感情。

俺無法原諒啊。

那種……和大家一起的安穩生活。」

「…………」

無法原諒。

從真心口中——

第一次聽到這樣的話。

「俺一定是無法原諒**那種東西**存在於這世界上一事——那種東西就連至今為止也跟俺毫無關係地一直存在於世界上的不合理——俺無法容忍。」

無論是原諒。

或者是喜愛。

對真心而言——都是辦不到的。

即使——看起來是那麼快樂。

即使跟大家相處融洽。

但在內心深處。

卻無法原諒——那種跟至今為止的人生——倘若有正常的神經，即使弄錯也不會將那稱之為人生般的人生完全無緣的事物，存在於這世界上一事本身。

無法原諒自由的存在。

而且……

那並非時宮時刻所設計的。

全部都是真心的——意志。

「俺受到很大的打擊。那種行為——竟然是俺打從心底期望的事情。」

「……」

「自己的真心竟然是**那種東西**——真叫人難以置信。在俺的內心裡面竟然有那麼醜陋、汙穢的——那種想法，我不想承認這件事。」

「但是——」

「俺——雖然自己這麼說很怪，但也只能自己這麼說了；俺一直以為自己是『好人』。以為自己很善良。俺——必須是善良的才行。明明如此，在俺的內心當中——卻有著那樣的真心話。那是被否定掉全部。俺明明必須是善良的才行。」

「但——但是！」

那是——不對的。

那並非要陷入自我厭惡的部分。那並非是需要責備自己到這種地步的——事情。

無戰無敗——因而為最終。

但是那——絕非意味著清廉潔白。雖然我不知道ＥＲ３那些ＭＳ－２的傢伙們有多瞭解這件事——但其特性絕對不是以真心身為聖人君子一事為根據。
那是誤解。
西東天大概已經理解了吧。
真心她——受到了傷害。
對於一直受傷的人生、那副身軀遍體鱗傷一事——她絕非沒有任何感覺。
受傷就會流血，
受傷會感到痛。
那種事是理所當然的。
所以真心她——
只是一直在忍耐而已。
這一點有誰知道呢？
她被迫身為一個善良的人——
被迫擁有潔癖且潔白的人的內心。
只要試著回想起來就行了——在ＥＲ３裡，深邃且密接地滲入真心的日常生活中的各種實驗行為之前——真心究竟浮現出多麼不安的表情？
她是多麼的厭惡？
討厭的東西就是討厭。
厭惡的東西就是厭惡。

害怕的東西就是害怕。

憎恨的東西就是憎恨。

儘管如此，真心她——

也不曾抱怨過任何一次。

她一直在忍耐著。

一直——原諒著。

所以才——無戰無敗。

並非從膽小而產生的，例如像我這樣的不感症或無痛症——

所以我才會……

把妳和玖渚重疊了……

「俺已經……沒有臉回去見大家了。就連小光小姐也是——無法再見面了。俺已經無法到任何地方。」

無法到任何地方。

無法到任何地方。

無法到任何地方。

真心喃喃自語地重複著那句話。

我無法開口說任何話。

說出來就好了吧——其實。

只要說沒那回事，在妳心中的那種感情絕非錯誤的感情，反倒是理所當然的——所以能夠壓抑住那感情的妳實在很了不起，這是很有價值的事——只要費盡唇舌地跟她說明就行了吧。

要來得——簡單多了，

照理說要來得輕鬆多了才對。

是多麼簡單，多麼輕鬆呢——

就那樣任憑憎恨——任憑怨恨讓她直接面對我和狐面男子。竟然拿心臟開刀，那對真心而言應該也絕非簡單的選項才對。

簡單——輕鬆，

感覺一定也舒服得多。

讓世界終結——遵從著甚至被稱為最終的存在理由，讓世界結束的選擇。

但是，她並沒有那麼做。

那是多麼困難的事——

只要告訴她，那應該是最好的吧。

其實。

但是……我辦不到這點。

真心並不存在於那樣就能拯救的——淺薄絕望之中。

時刻先生的操想術什麼的——

對真心而言，不過是個機會罷了。
只不過是契機罷了。
「吶，阿伊。」
真心說道。

「活著這件事，真無聊啊。」

「…………」
「俺一點都──不覺得自己活著。不只是現在，從以前開始──就一直這樣了。即使想死，卻還是像這樣活著……這或許是因為俺在很早之前就已經死了也說不定。不──並非那樣，俺原本算是活著嗎……？俺並沒有──誕生的記憶。」
誕生的──記憶。
那種東西就連我也沒有。
沒有任何人有。
但是，明明如此──大家卻都活著。
在世界當中活著。
「俺一點都不覺得自己活著……不只是俺。大家都一樣。其他所有人──就連阿伊也是，是否真的實際存在於俺的眼前，俺並不知道。」

「…………」

「俺並不瞭解世界啊。因為無法跟任何人——共有的緣故。」

真心說道。

「例如這雙眼睛——俺這雙橙色的瞳仁。這眼球所捕捉到的光線，它的可視領域約是常人的數倍甚至數十倍……說實話，大概只要是人稱之為『光』的東西，大部分都……就連電波俺都看得見。只要俺有那個意思。」

「這還是——第一次聽說啊。」

「因為說了你可能會怕嘛。不只是光，就連聲音、氣味跟味道都是……俺所感覺到的東西，所有一切都跟其他人相差太多了。所以——俺跟其他人們所看見的世界幾乎不同啊。」

鴉濡羽島上的廚師小姐——

雖然在「味覺」和「嗅覺」方面擁有相當敏銳的感覺——儘管如此，那一定也只不過是真心幾分之一程度的能力吧。

倘若是那樣。

我在真心的身旁——

至今為止，一直是看見了什麼呢？

「你回去吧，阿伊。」

在一陣沉默之後——

真心往下看，大概是閉上了雙眼，她看也不看我地說道。
「因為俺察覺到了自己的真心話——俺已經不能待在阿伊身旁了。阿伊也明白吧？」
「…………」
「俺憎恨著阿伊。」
「真心……」
「那條狐狸也是——ER3的心視老師也是——俺恨著大家。俺最討厭世界了。」
我在心中聽見了——那樣的聲音。
真心繼續那麼說道。
討厭、討厭、討厭、討厭。
「宛如哀嚎一般——宛如怒吼一般。俺聽到了自己本身的叫聲。抱持著那樣醜陋的自己——俺並不想待在阿伊的身旁。或許又會因為某種契機——」
「而殺了阿伊也說不定。」
「殺了——我。」
「俺明明最喜歡阿伊了。明明——最喜歡世界才對。」
「…………」
狐面男子他——究竟。

理解到什麼地步呢。

他已經料到會變成這樣的展開了嗎？正因如此，這十天內才什麼也不做——而且拒絕將真心當成「世界的終結」一事嗎？

那多少是有些情緒化的判斷。

是有些勉強的想法。

但是——

就算她要我回去，我還是。

那種事——我辦不到。

「那麼，妳——之後打算怎麼辦？」

「沒什麼打算。因為我沒有活著，所以也死不成。嗯，就懶散地生活下去……如果待在京都就會遇到阿伊，所以還是移動到其他地方比較好嗎……反正是怎樣都無所謂的事。」

迂迴的——自殺。

就是這麼一回事嗎？

對自己本身掛上鎖鍊這個行為的意義，並非要生存下去的實驗，而單純地只是無法選擇直接死亡的人們的，不由分說且無可奈何，不得不選擇的——

那種悲哀的行為嗎？

玖渚她——

應該是等待著某人，而做了那種事才對。

將內心鎖了起來。

「吶──真心。」

「嗯？」

「我跟妳說過──我朋友，玖渚友的事情吧。」

「啊啊……我聽過。是什麼時候的事了呢？」

「我們分手了。」

我說道。

「我們本來也不算是情侶，現在一想，也並非互相瞭解到可以說感情很好的地步──兩人儘管待在彼此身旁，卻不曾互相依偎過。因為我們彼此都在內心某處──拒絕著對方。我是很明顯地──玖渚則是藉由接納我一事來拒絕了我。藉由肯定我一事──以結果而言是否定了我。明明互相信用、互相信賴──卻簡直像是互不協調、漏洞百出、凹凸不平一樣。」

「…………」

「雖然我們很合得來──因為我曾經喜歡過那傢伙，那傢伙也曾經喜歡我。但是，我想我們一定是弄錯了相遇的方式──六年前，一開始在沙坑跟玖渚相遇時──從初次對面開始，我跟玖渚就已經扣錯了鈕釦了。」

從那之後──六年間。

我們一直是那樣走過來的。
忽視重要的事情。
像是要互相融合一般地……親暱相處。
時而逃避。
時而擁抱。
時而破壞。
時而修復。
但是——
「但是，唯獨對立——我們不曾對立過。」
「……阿伊。你想說什麼？」
「我們應該吵架才對——我要是把想說的話說出來就好了。無論好事，壞事，好事，討厭的事，都清楚地說出來就好了。玖渚也是一樣。不要原諒我的一切——她應該更氣我一點。她要是隨心所欲地斥責我是個窩囊廢就好了。但是，因為我們打從一開始就扣錯了鈕釦的位置——」
已經——
只能分別了。
只能死別了而已。
「從壓抑中解放並說出真心話這件事，絕對不是壞事——當然，像妳這次的作法是另當別論。更何況，能夠完全控制自己的妳，不斷地忍耐又忍耐了過來一事，已經成了自然的現象，即使那是無意識中掛上的鎖，是自己為了欺騙自己的謊言，雖然我認為那一定是理想的模樣——但如果妳說不想自己一個人，而想跟大家活下去的話，那樣是不行的。想跟人互相接觸的話，就必須脫掉假面才行。」

雖然不像是我會說的話。

雖然不是我可以說的話。

但是，即使那是罪惡，抑或禁忌。

倘若是為了真心——我必須說出來才行。

「要是想和其他人一起生活，無論怎麼說，妳都保持了太遠的距離。就如同妳所說的，大家的視力沒有妳那麼厲害——所以妳得更加靠近才行。」

「要是俺靠近的話——大家都會受傷。」

說不定不只受傷那麼簡單。

真心無力地說道。

「會連累到別人……阿伊真好呢。無論做什麼，結果還是能受到大家喜愛。」

「倒也——沒那回事。」

數一先生的話仍然刺在我胸口。

但儘管如此，我知道他並非想說而那麼說的。我也知道那一定是——代言。身為社會人，身為一般的普通人——必須有人來跟像我這樣的人，說出必須說的事情才行

——我知道這點。我知道責任感強烈的數一先生是不得不說的。

正因如此，才刺痛了我。

「因為大家都對阿伊神魂顛倒嘛。」

「…………」

「那一定是因為——大家都知道阿伊是個好人吧。嗯。至少俺是這樣。雖然是個壞心眼、個性差勁、不知道在想什麼的傢伙——儘管如此，會安慰俺的，還是只有阿伊。」

溫柔——

而且其實是好人。

「……或許，是那樣吧。」

「反過來看——沒有任何人會喜歡上俺。大家都——只是想要利用俺而已。只是把俺當成道具看待而已。那一定是因為他們知道——知道俺其實是個多麼討厭的傢伙。知道俺在內心深處是多麼地——壓抑著憎恨跟厭惡。雖然俺喜歡——公寓的大家，但在內心某處也討厭著。因為看起來很幸福，讓俺很火大。」

「——這樣啊。」

「那些幸福的傢伙們——」

真心說道。

她用包含一切憎恨的聲音說道。

「那些幸福的傢伙們，全部都去死就好了。」

但那是……

多麼渺小的憎恨啊。

那才是——

聽起來只像是哀嚎一般。

「那麼——妳無所謂是吧。」

「……什麼無所謂？」

「我從這裡回去，今後就再也無法碰面，之後妳就一直一個人活下去——不，是一直一個人，單獨一個人地繼續存在下去——妳能夠忍受這件事吧。」

我像是在嚴厲責備般地說道。

像是嚴厲攻擊真心般地說道。

「妳的壽命跟生命力大概也是常人的數倍到數十倍吧。雖然不是在說露蕾蘿小姐，但光是啜飲那邊的泥水，甚至就不會餓死了吧。不停受苦不停受苦，無論多麼痛苦，妳都還是會忍耐住那些事情吧。妳的耐久力太強了，以致於無法實行迂迴的自殺。妳只不過是在受苦罷了。只是一直在受苦。而且——妳在受苦的時候，我不會待在妳身邊。那樣就行了嗎？」

「……………」

「那樣就行了的話，我就要走了。無論怎樣，無論發生什麼，打開妳的鑰匙的人的確是我沒錯，打破跟你的約定，沒能幫助妳的人也是我；我就像是曾經殺了妳一次，妳有資格恨我，倘若被拒絕，我就連伸出手這件事也辦不到。」

所以。

所以，我。

「所以我——無論多麼希望能夠幫助妳——無論跟妳分別這件事會有多麼痛苦，無論多麼討厭那件事——都會忍耐。我會默默地看著妳死去。」

「……………」

「我不會——幫助妳。」

我這麼說道——

然後遠離了真心一步。

單只是這樣，真心看起來就變得十分渺小。

看起來渺小——且遙遠。

「怎麼樣？妳一個人就行了嗎？」

「我當然不願意啊！」

真心猛然抬起頭——

邊流淚並怒吼著。

「從剛才開始——你難道不知道俺一直在求救嗎，這個沒用的廢物！」

「……我知道啊。」

我往回走剛才遠離的那一步——順勢再湊近了一步，蹲下身，跟真心對上視線——

我將手指穿過橙色髮間，將她小巧的頭部抱向肩膀。

「希望你來救我——這句話我從很久以前就聽見了。」接著我說：「所以我會拯救妳。」

「…………但是，要怎麼辦才好啊？」

真心一邊啜泣著，並向我問道。

「究竟怎麼辦才好啊……俺不懂活著這件事啊……即使像這樣做，俺也不知道阿伊就在那裡。這世界對俺來說——存在實在太過於曖昧了。不曉得是活著還死了。不曉得是否有世界。簡直就像是——一切都已經結束了一樣。」

結束。

世界的終結。

故事的終局。

這是——沒有辦法的事。

人類最終的存在。

原本，打從一開始真心就是——作為**已經結束的存在**，作為無法再更進一步的存在被創造、製作——被迫流通出來的。

因為已經終結——

所以無法獲得任何東西。

即使用雙眼看，那也是已經知道的事物。

即使用手觸摸，那也是已經知道的事物。

所以看到在公寓的生活中，對於未知的經驗、未知的存在直呼好厲害好厲害並雀躍不已的真心——我感到非常悲傷。

這世界沒有反應。

這世界沒有挑戰性。

對真心而言，活著這件事一定很簡單。

因為太過簡單。

而不曉得——走路的方式了。

沒有任何人能夠教導她那件事。

沒有百隻腳的人是不會懂的。

真心的走路方式——

只有真心知道而已。

明明是那樣——卻遺失了。

只是稍微窺探了一下自己的真心話而已。
那時所知道的，一定並非只有自己醜陋的真心話——而是自己，名為苦橙之種的存在，已經終結到何種地步的——這一切。
沒有前途。
沒有未來。
空無一物。
「……只有一個人。」
我——說道。
那是事先已經考慮過的事情。
已經下定決心——的事情。
「只有一個人——還在。對妳而言，還沒有結束……**妳沒有終結掉的人類**，在這世界上還有僅僅一人。妳要被稱為最終，還不足夠、不完全的部分——只有一處。只有一處有破綻。」
「…………？」
真心她——
從我的肩膀上抬起頭來。
「是……誰？阿伊嗎？」
「關於我的事，妳在ＥＲ３就已經終結了——妳還沒有做的，是跟妳的前身——做個了斷一事。」
我說道。
一邊筆直注視著真心她橙色的——
看著跟我不同世界的那雙眼眸。
「妳還沒有跟哀川潤——做個了斷。」
「…………」
「必須做個了斷才行。」

3

因為絕對不想被木之實小姐聽到——因為不能被她給聽到，所以我從後門離開北野天滿宮，找了一處適合的場所，在那裡用手機打電話到西東診療所。
接聽的是繪本小姐。
「啊……伊君。」
「妳好。」
「怎麼了嗎？你去買東西之後就一直沒有回來……大家都很擔心喲。深空小妹妹和高海小妹妹去找你了，沒碰面嗎？」
「沒有……抱歉，給大家添麻煩了。仔細一想，我還一直借用著繪本小姐的賓士呢。抱歉，再過一陣子我就會回去了。」

「不會……沒事就好。我想你應該也是有原因才會這麼做的。」

「那個——繪本小姐。不好意思，能請妳叫狐狸先生來聽電話嗎？」

「咦……？啊，嗯。你等一下。他現在似乎正在二樓跟露蕾蘿小姐談話，或許會花上一點時間。」

「好的。無論多久我都等。」

響起了通話保留中的旋律。

是吉諾佩第（註3）。

等了幾分鐘後，狐面男子百無聊賴般地說「怎麼啦。是迷路了嗎，我的敵人？」。

我省略掉問候跟前言——

開門見山地從主題切入。

「哀川小姐和真心——如果再對戰一次，你認為這次哪邊會贏？」

「那麼，狐狸先生。」

「當然是真心了。」

我說道。

「如果真心贏了，我就去死——所以如果哀川小姐贏了，就請你去死。」

3　法國作曲家薩提（Erik Satie）所創作的鋼琴獨奏曲，共有三號，其中第一號最廣為人知，被認為有放鬆效果，常使用於醫院的背景音樂。

「…………」

「由我殺了你。」

狐面男子他——

在隔了一陣子之後，

「呵、呵、呵。」

才笑出聲。

「如果真心贏了——到時就由我殺了你是吧。」

「沒錯，正是如此。」

「**西東天**。」

然後。

他首次——向我報上了他的姓名。

「這是我的名字——你好好刻入腦子裡記牢了。」

「……××××」

對此——

我也立刻做出回應。

「這是我的名字——你不需要記住。反正立刻就會變成你忘不了的名字。」

第二十二幕——散落撕裂契約

0

結果，不好的到底是誰呢？

1

一切都開始終結。
一口氣。
突然地。
宛如流動一般。
宛如逐漸收斂一般——開始終結。
一開始是——殺人鬼。
是零崎人識。
「那麼，我差不多該走了。」
他扛起簡單地打包好的行李——應該說零崎原本就沒有多到需要打包的行李——零崎在一大清早，還沒有任何人起床的時間，悄悄地出現在我的枕邊並這麼說道。
「……這樣啊。」
「什麼啊。你不挽留我嗎？」

「我很想睡。」
「起床啦！」
「幹麼發脾氣啊……但是，就算說要走，零崎，你有地方可以去嗎？既然一賊已經全滅，你應該也沒有可以依靠的人脈吧。」
「倒也沒那回事。」
像是要配合坐起來的我的視線一般，零崎蹲下身並笑道。
「我有一些只是短時間的話，還可以依賴的舊識。更何況——嗯，畢竟大哥有拜託過我妹妹的事嘛。雖然我因為覺得麻煩想說算了而把她丟在某處不管，但果然不照顧她還是不行的吧。」
「……那孩子目前在哪裡做什麼？」
「我隨後會開始調查。對了，或許可以拜託那個『集團』的傢伙……無論如何，要找的話馬上就會找到吧。我應該跟你說過，我很擅長收集情報的吧？」
「原來如此。」
「雖然期間短暫，不過有種久違且懷念的感覺呢——像這樣子的共同生活。嘎哈哈。雖說只是暫時的。不過要是再繼續下去，我可能會被那個變態女人搞得精神異常——」
「你真的對繪本小姐很沒轍呢。」
「那種類型我實在是沒辦法——雖然不是很懂，但本能地就是會排斥。會不會是年幼時有過什麼心靈創傷啊——像我這樣的人物竟然會有這種弱點。」

「大概你的雙親就是那種性格吧？」

「那樣的話就沒辦法解釋我的性格了吧。要是雙親是那副德行，我可會自殺的喔。真是夠了——總之，只要看到那個女人，感覺就連我都會選擇白袍配泳裝的造型，很恐怖耶。」

「那還真的是很恐怖……」

不小心想像了一下。

唔哇……

嘎哈哈——零崎這麼笑了，

「更何況，」

他這麼說道。

「看樣子——我的任務似乎已經結束了啊。」

似乎已經結束了——

零崎這麼說道。

「那麼，你今後有什麼打算？」

「沒什麼打算——我能做的也只有結束零崎而已。唯獨一件事我可以肯定地說，就是我跟你應該不會再見面了。」

「應該是吧，我也只有這點可以掛保證。」

這時零崎「嗯？」了一聲，並歪頭感到不解。

「暫且不提任務，結果我到底是來這種地方做什麼的？」

「那還用說。你是來見我的啊。」
「就算我再怎麼鬧，也不會做那種事。」
對了——零崎這麼說道。
「我就當成大概是來還你五月時忘記的東西。然後順便來討回我忘記的東西——就是這麼回事。這麼一來，是最有面子的說法。」
「什麼啊。你所謂忘記的東西，該不會是指勝利臺詞吧？」
「真是戲言啊。」
「真是傑作呢。」
「算是傑作嗎？」
「戲言又如何呢？」
零崎直到最後都笑著——
我則是完全沒有笑。
「吶，零崎。」
「什麼事？」
「對你而言——」
我對著零崎的胸口附近詢問。
「——活著這件事，無聊嗎？」
「…………」
零崎沉默了一會兒之後，

「不，還好。」

他這麼說道。

我認同了這個回答。

「那麼，祝你平安。人間失格。」

「啊啊，你好好努力吧，不良製品。」

「再見了，西里濃迪斯。」

「跑吧，美樂斯！」

啪、啪、啪。

互相用手背拍打三次之後，

殺人鬼在微暗之中離開了。

結果——要說結果的話，結果，零崎跟狐面男子——西東天的因緣究竟是怎麼一回事，或是原本就沒有那種東西，依然不明。從零崎那聽來的那傢伙的半生之中，或許有哪邊曾跟狐面男子相關也說不定——也或許並非那樣也說不定。倘若是這樣，那種東西一定——可以說是有沒有都一樣的古早以前的事情也說不定。

那又是另一個故事——了。

然後——

接著是「十三階梯」。

「十三階梯」也迎向了其終結。

十分乾脆地。

藉由狐面男子的一句話。

「我要解散『十三階梯』。」

狐面男子這麼說道。

「昨天——在我的心中，明樂死了。」

十三階梯的第一階——架城明樂。

「所以說——『十三階梯』已經毀滅了。我已經——不需要擁有十三隻『手足』。只要有這顆頭腦在，就足夠了。」

那番話即使是對在本質上早已經處於脫離「十三階梯」立場的繪本小姐而言——聽起來也相當殘酷吧。

更何況是——

一里塚木之實。

右下露蕾蘿。

澪標深空。

澪標高海。

對狐面男子、人類最惡奉獻了即使換言成自我犧牲的狀況也絲毫沒有改變一般的好意、仰慕、忠誠與狂信的她們所受到的衝擊——實在超乎想像。

與其說是解散，不如說是解體。

不過，狐面男子當然不可能會在意這些事——話說回來，那實在過於淡泊的說法，就連我也覺得有些掃興，雖然我本想說些什麼，但像是要打斷這行動似地，

「既然真心並沒有在追殺我，那大家聚集在一塊也毫無意義了。」

這麼說道。

然後他快步地——

離開了——西東診療所。

「別擔心——我既不會躲也不會逃。我只是另外有要準備的事而已。」

據說是這樣。

在那之後，雖然每個「十三階梯」的成員各自表現出各種行動——但最終所有人都在當天離開了西東診療所。

就這樣子——結束了。

一切都結束了。

「沒想到會以這種形式被斷絕關係——但這也沒辦法。這種時候懂得放棄是很重要的。」

不愧是木之實小姐，相當堅強。

雖說是解散這種結果，儘管如此，身為「十三階梯」最資深的成員，在這種狀況下也不能一直表現出有失體面的態度；感覺就像這樣。

「畢竟換個角度想——對狐狸先生而言，架城先生亡故是件好事。」

「咦？」

「因為那也算是一種咒縛——兼亡靈。」

然後木之實小姐說。

「那麼——雖然從我的立場而言，說這些話或許有些不負責任，但今後的事情——就萬事拜託了，戲言玩家先生。」

「好。」

今後的事情。

被這麼一說——我稍微有些心痛。

非常心痛。

但是——

那也已經是無可奈何的事。

然後，在木之實小姐之後，是露蕾蘿小姐。

「可別告訴大夫啊。反正她肯定又會囉哩叭唆的。」

「但是——您應該再療養一陣子比較好吧？」

「不用啦——啊啊，這可不是我自暴自棄，是真的已經不要緊了。」

「……您打算追上去嗎？」

「我不會做那種事——就算看起來這樣，我也瞭解這種時候該怎麼進退。擅長被甩的方式也是好女人的特徵啊。」

「那，為什麼——」

「我只是想獨處而已。」

露蕾蘿小姐乾脆地說道。

「因為只要待在這裡，我就會莫名其妙地感到愉快——在悲傷的時候，是有點難受的……我想大部分是你害的吧，『阿伊』。」

「……露蕾蘿小姐。」

我——站在以前曾說過那種話的立場，決定先將那件事傳達給露蕾蘿小姐。

我決定先將那份決心化為言語。

「我——決定要拯救世界。」

「…………」

「我決定為了世界而戰。」

「……這樣啊。」

儘管露蕾蘿小姐對於我這番話暫時露出了困惑的表情——但最終仍像她的風格一般輕輕地笑了。

「那麼，嗯，彼此都活著的話，還會再見面吧——雖然那時或許又是敵人也說不定，但就我的立場而言，要選一邊的話，希望可以是同伴啊。」

然後——

露蕾蘿小姐從二樓的窗戶跳了下去。

照理說她一腳還裹著石膏，但她卻輕鬆著地，就那樣徒步從我的視野中逐漸消失。

接著……

嗯，就如同大部分所預料的，最棘手的是澪標姊妹，深空小妹妹和高海小妹妹兩人——兩人在接待室的角落，宛如鏡子對照一般左右對稱地抱膝坐著。

「……真讓人煩躁，把她們趕出去吧。」

繪本小姐脫口說出相當過份的話。

這個人真是的。

不知是否因為聽到了這番話，深空小妹妹和高海小妹妹兩人在日落時分一同站起身來。接著果然還是左右對稱地走向我這邊。

該不會是反過來遷怒於我，打算殺了我吧？不妙，為什麼零崎回去了啊，就在我這麼心想，擺出警戒的姿勢時——

「承蒙照顧。」

「承蒙照顧。」

深空小妹妹和高海小妹妹兩人一同莫名溫順且可愛地低頭行禮。

「一直給您添麻煩，真的很對不起。」

「一直給您添麻煩，真的很對不起。」

「不……是無所謂啦。」

「請原諒我們差點殺了您的事。」

「請原諒我們差點殺了您的事。」

「…………」

雖然這並非能輕易道歉的事……

但也不是可以那麼簡單地道歉的事吧。

「我……我們決定暫時回故鄉去。」

「我……我們決定暫時回故鄉去。」

「故鄉？」

啊啊，對了。

原本匂宮雜技團和其分家就是親屬形式，所以也是有人會有家人或親戚的。深空小妹妹和高海小妹妹應該也還未成年……嗯，雖說是「殺之名」，要是從她們雙親的角度來看，雙胞胎女兒一直陪伴在什麼人類最惡、狐面男子身邊這種事，就類似迷上了邪教一般，他們大概也很擔心吧……

「很好啊？都這種時候了，就慢慢來吧。狐狸先生也是，雖然說了那種話，但一定認為妳們──」

就在我因為心中存有的一點溫柔而說著言不由衷的安慰話語時，深空小妹妹和高海小妹妹像是要打斷那些話似地左右不停地搖著頭。

「狐狸先生什麼的已經無所謂了。」

「狐狸先生什麼的已經無所謂了。」

「嘿？」

「那麼，願您享受這片刻的閒暇。」

「那麼，願您享受這片刻的閒暇。」

珍重再見。

最後就如同往常一般齊聲說道之後，兩人俐落地換上僧衣，有別於露蕾蘿小姐，她們是從玄闕跟留下來的我們客氣地打完招呼之後，才離開的。

……什麼嘛。

只要她們願意，還是可以好好地打招呼的嘛。

就在我這麼想時，

「伊君，不妙了呢。」

繪本小姐這麼說道。

她似乎在暗自竊笑。

「……啥？」

「從精神醫學的觀點來發表意見的話，信仰破滅的人比起捨棄信仰，反而會試圖藉由找出其他信仰一事來保持自我。」

「也就是說？」

「她們迷上你了呢！」

「別開玩笑了！」

真是讓人起雞皮疙瘩的假設。

應該說繪本小姐為什麼會那麼亢奮？真的是意義不明。有一瞬間讓我想起了理澄妹妹。

「對……對不起，我、我太得寸進尺了呢……我、我一旦跟人親近，馬上就會多嘴了起來……對、對不起，伊君，你、你開始討、討厭我了對吧……」

「…………」

要是吐槽的話她又會受傷，真棘手啊……

雖然我想大概是錯覺，但繪本小姐這個人似乎是越親近就越難相處。

「那麼，」

我就這樣站在玄關口問道。

「繪本小姐從今以後——有什麼安排？」

「咦？」

「呃，倘若從繪本小姐的角度來看——事到如今，無論『十三階梯』解不解散，大概都是一樣的吧——但露蕾蘿小姐已經不在的現在，妳繼續待在這裡也沒有意義了呢。」

「嗯……那是……是那樣沒錯吧。」繪本小姐說道：「……所以你是要我滾出去？你、你認為我這個人實在太囉唆了所以要我滾出去？好、好過份……你這樣也算是個人嗎？為、為什麼，為什麼你說得出那麼過份的話？」

「……不，我沒那麼說，而且那麼過份的話妳剛剛才對深空小妹妹和高海小妹妹說過……」

將語尾說得曖昧不明來迴避吐槽的義務。

這是個新技巧。

「雖然不是深空小妹妹和高海小妹妹……但是繪本小姐平常在某處也有家吧？就像出夢在博多有間藏身處一樣。」

「嗯……多少有吧。」
「多少有？」
「多少有些宅第什麼的……在附近一帶……」
「…………」
好久沒聽過宅第這個詞了。
密醫……這可不是資本家或名流那麼簡單的事……
「但是……好一陣子沒過去了……權利什麼的，變得怎麼樣了呢……？那些事我都交給代理人處理了……」
「不，已經夠了……我不想聽。」
繪本小姐牽起我的雙手。
她仔細地從各個角度觀察著。
「……傷口，已經確實治癒了呢。似乎也沒有細菌跑進去的樣子。」
「啊啊——公寓那時的——」
是繪本小姐幫我治療了被成堆木片和玻璃片刺傷的雙手。因為並非那麼嚴重的傷，所以也用不著包繃帶，但繪本小姐似乎一直很在意的樣子。
「……伊君，你隱瞞著什麼對吧？」
「咦？」
「狐狸先生竟然會突然說出那種話——總覺得很奇怪呢。因為明樂先生對狐狸先生而言，是非常重要的人……照理說是不會那麼輕易死掉的。」

「妳是說，他是被我害死的？因為我——說了什麼的緣故？」

「將電話轉接給狐狸先生的人……是我唷。」

啊啊。

好像是那樣。

「是啊，那麼，或許是那樣沒錯吧。但是——繪本小姐。當然，我受到繪本小姐很多關照，也給您添了不少麻煩；所以繪本小姐無論如何都想知道的話，我也是可以告訴您……」

「嗯……」

繪本小姐雙手抱胸，閉上了雙眼。

看來她似乎很認真地在考慮。

「……嗯。還是——算了。」

「真的好嗎？」

「雖然，並不好，但是你不用說，沒關係。」

繪本小姐說道。

「但是，只有一件事請你告訴我。需要醫生嗎？」

「……不。」

我說道。

「在這之後的故事裡面——已經不需要治療班登場了。」

「…………嗚嗚。」

「請您別哭……」

就以這樣的感覺——

繪本小姐也離開了。

她留下賓士，徒步離開了。

需要車子的話請任意使用，不用時也隨你高興亂丟；她這麼說。

不要緊。

那是最便宜的一輛。

…………

嗯，我決定先坦率地感謝她。

曾經一度死亡，從這個世界和這個故事當中被切斷因果羈絆的人類最惡，西東天為了參與世界和故事，為了終結世界和故事而組織的「十三階梯」。

雖然不清楚是什麼時候成立的——

但這麼一來，一切都結束了。

總覺得——

當然，在大部分情況下，「十三階梯」是我的敵人；不過——儘管如此，是怎麼回事呢，這種類似寂寞的心情。

感覺就像在看電影的工作人員名單一樣。

與其說是無趣——不如說是無情。

讓人感到悲哀——而不想從座位上站起來。

然後……

就是因為這樣。

整棟建築物中，只剩下哀川潤和我而已。

「哇～！跟伊君兩人獨處呢！好高興！就像是『冷熱都只到春分、秋分的對岸，只不過這條隔的是忘川河』一樣呢！」

「……啊啊，這麼說來，妳還有這種特技呢……雖然我差點都忘了。」

倒不如說那番話感覺像是很排斥跟我兩人獨處這件事。

哀川小姐她——

穿著低腰牛仔褲配上短背心，頭上則包著印花大手帕；一身休閒風的時尚裝扮。雖然直到今天為止都還是筆挺西裝的承包人式樣，但她或許是在狐面男子和「十三階梯」所有人都離開時，決定稍微放輕鬆一點也說不定。

「哈——大家都走了呢。」

「是啊。」

「真是的——真的是在最後關頭有些天真呢。你跟混帳老爸都一樣啊。在隨後才要進入高潮，祭典終於到了最熱鬧的時候，為什麼會演變成人逐漸離開的局面啊？一般來說這種情況應該要那樣吧，像格鬥漫畫的最終回那樣，至今為止一同戰鬥過來的同伴聚集起來，還有曾對戰過的敵人也同樣飛奔過來；必須這樣演出才行吧？」

公寓的大家和——

光小姐跟小唄小姐——

還有零崎——

以及「十三階梯」——

「因為中途腰斬了嘛。那種情節已經在九月的宴會時結束了吧。雖然要炒熱氣氛是少了點什麼——不過，只要一想到是祭典結束之後，這也是沒辦法的吧？」

「祭典結束之後？感覺像是後悔莫及。雖然有點寂寞，不過也有種神清氣爽且簡單明瞭的感覺。哈哈——無論如何，這下子總算可以慢慢聊了呢，小哥。」

「妳一直在等事情演變成這樣嗎？」

「不，倒也不是——並不是那麼一回事。會變成這樣，是你努力的成果吧。」

「或許並非努力，而是怠惰的結果也說不定呢。」

「嘿。算了，不管怎樣，小哥應該也有什麼必須先跟我說一下的話吧？」

「是啊——算是。但是，妳為什麼會知道？」

「你連這點也快忘了嗎？讀心術也是哀川潤大姊姊的得意伎倆喔。」

「因為最近這一陣子沒有拜見到潤小姐的活躍嘛——記憶力差勁的我會忘掉很多事，也是難免的吧。」

「你還真敢說啊。」

然後我們——決定轉換場所。

首先理所當然似地否決掉哀川小姐「來玩裸體圍裙遊戲吧。猜拳猜輸的人要裸體只穿一件圍裙來煮晚餐」這美好的提議，兩人一起普通地煮晚餐，接著將晚餐端到接待室，然後兩人隔著矮腳桌面對面坐著。

一邊用著晚餐——

我將到目前為止的經過，除了一件事之外，全部都說了出來。當然從哀川小姐的角度來看，應該也有很多部分是跟她早已經知道的情報重複了——總之，我將最近幾個月，還有這六年、至今為止的十九年間發生的所有事情——都說了出來。

除外的那一件事，當然——

就是關於我跟狐面男子個人的約定。

關於那件事，我還沒有告訴任何人——也不打算說。雖然狐面男子大概會說沒有必要保密，但我並不希望哀川小姐或者真心——背負起責任。

無論是對於狐面男子的死。

當然對於我的死也是一樣。

哀川小姐一直保持沉默地聽著我說，但一知道話說完了，

「哦。」

她露出無精打采的反應。

「嗯，雖然不是無法理解……不過，這麼說來，你今天早上在那個混帳老爸離開後沒多久，打了電話給小唄那傢伙對吧。那是怎麼一回事啊？」

「咦？啊啊……」
她還是一樣眼尖啊。
真是大意不得。
「那只是單純地事後報告啦。因為這次也受到那個人不少照顧。畢竟找到潤小姐跟零崎的人，都是小唄小姐嘛。」
「哦……算了，無所謂。」
雖然哀川小姐說著這種話，但她似乎多少有些在意；她詫異地看了我一陣子，隨後一副感到很麻煩的模樣，宛如自言自語一般低聲說道：「不過啊。」
「和真心的再戰——嗎……」
「妳提不起勁嗎？」
「不——對於你替我製造了再度交鋒的機會這件事，我單純地是很感謝。不過，那——究竟有什麼含意在？」
「……」
「而且真心那傢伙應該也沒有接受這場戰鬥的理由吧。從那傢伙的角度來看，她上個月才輕而易舉地痛宰過我一次。」
「關於那件事，她似乎不記得了。」
「是喔。不記得啊——這句話也不曉得能夠相信到哪種地步呢。」
「真心她啊——潤小姐。並沒有活在這世上喔。」

我說道。
啊啊，我錯了——
一邊回想起玖渚這番話。
「所謂的世界，至少目前是縱向構造的樣子對吧？明明如此，但對那傢伙來說，卻只是橫向構造而已——因為沒有親屬般的存在。我認為那就是潤小姐跟真心之間決定性的差異。」
「……」
「我在意的是，狐狸先生稱呼真心為『我的孫女』這一點——按照常理來想，這種情況原本應該比照哆啦A夢和哆啦美那樣，將潤小姐和真心當成兄弟姊妹來看，照理說是比較恰當的。按照常理來想的話。」
「沒那回事，那是很荒謬的想法耶，小哥。確實基礎可能同樣也說不定，但我和真心根本上是不同的。」
「即使那樣——對真心而言，妳並非身為『姊姊』一般的存在，而是身為『母親』一般的存在這件事，是不會錯的。」
「喂喂——我才這把歲數就要當母親啦？真希望你能饒了我呢——話雖如此，但想到混帳老爸的年齡，好像也沒什麼奇怪的。原來如此……並非『兄弟』，而是身為『孩子』的存在嗎？」
「換言之——潤小姐。對真心而言，能夠稱之為『縱向』聯繫的人，這世上就只有妳而已。所以能夠告訴真心『妳確實活著』這件事的人，就只有潤小姐而已。」
由「雙親」來「告知」他們的「孩子」何謂「生命」。
這意義實在過於單純明瞭。
只不過，那份單純並沒有人賦予給真心。
因為她很優秀。
因為她很聰明。
所以無論誰都認為——
她一定知道那種事。
就連我……一開始也是那麼認為，
即使知道並非如此——卻也什麼都沒做。
我什麼也辦不到。
「活著，嗎……」
哀川小姐說道。
「啊……例如零崎一賊。」
「咦？」
「零崎一賊。『殺之名』名列第三。在半夜出現的那傢伙，該說是例外嗎，我想算是很極端的例子……但你認為那些傢伙和一般人所說的殺人鬼形象有所區別的部分是什麼？」

「……跟非親非故的人像家族一樣一起行動這點嗎？」

「可以那麼說。就是那樣。不過要說的話，那是結果而非理由——我認為危險到不想跟那些傢伙有所牽扯的部分，是那些傢伙殺人沒有理由這點。」

「理由——」

的確是那麼回事。

我從萌太小弟那聽說的。

「儘管如此，似乎還是有契機的樣子——就類似會想要殺人的契機。不過，契機終究是契機——除了殺意以外沒有任何東西。那些傢伙在大部分層面上——似乎是無論發生什麼，都不會有任何感覺的樣子。」

「不會有——任何感覺？」

「那樣的傢伙以結果而言會構成家族——大概是為了實際感受到活著這件事吧。反過來說的話——倘若不做到那種地步，他們就無法感受到自己是活著的。」

「無法——感受到。」

「小哥。你認為所謂的活著是怎麼一回事？」哀川小姐說道：「我啊——認為所謂的活著，就是『認為自己活著』。」

那是——

零崎人識曾說過的話。

正是零崎一賊的零崎人識所說過的話。

「我認為認知到自己的生命活動，才是生命的意義。因為這樣，搭乘雲霄飛車才會讓人覺得很舒服對吧。」

雖然我沒搭過什麼雲霄飛車的——哀川小姐這麼笑道。

「不過我有開戰鬥機在空中盤旋的經驗，應該就類似那種感覺吧。」

「要是說那很類似，戰鬥機會哭的……認為自己活著，是嗎？最近我常常這麼想呢——雖然以前完全沒想過。」

倒不如說——

因為以前覺得自己像是死了一樣。

跟現在的真心——同樣。

看起來像是面對著自己本身——

卻絕對無法面對自己。

「或多——或少。」

哀川小姐說道。

「這邊世界的居民都是那樣——淨是一些半生不活的傢伙。完全沒活著的傢伙也是隨處可見。就連一姬也曾是那樣……小唄也是一樣。大家都欠缺了某個部分。但是——像你這樣充滿缺陷的人，可不常見。至少到前一陣子為止——我是那麼認為的。」

這是——我以前曾經被這麼說過。

在澄百合學園的事件發生後沒多久。

所有部分都欠缺著——

所以大家一看到我就會發狂。

就彷彿被迫看到自己的缺點一般。

「……現在呢？」

「哈啊？」

「現在——妳是怎麼想的呢？關於我的事。」

「無論現在、過去還是未來，我都認為你是個很棒的傢伙。嘿——這種事你不是最清楚的嗎？怎麼樣？你——對現在已經改變了的自己，是怎麼想的？」

想要守護的東西增加了。

不想失去的東西也增加了。

擁有了很多想要的東西，喜歡的東西。

自覺到了。

自認到了。

就算嘴巴裂開——

我也已經無法說所有一切都一樣。

像是活著這件事沒有意義，就算要死也無所謂，沒有關係或沒有興趣之類的，像那種事——

已經無法化作言語。

「……老實說，我覺得很麻煩啊。」

「嘿～」

「但是——如果被問而要回答的話，應該是『不，沒什麼特別的』吧。不，沒什麼特別的。雖然是按照比例來說，我還滿中意的喔。這樣的自己也沒那麼……壞。」

倘若是這樣的自己——

感覺是活著的。

能夠這麼認為。

「我——認為自己活著。」

「這不是很好嗎？」

「是啊。」我點頭同意。「有一半以上是托了潤小姐的福。」

「倒也沒那回事吧……然後呢？這次你要我告訴真心那種感覺嗎？教她什麼是活著嗎？我可不是神父啊。」

「妳沒自信嗎？」

「哈？」

「妳沒有讓真心——讓一個叨叨唸著青春期小鬼會說的話，像是沉浸在自我陶醉當中的傲慢小鬼安靜下來的自信嗎？潤小姐。」

「……真是廉價的挑釁啊。」

哀川小姐她——冷嘲似地微笑著。

感覺許久未見過那副笑容了。

「對於這種廉價的挑釁，我向來都會買帳的。」

「……非常感謝。」

「但是有件事我要先問一下——你……如果是你，應該可以——直接說服真心不是嗎？」

那才是宛如神父一般的行動——哀川小姐這麼說道。

「只要你有那個意思，應該可以用你的戲言，讓真心『認為自己活著』吧？對你而言——並非那麼困難的事吧。或許你跟她是沒有縱向的聯繫——但如果是你，應該可以成為真心的『哥哥』吧？」

「天曉得……既然是實際上沒有做過的過去的事，就連假設都沒有意義……說實話，即使不說辨得到——我也不認為具體而言是困難到可以說不可能。」

「什麼？那麼，這是真的也包含了送我一個再度交鋒的機會這層意義？」

「我也不會說沒有——坦白說，我也不想再聽到潤小姐那種藉口了……」

「那是玩笑啊。別當真。」

「我知道。」

「那，真心話是什麼？」

「大概……這麼一來就會結束了。」

我回答了哀川小姐的問題。

因為——會結束。

這麼一來，全部就可以告一段落。

這——幾個月的事情也是。

這六年的事情也是。

還有——這十九年間的事情也是。

全部——都會結束。

「果然最後不由潤小姐來收尾的話——感覺就不成體統了吧。在最後的最後，如果不帥氣地收尾一下，就很無聊了吧。我的話是不行的。不是潤小姐的話，是辦不到的。」

「哈。你還真會說。」

哀川小姐苦笑了一下——

然後閉上雙眼，點了點頭。

「我知道了——雖然有附加條件，不過來自戲言玩家的這份委託，就由我來接受吧。那份工作——我哀川潤確實接下了。」

「萬事拜託了。」

「沒什麼大不了的。我會簡單地輕鬆獲勝。」

就這樣——

舞臺已經完全準備好了。

之後就真的已經只剩結束而已。

我這麼想。

「但是——潤小姐。所謂的條件是——」

「在那之前先讓我問一件事。」哀川小姐像是要打斷我一般地說道：「**你——賭哪一邊？**」

「……咦？」

「少裝蒜了——你有跟那個混帳老爸打賭是我會贏，還是真心會贏對吧？要是不那麼做，在那個混帳老爸的心中，架城明樂是不可能死的。」

都被她看穿了——是嗎？

暫且不提打賭的對象，我想應該不至於連打賭的內容都被看穿了吧……可以的話，我想全部都當成祕密，但事情演變成這樣，也沒辦法了嗎？

我說道。

「我賭的是哀川潤喔。」

「嘿～」

「除了潤小姐以外，不作第二人想。」

「還真是看得起我呢——不過，就算是這樣，你也真是個無謀的傢伙。你應該有看到——我在你眼前被真心一招ＫＯ的景象吧？」

「那種程度不會動搖我對妳的信賴——何況也有剛相遇時的幸運之拳嘛。只不過，如果說……」儘管我感到猶豫——但因為已經來到了這種地步，所以我決定將心中唯一抱持著的不安……不，是擔憂給說出來。「如果說潤小姐——**不希望狐狸先生敗給我的話**——就另當別論了。」

「無聊透頂。」

哀川小姐當真覺得很愚蠢似地說道。

以甚至可以感受到訝異、譏諷的語調。

「那才是無謂的擔心……我反倒提起幹勁了呢。」

「但是——」

我——認為這是很合理的擔心。

因為——

西東天他至今還活著。

並沒有——被哀川小姐殺死。

「不是那麼回事啦。」

哀川小姐說道。

「無所謂——那麼，對了。反正也沒人在了——我就告訴你吧。上個月我在哪裡做了些什麼。」

「…………」

對……就是這個。

哀川小姐和狐面男子，在這個十月——

究竟是做了些什麼。

只要不弄清楚這一點，這份憂慮就不會消失。

「呃，地點是……地點是……地點是哪裡都無所謂吧。總之就是四處，我四處奔波啦。真心造成的傷害意外地大，大部分時間都花在療傷上面了。然後剩下的時間——就是跟那個混帳老爸一起同行。」

「同行？」

「我們一起四處奔波……因為他叫我跟他走，所以我就跟上去了。我原本在想為什麼這傢伙會這樣四處徘徊啊，但聽了你剛才的話，我總算瞭解了。雖然從會話的片段當中推敲之後，也不是不曉得——那個混帳老爸，是在逃避你呢。」

「坦白說是那樣沒錯。但是——潤小姐，為什麼妳會跟狐狸先生走？倘若是潤小姐——雖然並非真心，但應該隨時都可以逃跑吧。因為那時『十三階梯』應該幾乎都不在狐狸先生的周圍才對——」

狐面男子那時已經對現存的「十三階梯」所有成員說「可以背叛」，這麼說的話，也就是促進「十三階梯」暫時停止了活動。就連木之實小姐，我也不認為她會長期待在他的身旁。

不是那樣的——哀川小姐說。

「沒有逃走的理由吧——原本我就是為了宰掉那個混帳老爸，才會前往澄百合學園的啊。」

「啊啊，是那樣沒錯——」

「那時被真心妨礙，怎麼說呢，就是時機整個亂掉了。雖說是為了自己的目的，但在我受傷時照顧我的也是那個混帳老爸——又不是可以開始戰鬥行為的氣氛，儘管如此，也不能因為這樣就放過好不容易找到的仇敵——就跟著他四處跑了。」

「原來如此，這就是父女兩人獨處那回事嗎？」

並非田園生活般的和平氣氛。

反倒是劍拔弩張。

話雖如此——但要說的話，這應該在狐面男子的預料之中吧。因為要讓哀川小姐採取行動，與其來硬的不如來軟的，基本上會是比較好的作法。

舊型號。

利用舊型號，再用新方法來達成「世界的終結」——雖然他那麼說，不過聽著他的話，總覺得那又如何，那在精密的地方似乎並沒有具體性可言的樣子。比起那個，他說不定還比較常在思考要怎麼說服哀川小姐也說不定。

「不過——即使那樣，妳一直——抓不到時機嗎？從妳的說法來看，應該不是只有一起行動一天或兩天，這種屈指可數的日子吧？」

「是啊。我後來也察覺到這一點。」

哀川小姐說道。

「時機——我在十年前就已經錯過了。」

「…………」

時機。

「要殺的話——應該在十年前就殺掉他。看來似乎不能重新來過呢。」

因為那個混帳老爸——還真的當真是沒把我放在眼裡啊——哀川小姐這麼說道。

「無法重來也不能繼續。現在即使殺了那傢伙——就跟沒有殺是一樣的。在那傢伙的心中——十年前的事情除了明樂的事之外，全部都已經結束了。」

「……真的是那麼重要的人物嗎？名叫架城明樂的那個人。」

「如果時宮時刻對混帳老爸而言是『同志』，那架城明樂就是『同類』吧。就是那種感覺。」

「木之實小姐她——說是『亡靈』。」

「要說『亡靈』的話，果然那混帳老爸也一樣是亡靈啊。依此類推的話，我就是生靈了。」

「『生靈』——」

「這可不是在玩妖怪幽靈大戰爭——所以說，我完全錯過時機了。在同行一陣子之後我就發現了。啊啊……對我來說——**無論怎麼做**，都無法殺了這傢伙的。」

這番話——

像是和絕望同時被抒發出來一般。

雖然哀川潤和絕望實在是太不相配了——但那是以她身為最強以前的存在時的事為基礎，所以是不得已的吧。

最強以前。

哀川潤也曾有過那樣的時代。

無法殺死。

無法殺死——可恨的仇敵。

即使殺死了——也跟沒殺一樣。

「……我原本就對於妳是否能夠殺人這點抱持著疑問呢。對於無法殺死零崎人識的——妳。」

「笨蛋。要殺死人是很簡單的。」

哀川小姐說道。

「因為太過簡單——所以才會稍微提高難度，讓人生變得愉快一點嘛。」

「那我還真是失禮了。」

「我殺不了。」

哀川小姐說道。

「我殺不了——就算殺了他，那也不具備任何意義。所以——我認清了。我的任務……我自己應盡到的任務，並非接受任何人委託，我該做的工作——已經在十年前結束了。」

「…………」

「所以——那是你的工作。」

哀川小姐面向我這麼說道。

「背負著阻止西東天——人類最惡的任務的人，已經不是我——而是那傢伙稱之為自己的敵人，只有你而已啊，戲言玩家。」

「…………」

「我會協助你的。」

這又是久違地——

哀川小姐感覺有些邪惡地笑著。

「條件之一就是這個——我會收拾掉真心，所以你就去收拾西東天。能夠阻止那傢伙的——已經只有你了。」

「……好。」

我點頭同意。

我——

我會做到最後一步——倘若知道我是打算做到跟狐面男子拼個你死我活的領域，哀川小姐她——會阻止這件事嗎？

她會說「別殺他」嗎？

她會說「別被他殺了」嗎？

……大概不會說吧。

即使那麼想——也不會說吧。

哀川小姐並非單純地、胡亂地珍惜著生命。在該死的時候——是會斬釘截鐵地說該死的人。

對我而言——

現在正是那種場面。

擁有賭上性命的——價值。

只不過，即使如此——雖然知道了哀川小姐自從再會以來，態度有些奇怪的理由，不過，狐面男子也是一樣——雖然這是木之實小姐也指出過的事——對於狐面男子的樣子很奇怪這件事，還沒有任何說明。

大概基本上是關於真心的事，真心和時刻先生的事；這點應該不會錯——但一樣就如同木之實小姐曾說過的，光是那樣，以根據來說果然仍稍嫌薄弱。

「關於這點，妳怎麼想？」

「天曉得……跟我在一起的時候，倒是跟平常沒兩樣啊。的確，真心的『失控』……不，『解放』嗎？自從那件事發生之後，那個混帳老爸的樣子就變得有些奇怪了。」

「架城明樂死亡一事——跟這點也有關係嗎？」

「我不知道。不過——搞不好那個混帳老爸是看到了也說不定。」

「看到了？」

「『世界的終結』——『故事的終局』。」

哀川小姐說道。

「漫畫也是啊，到了那一集最後的部分時，之後的發展都還挺老套的，怎麼說呢，可以猜到剩下的展開對吧？」

無聊——他曾經這麼說過。

當然，那是關於倘若真心的解放就是世界的終結這個假設的評價——不過，倘若那並非只是那樣而已？

如果也包含了其他意義的話，會怎麼樣？

如果說，真的——

狐面男子從某個時候開始——就已經俯瞰到會演變成這樣的局面？

「那個人——究竟預料到什麼程度呢？雖然時刻先生關於真心的行動，似乎完全在他的預料之外，但是——回想起來，從最初跟我碰面那時開始……他事先就知道會演變成這種情況……」

彷彿事先——就已經預料到一般。

彷彿理解了所有事情一般。

彷彿看透了——直到最後的最後一般。

我也不是沒有這種感覺。

「天曉得。說不定他果然只是什麼都沒在想而已喔。」

哀川小姐苦笑道。

「無論如何，結局也近了——所剩不多的時間，我們打起精神努力下去吧，戲言玩家。」

「好——潤小姐今後有什麼安排？等一切都結束——在那之後。」

「啊？」

「妳還是會繼續當個承包人嗎？」

「那是當然——因為這已經接近我的天職了。不，不是那樣——應該說原本就是以『手足』的身分被製造出來的，我的命運吧。」

「即使已經知道無法殺了他……妳也沒有——成為狐狸先生『手足』的打算嗎？」

「那是不可能的。」

哀川小姐說道。

「……哼。其實我有一點——是啊，就跟你還有那個美少年擔心的一樣，也不是沒考慮過跟那個混帳老爸和好的可能性……畢竟我們也不是打從一開始就感情不好。」

所以——

最近這陣子就像是回到了以前一樣。

哀川小姐這麼說道——

然後露出了看來有些悲傷的表情。

不，那並非悲傷——

而是單純感到懷念嗎？

成為最強以前的那個時候。

「是夢想啊……以為他說不定會改過的我，就跟大家說的一樣，是個天真的傢伙吧。無所謂啦，因為那就是我。更重要的是——比起我的事來，應該是你吧，你。」

「咦？」

「你打算怎麼辦啊——無論會變成怎樣的結果，這麼一來，你跟混帳老爸的戰鬥就結束了。就完結了啊，戲言玩家。在一切都結束之後——你期望什麼？」

「…………」

結束。

一切都——結束之後。

原本只不過是個打工。我被木賀峰副教授看上——那就是跟戴著狐狸面具的那個男人之間的開端。

「……我——」

「你也總算能夠回到日常生活了不是嗎？雖然這幾個月很辛苦——不，當然打從跟那條狐狸有所關連之前開始，你的人生就很辛苦了——但是，該說是幸運或不幸呢，感覺大部分的伏筆都回收掉了不是嗎？你也總算是——可以回到普通的生活了吧？」

「老實說——我有種想到深山隱居的感覺。」

「什麼？你很在意數一對你說的話嗎？那種事情，你——」

「不，當然數一先生的事也是原因之一——但是，」

但是。

跟那種事情毫無關係地。

跟那種瑣碎的事情——毫無關係地。

「因為玖渚已經——不在了。」

我說道。

「原本——對我而言就只有玖渚。玖渚是開端，也是一切。不……雖然我已經盛大地被甩了，但是——儘管如此，即使到現在，如果玖渚她，期望的話……我可以捨棄掉所有我認為重要的事物，也不需要任何我想要的東西。」

「…………」

「甚至可以說其他的東西全部都是她的替代品——明明如此，明明是那樣，但那傢伙已經——不在我身旁了。」

不在。

玖渚她不在。

真是夠了——這是為什麼呢？

玖渚替我解開了咒縛。

在最後的最後，解放了我。

但是……

即使不那麼做，我也。

即使被鎖鍊五花大綁——

「只要有妳待在我身旁……只要那樣，我就心滿意足了啊。」

為什麼——

妳要說「陪我一起死」呢。

不是那樣吧。

妳應該對我說的話——

不是那種形式吧。

「如果她肯對我說要一起活下去——我一定二話不說地答應啊。」

玖渚已經——不在了。

也不知道她現在是否還活著。

在那之後，已經過了相當長一段時間。

說不定她已經死了。

說不定玖渚友已經死了。

我甚至不被容許知道這件事。

所以——

「所以我——說實話，我並不知道今後該如何生存下去……我從未想過跟玖渚分別之後還會有未來……而且我也不知道——在我的意志當中，是否有幫助真心之後的事。」

「重新來過不就好了。」

很乾脆地說了這種話。

哀川小姐她——

「因為玖渚拒絕了你——還有你拒絕了玖渚一事，至今為止的六年來，一直扣錯位置的鈕釦，全都解開了對吧？既然這樣——不就能夠從頭重新來過嗎？」

「……雖然說起來簡單。但是玖渚已經……」

「這種事哪能簡單地說出口啊。」

「…………」

「啊啊，那是什麼時候呢——我已經事先聽說過了。玖渚她來日不多的事。但是——並非沒有倖存下去的方法吧？」

「…………」

她——是曾經說過。

以並非百分比的數字。

「十萬次中只會發生一次的事情還是會發生第一次——即使是千兆次，即使是在那之上，也都是一樣的啦。我現在一點都不相信玖渚會死喔？」

「……妳——」

妳真的——很強。

我重新——深刻地感受到這一點。

即使一敗塗地。

即使一身鮮血。

妳才是——最強的。

「……她跟苦橙之種，想影真心——還有紅色征裁，哀川潤是被刻意製作出來的優勢人類不同……玖渚友是身為天然且偶然的產物，必然地誕生出來的，純潔且純血的藍色。」我說道：「正因身為天然——所以並不均衡。坦白說，是差勁透頂。才能實在過於偏頗。要活下去很困難——倒不如說，原本是近乎不可能。不過，她靠那份優越的才能——靠較為優越部分的才能彌補了這一點。藉由對自己施加枷鎖一事……還有無意識地對自己賦予性格一事。其結果就是——那個身為藝術作品的，並非人而是由神製作出來，然後靠自己本身完成的——藍色學者，玖渚友。」

與生俱來的純粹無暇——

必須更加純粹無暇才行。

吸引了眾多人類——

打亂了眾多人生。

稀世的天才。

稀世的存在。

「所以——方法並不是沒有。如果——玖渚她願意將自己的才能幾乎……不，是全部放棄的話。將劣勢的證明全部捨棄一事——那傢伙能夠刻意地辦到。那傢伙啊——就像苦橙之種一般，可以自然地控制自己本身。能夠自主地操控自主神經——她一定就連靠自己的意志停止心臟一事都辦得到吧。但是——這對那傢伙而言，是個痛苦的決定啊。」

因為——

這樣會失去一切。

包括現在擁有的東西，

還有至今為止累積起來的東西，全都會失去。

重要的東西——和想要的東西也是。

全都會失去。

能夠辦到這一點嗎？

玖渚友她對世界執著到——

能夠容忍這一點嗎？

就根本而言，是相當貪婪且占有欲強烈的她——

與其要捨棄擁有的東西，

不會寧可選擇捨棄自己的生命嗎？
不，追根究柢來說。
死亡這件事——
對玖渚友而言，是想要避諱的事嗎？
說不定……
無法否定這個想法。
這讓我想起了諾衣茲君那番話。
玖渚她——從很久之前。

就不覺得——想死了嗎。

從我開始變質那時起。
她無法再綁住我。
不，原本——
從六年前的那一天開始。
從在沙坑遇到我——之前開始。
那麼……
倘若是那樣，我。

「我對玖渚而言——究竟是什麼呢？」

「天曉得。別問我。那種事——去問她本人就行了吧。」哀川小姐說道：「這麼說來……關於玖渚的才能……關於那個才能的容器，你妹妹成了犧牲品對吧？這點我怎麼也搞不懂……你一開始應該非常憎恨玖渚吧？那為什麼——是在哪裡倒轉過來了？你的恨意應該沒有淺到會被最討厭倒轉成最喜歡，這種像少女漫畫老梗一般的展開給湮滅吧？就算玖渚在某種意義上也是玖渚機關的犧牲者——但那種事跟你並沒有關係吧？」

「…………」

「還是說，你只是單純地將她跟妹妹重疊了而已？真心也是——你也只是將她跟玖渚重疊了而已嗎？」

「無論哪邊都已經是老早以前的事了——真相究竟是如何，我已經不曉得了。或許這一切都是我自作多情，只是一時衝動罷了也說不定。畢竟所謂的回憶，無論如何都會被加油添醋——」

「那麼，我換個問題吧。」

然後——

哀川小姐說道。

「即使在被甩了的現在，你還是喜歡——玖渚嗎？」

「我最喜歡她了。」

我回答哀川小姐。

「喜歡到討厭的程度——深愛到憎恨的程度。」

啊啊……

多麼滑稽啊。

沒有比這更難看的事了。

結果——不就是那麼回事嗎？

玖渚對我施加的詛咒——

到了現在，簡直就像是——根本沒有解除一樣。

「既然如此——等一切都結束之後，你必須做的事情不是已經決定好了嗎？」

「不……但是——那種事就像對潤小姐而言的十年前一樣……是已經錯失了時機的事。」

「我跟你們可不同喔。」

哀川小姐一副理所當然般地說道。

「你們還是小孩不是嗎？」

「…………」

「所以至少還可以再重來一次的啦。」

「……是那樣嗎？」

還能重新來過嗎？

雖然已經結束了——

還能再一次開始嗎？

能夠說出——「初次見面，幸會」這樣的話嗎？

只要我活著。

只要她沒死。

只要她——

希望繼續活下去的話。

願意選擇活下去的話。

「好。硬幣就由我來投入。所以——跟我約定。那也是接受工作的條件。一切都結束之後——你就去見玖渚。然後跟她再談過一遍。我絕對不會承認——你跟玖渚之間的結局竟然是那種形式的。」

哀川小姐大膽無畏地笑著。

她將嘴脣高高地歪起，並瞇上雙眼。

「用王道來進行下去吧，用王道。在那種地方搞怪來引人注目是要怎麼辦啊。普通地結束掉吧，普通就行了啦。無論什麼事，普通都是最好的。這可是像你這樣不幸的傢伙跟像玖渚那樣可憐的傢伙之間的結局喔——」

「——我可不會承認 Happy End 以外的結局。」

2

當天傍晚。

我在出外購物的場所和小唄小姐會合。

這是你要的東西——她這麼說道，並將白色紙箱遞給我。

那是鐵塊和火藥的重量。

41ＡＥ。

一打殺人的子彈。

第二十三幕——故事的終局
SAITO TAKASHI
西東天 最惡。

再會。　0　1

決戰的場所是澄百合學園。
早已經結束——
已經完全終結的廢墟堡壘。
第二體育館之中——
有四人無言地聚集了起來。
像是要重複那一天一般——
像是要重來那一天一般。
我和西東天站在舞臺之上——
哀川潤和想影真心，
則在體育館的中央——對峙著。
他們隔了一段距離對峙著。
存在，著。

存在著。

沉默地。

彼此存在——著。

到目前為止，我沒有聽見任何人的聲音。當然也包含了自己的聲音——都沒聽見。我用繪本小姐借給我的車，和哀川小姐一起，由哀川小姐駕駛，來到澄百合學園這邊時——

兩人都已經在這邊了。

西東天和——想影真心都是。

雖然沒有化作言語，但我看見這兩人，稍微有一點——吃驚。

西東天從一開始就沒有戴著也算是他註冊商標的狐狸面具——甚至也沒有拿在手上，大方地露出他和哀川小姐十分相似的精悍面貌。

然後想影真心她——那頭曾經宛如生鏽般顏色的頭髮，已經漂亮地恢復成原本——閃耀的橙色。

宛如注連繩一般的橘色麻花辮。

有些骯髒的身體也變得乾淨清爽，那一天在北野天滿宮看見的身影簡直就有如謊言一般。

黑色緊身褲和黑色緊身衣。

赤腳。
那簡直像是整個完全重現出來一般。
就像是在這裡——
在這個場所和真心再會那時一樣。
唯獨一點，只有刻印在她雙眼下方漆黑的黑眼圈仍殘留著並未消失——可以推測出真心大概在那之後還沒有好好睡過一覺吧。
這麼說來——
那時，真心她——在半夢半醒之間就輕易地對付了萌太小弟、崩子小妹妹和出夢——「殺之名」的三人。
在被鎖鍊束縛著的狀態下。
只用了原本力量的——一半以下。
然後，讓那個真心在瞬間覺醒的人——正是現在站在真心面前，人類最強的承包人——紅色征裁，哀川潤。
當然——
連想不用回想，那個哀川潤被真心用一半以下的力量，僅僅一擊——便打倒在地的事，我並沒有忘記。
雖然沒有忘記——
不過，看著現在站在真心面前，大膽地——以毫不讓步的表情浮現著微笑的哀川小姐，感覺那種事簡直就像沒什麼一般。

相對的真心——則是近乎面無表情。

雖然因為黑眼圈的緣故，她的眼神看來比平時更凶惡——但她只是有些詫異似地看著哀川小姐。不，這麼說來——那時也是，真心將哀川小姐踩在腳下——卻浮現出似乎不能理解般的感情嗎？

狐面男子他——

彷彿無聊透頂似地看著兩人。

看著——自己的女兒和自己的孫女。

就這樣——

只有時間一直流逝。

就連草木也已經入眠的深夜。

沒有一絲聲響。

一不留神——大家彷彿就會忘記究竟是為了什麼而聚集到這裡來的。

應該是感覺到了吧。

無論會演變成怎樣的結果——在這裡會決定出某些決定性的事情；所有人應該都深刻感受到這件事了吧。

至少我是如此。

裝在上衣下面手槍皮套中的「無銘」。

插在牛仔褲背後的手槍。

開鎖專用刀具——則已經不需要了。

「哼。」

隨後——

狐面男子總算是開口說道。

他用哀川小姐和真心聽不見的細小聲音——對著我說道：

「這麼一來——狀況就全部沒問題了吧，我的敵人。」

「……是啊。」

「這樣啊。」

「這是什麼意思？」

「沒什麼。只是為了以防萬一，想先確認一下罷了——不過，我的敵人。」狐面男子說道：「上次，我的女兒之所以能夠生存下來——只是單純地運氣好而已，這點你曉得吧。」

「…………」

「直到有一方陷入無法戰鬥的狀態才算有個了斷——這麼一來，我和你之間的因緣也結束了。哼。一想到這下子總算能夠切斷跟你之間的緣分，怎麼回事呢，感覺十分舒暢呢。」

「您還真敢說呢。」

無法戰鬥——

實際上，的確是那樣吧。

因為已經來到了該來的地方。

所以會走到最後的終點吧。

直達終點站。

這裡並沒有能夠阻止這件事的人。

雖然上次算是出夢阻擋了真心——但在奇野先生和露蕾蘿小姐和時刻先生都不在的現今，一旦開始了，就已經無法阻止。

即使是我，或狐面男子也一樣。

我和狐面男子都不具備那種力量。

最弱和最惡——是無法制止最強和最終的。

我心中忽然閃過一抹迷惘。

閃過一如往常的——迷惘。

還是一樣依依不捨。

現在的話，是不是還來得及呢？

還能夠——阻止。

如果不想看。

如果不想負起責任。

只要跟往常一樣——逃離的話。

「怎麼啦？」

狐面男子說道。

「要阻止的話——我可以幫忙喔。」

「——怎麼可能。」

我說道。

像是要揮開所有迷惘一般。

「你才是——請別忘了約定。」

我宛如宣戰布告一般這麼說之後——

沉默下來，看向前方。

無論哀川潤或想影真心，視覺和聽覺都是特別訂做的，即使再怎麼小聲說話，我和狐面男子之間的對話，還是有可能會被聽見。

我想避免——這一點。

不能讓她們和這種事相關。

不能摻入雜質。

不能混入多餘的東西。

不對。

這絕對不是為我而戰，也並非為狐面男子而戰；亦非為世界而戰。

這是——

為真心而戰。

這是為了真心的戰鬥，然後——

「……喲。」

然後——

真心她開口了。

聲音已經不再沙啞。

變回了——和平常一樣的聲音。

「妳就是——那個嗎，是俺的**素材**嗎？」

當然，真心開口搭話的對象——

是在她正面的哀川潤。

只有她而已。

「雖然只是感覺——雖然俺不記得，但俺記得喔。在不久之前——曾經痛扁過妳的事。」

「…………」

哀川小姐沒有回答。

她用毫無反應的沉默來回應真心。

「老實說，俺不是很懂啊——為什麼事到如今，俺還必須跟舊型號的妳決鬥？雖然被阿伊無聊的道理給哄騙過來了，但俺認為這種事根本沒有任何意義。因為俺老早就超越妳了——」

真心狠狠瞪著哀川小姐——並充滿憎恨地說著這些話。

「但是，儘管這樣——俺還是看妳不順眼。徹底地看不順眼。因為——只要沒有妳這傢伙，俺就可以不用存在了。只要沒有妳，應該也不會有俺了。啊啊，俺老實說——俺最討厭妳了。紅色征裁紅色征裁紅色征裁紅色征裁——這個名字，俺在ＥＲ３聽過好多遍了——『應以此為榜樣』。妳能想像那有多煩人嗎？」

「…………」

「為了像妳這樣的半成品——為什麼俺非得遭受那種待遇不可？要是妳再振作一點，像俺這樣的東西就不用誕生了不是嗎？因為誕生在這世上的緣故——俺被迫過得多無聊這點，妳知道嗎？」

真心她——

宛如詛咒一般地吐露著話語。

不再自己束縛自己。

不再自己壓抑自己。

簡直就像——在遷怒一般。

像是惱羞成怒一般。

彷彿要消除怨恨一般。

彷彿要實行復仇一般。

重疊著話語、話語、話語。

「不只是俺而已——妳以為除了俺之外，還有多少傢伙犧牲了？俺還好——因為俺有阿伊。至少還僅存一點——救贖。但是，連那種救贖都沒有的傢伙，大概有俺的五千倍那麼多吧。所有人——都是因為妳的緣故而受到折磨，因為妳的緣故而死掉了。這全部都是妳——是因為妳不夠振作的緣故。」

真心最感到心痛的——就是這點。

無論受到何種待遇，

無論嘗到何種痛苦，

就連自己都還不是最悲慘的這件事實。

所以——苦橙之種的她。

被這麼稱呼的真心她。

真心她才會認為哀川潤——

「俺無法原諒妳。」

「…………」

哀川小姐她——還是什麼也沒說。

什麼也還沒說。

簡直就像是甘於承受一般——接納著真心的話語。

一動也不動。

那表情——化成陰影而無法窺探。

「俺可以說是妳的後續——在各方面都超越了妳。但是，儘管那樣——ER3那些傢伙卻老是斥責俺『還不夠、還不夠』。結果就是——俺死了一次。被火焰燃燒——致死。」

死了。

死了。

死過了啊。

真心說道。

並沒有——忘記。

那種事情怎麼可能——會忘記。

那是自己死亡時的——事情啊。

「俺並沒有誕生的記憶——不曉得自己為什麼會活著。這世上的事實在過於簡單，實在沒什麼好說的。這種世界對俺而言，有沒有都是一樣的。存在跟不存在簡直有如等價。即使這個世界其實根本沒有開始——俺也完全不介意。」

如此地——

如此滔滔不絕的真心，我還是第一次看見。

原本——

真心就不是什麼能言善道的傢伙。

是多麼的——

她是用多麼強烈的心情——現在。
正面對著哀川潤呢。
並不是因為被我哄騙。
並不是因為我——籠絡了她的關係。
那是她自己的意志。
是真心的——真心話。
是她真正的心情。
只是那樣而已。
「妳說話啊——舊型號。妳應該有什麼話要對俺說吧！為什麼俺——俺會遇到這種遭遇！？俺之所以會像這樣在這裡活著是為什麼，妳說說看啊！不，不是那樣——俺是否真的活著——妳告訴我啊！」
「…………哈。」
哀川小姐這麼嘆了口氣。
她對真心——深深地嘆了口氣。
像是感到很麻煩似地搔著頭。
然後——
看向真心。
「雖然怎樣都沒差……不過第一人稱用『俺』這種顯現角色特徵的方式，都這個時代了，不會太冷了點嗎？」

「…………！」

「囉哩叭唆的吵死人啦，妳——可別以為嘮嘮叨叨地講著些擾人的事就可以讓人覺得妳很可憐而關心妳。因為我的緣故？那種事我哪知道啊。妳是傻瓜嗎？」

哀川小姐她——

用壞心眼到不行的語調說道。

「要是覺得活著很無聊，我會確實地殺了妳，所以趕快放馬過來吧，俺小妹妹。」

「——啊啊！！」

那——成了導火線。

真心動了起來。

跟那天一樣。

跟那時候——完全一樣。

等回神過來——在回神之前，她早已經揮起雙手十指相扣的拳頭，跳到了哀川小姐面前。

她將拳頭——往下揮落。

在哀川小姐的頭部炸裂開來。

不過，這次跟之前不同，應該可以閃躲才對——之前是哀川小姐被瞄準了正要攻擊的瞬間，真心的拳頭才會像是還擊一般地漂亮地打中並炸裂開來。
這次——哀川小姐應該做好準備了才對。
應該不會重蹈覆轍才對。
但是——
明明如此，那記攻擊卻炸裂開來了。
衝撞上——哀川小姐的頭。
「…………！」
哀川小姐搖晃了一下。
差點倒落在地——
差點倒落在地，但哀川小姐隨即站穩了身。
她將兩腳像內彎腿（O形腿）一樣地大大張開。
站穩了身。
「**這麼一來——就扯平了。**」
哀川小姐她——這麼說道並咧嘴一笑。
對真心咧嘴一笑。
「那麼——預備，開始！」
雙腳依然張開維持著內彎腿的姿勢——只將上半身用力地扭轉，宛如螺旋狀一般地將掌底打入還浮在半空中的真心腹部。
即使是真心，也不可能在空中穩住身體；她就那樣被撞飛到原本的位置——不過，在被撞飛的過程中，她靈活地轉了幾圈——用赤腳的雙腳完美、漂亮且華麗地著地。只要跟貓一樣巧妙地驅使關節，要在空中轉換方向也並非不可能——所以倘若由真心做出這樣的行動，也不值得驚訝，但是——

另外。

另外有件驚人的事。

儘管又再度搖晃了一下，但隨即挺直身子的哀川小姐——簡直感覺不到有受傷的跡象。

她大膽無畏地——笑著。

「……為什麼……就算再怎麼說是第二次交手，明明真心的力量跟當時不同，已經沒有受到束縛了——」

「哼。」

狐面男子輕輕一笑。

「也罷……大概就這種程度吧。」

「咦？」

「總之你看著吧——精彩的還在這後頭呢。」

狐面男子像是用下巴在指示一般，督促著我別將視線從前方移開。我一將視線移回——那時真心已經沒有停留在同樣的場所上了。

她這次沒有跳躍。

她將單手——將左手依然伸直著並用力揮了下去——像是要用整個身體衝撞上去似地衝向哀川小姐。

那是——出夢的「一口吞食」！

無法閃躲，擁有絕對性的破壞力——

「呵、呵、呵——所以說那招雖然外觀跟威力都相當華麗，但正因為外觀跟威力華麗，要耗上很長一段時間才能出招——這是妳破解過的招式吧，真心。」

狐面男子感覺很可笑似地說道。

彷彿樂在其中一般。

哀川小姐這次也沒有採取當場迎擊的行動，她朝著真心衝刺過來的直線上筆直地飛奔過去——然後轉了一圈讓身體往後方回轉，朝著因為哀川小姐逆向衝過來的緣故，感覺稍微錯失了時機的「一口吞食」的手肘內側部分——撞入自己的手肘。

嘎嚓一聲。

真心的「一口吞食」便以奇妙的扭曲方式朝著奇怪的方向，朝著讓人覺得該不會是扭傷了吧的方向——揮空了。

「咕，唔唔唔——！」

真心她——

因為疼痛而彷彿呻吟一般地發出聲音。

「啊啊……」狐面男子說道：「也有這種破解方式啊……原來如此。這樣啊，畢竟再怎麼說也是關節嘛。容易朝彎曲的方向扭曲。這麼一來，失去了目的地的能量就會在身體內失控是嗎？」

「…………」

搞什麼……？

為什麼這個人會這樣冷靜地解說？

明明要是真心輸了——

自己就會死。

會被我——給殺死。

「咕……喔喔喔喔喔喔喔喔喔喔喔！」

但是真心當然不會因為這種程度的事而喪氣——

她這次揮下了雙手。

左右同時夾攻的「一口吞食」！

暴飲暴食！

這樣的話——就無法像剛才那樣閃躲了！

雖然辦不到——

但是，儘管如此，還是不能否定出招耗費的時間過長這點。哀川小姐將那雙修長的美腿伸直成高踢腿的架式——但那絕非是以攻擊為目的，而是用腳尖踢向真心左肩口的架式——

哀川小姐往後跳。

當然，真心的手臂不可能比哀川小姐的腿還要長。原本「一口吞食」就是因為出夢擁有異常修長的手臂，才得以成立的必殺技。

「一口吞食」左右兩邊都揮空了。

由於氣勢過猛，真心的姿勢失去了平衡。

這時哀川小姐再度飛撲到真心的懷裡——像是在扭轉上半身的掌底宛如反擊一般地雙手衝撞上去。

看著——

光是看著，感覺內臟就要扭曲了一般。

噠、噠、噠。

真心她——因為敗給對方的氣勢而往後退了三步。

「嘎……哈啊……！」

「喂喂，俺小妹妹——怎麼啦？那頭橘髮是裝飾嗎？那橘色的瞳仁是玻璃彈珠嗎？哈哈哈——還是說，橙色終究是敵不過紅色嗎——」

「……少囉唆！別講得一副了不起的樣子，舊型號！」

真心她——

不等受到的損傷恢復，便壓低姿勢並順勢迅速衝向哀川小姐——直接衝撞。

只是單純的衝撞。

不過——那曾是殺了出夢的拳頭。

只論破壞力的話，足以匹敵「一口吞食」，甚至凌駕於「一口吞食」——想影真心，苦橙之種的直接衝撞。

但是，哀川小姐對此——並不閃躲。她並不閃躲，而是用攻擊——同樣用直接衝撞來反擊。

相互交錯。

結果——

真心的拳頭未能碰觸到哀川小姐。

哀川小姐的拳頭則捕捉到了真心的臉頰。

攻擊範圍的——差距。

壓倒性的範圍差距。

大人和小孩——

不，以體格來說，還不只是那樣而已。

這是用交差法來定勝負的，真心施加在拳頭上的氣勢，全都回到了真心身上。這份損傷難以測量。

明明難以測量，真心卻不以為意似地——用反對邊的手連同整個身體更往前踏進，朝著大方張開身體的哀川小姐，揮出像是鉤拳的左直拳。

但是，哀川小姐只是輕輕地把腳抽回。

這樣便已經——無法碰觸到。

即使往前踏進，也依然碰觸不到。

就在她揮空，姿勢失去平衡的時候——

哀川小姐的前踢擊中了心窩。
確實地瞄準了要害。
即使是人類最終——即使就連心臟的跳動都能隨心所欲地控制，但也無法控制到要害的位置。被踢中心窩的話，被踢中心窩所造成的傷害便會襲向身體。
「唔——喔喔喔喔喔喔喔喔喔喔喔喔喔喔喔喔！」
真心她——用盡力量咆哮著。
之後便形成了亂鬥。
簡直像是毫無一擊定勝負的打算，總之只是為了先捕捉住對手的，一陣連續攻擊的亂鬥——
猛推和飛踢，拳腳飛舞交錯——
防禦什麼的絲毫沒有關係。
兩人彷彿完全沒考慮到防守這件事。
亂鬥——
不，簡直像在互揭瘡疤一般，彼此累積著攻擊次數。
「…………」
我——啞口無言。
我該不會煽動了很不得了的事吧——果然跟平常一樣的後悔湧現了上來。就有如是自己點燃了讓世界終結的核子戰爭導火線一般，那種出乎意料的後悔念頭——逐漸湧現上來。

我側目窺探著狐面男子。

只見他——一副也沒什麼好說的表情。

看來像是以此為樂——

但反過來看也像是百無聊賴。

「……哼。」

應該不是因為注意到我的視線吧——只見狐面男子有些刻意地重新盤腿坐著。

「一旦變成這種戰鬥——比起我的孫女，我的女兒會比較有利啊。」

「咦……」

聽他這麼一說——的確如此。

由於眼前展開的是對我而言遙不可及的高等層次的亂鬥，所以我無法一一追逐到每一記攻擊的行蹤——不過，儘管如此，只要專注地仔細觀察，那可說是一目了然。

仔細一想，這是理所當然的。

手足的長度——

手臂和雙腳的長度相差近乎一倍。

真心如果想要打中一記攻擊，就必須相當深入哀川小姐的懷裡才行。相反地，哀川小姐要撲進真心的懷裡卻非常容易，而且哀川小姐能夠立刻從那段距離中逃脫。

身體的大小在單純的力量上並沒有關係。

真心能夠只靠手臂的力量打飛萌太小弟，也可以貫穿出夢的腹部——

但是。

儘管如此——

唯獨那絕對性的長短差距是束手無策的。

只有數字——不會變動。

無論真心的攻擊蘊含了多麼強烈的威力，打不中的話便毫無意義——無論真心的攻擊蘊含了多麼快速的速度，打不到的話便毫無意義——

頂多只有攻擊時產生的旋風會撕裂哀川小姐的衣服。

別說是脖子的皮膚了，甚至只能碰觸到——外面那件衣服而已。

當然……

即使是哀川小姐的攻擊，由於要一邊閃避真心的攻擊，因此也無法給予重擊——要說的話，比較接近牽制。

並非決定性的攻擊。

真心耐打的程度，倒不如說，真心肉體的耐久力果然跟其他任何數值一樣，超乎常理範圍——而無法打垮那面銅牆鐵壁。

但是……

就現在這個情況來看。

無論怎麼看——都是哀川小姐占優勢。

哀川潤優越於想影真心。

「……為什麼？之前——之前兩人戰鬥的時候，明明是那樣壓倒性的秒殺。」

那時，哀川小姐大意了這點——是千真萬確的吧。面對真心——看見自己的後續機，而感到困惑這點也有影響吧。那算是一記近乎偷襲的攻擊這點，當然也有影響沒錯。

但是——

那時，身為觀察者兼旁觀者的我所感覺到的壓倒性、徹底性的橙色和紅色之間的差異——現在卻感覺不到。

我感覺不到無法跨越的牆壁。

為什麼呢？

真心她現在——明明已經完全被解放了。

「喂喂——」狐面男子苦笑著說道：「那樣可不行吧，我的敵人。你振作一點啊。你是認為我的女兒，至少可以跟我的孫女打得不分軒輊，才策劃了這種小規模的鬧劇吧。」

「是、是那樣沒錯——但、但是——」

「這很簡單吧。」

狐面男子說道。

彷彿真的很簡單、是早已經清楚知道的事情一般。

「我的女兒也同樣——自己壓抑著自己，束縛著自己——就只是這樣罷了吧？」

因為我沒辦法認真起來嘛。

不知何時——哀川小姐曾這麼說過。

就這層意義而言，所謂的最強——

所謂的頂點，其實意外地無聊啊。

所以——

才對我有所期待；她這麼說過。

那麼，這個狀況——可以算是**我對於哀川小姐的期待**——**直接漂亮地做出了回應嗎？**

但是，如果是這樣的話——

果然，哀川小姐比任何人都——

比任何人都更瞭解真心現在的心境。

瞭解感受不到實際活著的自己——瞭解那種不曉得自己是否活著的實際感受。

「…………」

那麼——是為什麼呢？

為什麼哀川小姐她——

總是總是總是能夠那樣地……

能夠那樣地笑著呢？

能夠一一針對各種事情——發怒呢？

為了無聊的事情感到火大。

因為瑣碎的事情變得愉快。

世界簡直就像是——她的遊樂場不是嗎？
就連我——
就連我這種程度的存在，就連我這種程度的越軌，都會被明子小姐，無伊實，數一先生他們拒絕、避諱——
為什麼她能夠被接納呢？
能夠和這個世界——
和平共處呢？
是哪裡不同？
哀川小姐和真心——
還有我和哀川小姐之間，是哪裡不同？
「唔——」
真心的身體——激烈地飛向後方。
掌底這次擊中了肺臟那一帶。
雖然輕微的呼吸中止對真心而言應該沒什麼大不了，儘管如此，單憑那股氣勢，似乎便足以讓真心失去平衡，往後方倒落的樣子。
此時又因另一記掌底攻擊——而飛了出去。
不……
剛才那是她主動跳往後方的嗎？
為了減低衝擊。

倘若是這樣——

那便是真心包括上次的戰鬥，首次展現出來的——只為了防禦所採取的行動。只為了閃避而採取的行動。

不知是否因為如此，抑或真心的內心有所動搖；在著地的瞬間，雖然僅是一點點，但卻出現了連我都看得出來的空隙。

哀川小姐立刻趁機一口氣發動連續攻擊——雖然應該辦得到，但她卻沒這麼做——不僅如此，還解除了掌底之後的殘心，「哼」了一聲，徹底捨棄了攻擊架式。

在真心感到訝異似地重整體勢時——

「——嗯～」

哀川小姐不滿地這麼說道。

「總覺得——笑不出來呢。」

「…………啊？」

「不怎麼有趣啊——像是在慢慢剝皮殺害一直固守防禦的傢伙一樣，總覺得笑不出來……而且這段攻擊範圍的差距，感覺有一點『卑鄙』——讓人笑不出來。」

哀川小姐這麼說道——

然後她用力地彎下腰，膝蓋彎曲成近乎直角的角度——那修長的雙臂也齊放在胸口附近，折疊成宛如螳螂一般的形狀。

視線——幾乎和真心位於同樣的高度。

比迄今更強烈地——互相瞪視著彼此。

「嗯……還差一點——對，就這種感覺吧。這麼一來就稍微——笑得出來的樣子。」

「這是——做什麼？」

「我是在配合妳手腳的長度和身高的尺寸啊，俺小妹妹——雖然胸圍實在是沒辦法勉強。」

「…………」

我以為真心她——

她會生氣。

我以為她會因滿腔怒火而衝向哀川小姐。

我以為她會一時衝動地發動攻擊。

不過——

「哈——啊哈哈！」

她這麼——笑了

「咯咯咯。」

哀川小姐也同樣地笑著。

「呵呵呵——」

「哈哈哈哈——」

「嘻嘻嘻——」

「哇哈哇哈哇——」

哈啊！

真心飛撲向前。

並非因為一時衝動。

那麼要問是為了什麼的話，我也不可能知道——不過，至少並非憤怒或怨恨這種要說是消極也算是積極，讓人搞不太懂的敏感情緒，而是被除此之外的某種事物動搖了——

真心朝著哀川小姐飛撲過去。

已經不能使用藉由手腳長度來避免真心接近到她能夠攻擊範圍內的作戰——不，嚴格來說，想做的話還是辦得到——但哀川小姐選擇了不用這招。

無論何時都是那樣——

那個人。

如果沒有站在同樣的舞臺上，便無法忍耐。

那原本也具備了因為自己身為最強而有所讓步一般的意義，這點不會有錯——但是，無論是誰，都知道面對真心完全不需要這種溫柔體貼的精神一事。

儘管如此，仍要站在同樣的舞臺上。

讓對手跟自己——同等。

堂堂正正的騎士道精神。

並非溫柔。
不會憑藉自己優越的部分試圖獲勝。
以自己的全部來獲勝。
因此才是——最強。
哀川小姐藉由身體的扭曲來閃避真心的拳頭。她將身體張開，閃避那直線般的動作，用扭轉過的手臂撞飛那拳頭。明明只是閃躲過拳頭而已，但真心的體勢卻又失去了平衡。
在旁看著這景象，就連我也逐漸明白了——
雖然真心完全控制住自己力量和能力——但其使用方法卻太過直接。沒有任何花招——簡直沒有任何花招的清純攻擊。
雖然這點哀川小姐也是一樣——
但是，怎麼說呢……她是在配合對手。
行動的方式之中沒有任意妄為。
「從以前開始——」
狐面男子低聲說道。
「從以前開始，她就是個對手越強——越能提起幹勁的女兒啊。這種程度——可以說是理所當然吧。」
「…………」

「上次實在太輕易被打敗，讓我有些期待落空——但身為舊型號，可以說她很努力了吧。不過——」

嘎啦——一聲。

討厭的聲音——在體育館內迴響著。

一看之下——

只見哀川小姐正按著右肩，往後退來跟真心保持距離。

脫臼——了嗎？

似乎是沒能完全閃過真心的拳頭，而被打中了的樣子。從只有脫臼這點看來，應該並非從正面被擊中，似乎只是稍微掠過而已——但是，僅僅是掠過便有那般威力。

果然——

基本性能還是相差甚遠。

即使這樣，哀川小姐仍然——

「啊哈哈哈哈——越來越有趣了呢。」

她這麼笑道。

不停地笑著。

彷彿真的打從心底感到愉快一般。

「妳覺得怎麼樣啊——好玩嗎，俺小妹妹？」

「…………」

真心她——用三白眼瞪著哀川小姐，嘴脣看似性格惡劣般地一撇，

「還不差——喔。」

這麼說道。

哀川小姐嘎鏘一聲，用熟練的動作接回脫落的肩膀骨頭。

真心並沒有趁隙攻擊，反倒等候哀川小姐做好準備——然後再度，這次是緩緩地使用步法接近哀川小姐。

哀川小姐彎下腰——

她折疊起手腳，配合著真心的視線高度來迎擊。

攻防——即將展開。

無論攻擊。

抑或防禦。

都摻雜在一起——變得錯綜複雜。

讓人感到愉快的聲響。

愉快到甚至有些刺耳的聲響——劃破了空氣。

這道聲響——

會如何傳遞到真心的聽覺上呢。

兩人都已經並非無傷。

四處淌血。

說不定還斷了牙齒。
骨頭應該也折斷了——不只一兩根。
衣服眼見著越來越破爛不堪。
儘管如此——攻防依然沒有減緩的趨勢。
反倒是越演越激烈。
笑著。
兩人都——笑著。
不曉得究竟是在做什麼。
簡直就像是——在跳舞一般。
宛如優雅的舞蹈一般。
汗水四散。
血沫飛舞。
每一擊——都有血四處飛散。
那是多麼的——
多麼美麗——且漂亮的景象啊。
無法——不為之入迷。
無法——不被那氣勢壓倒。
「哼——喲，我的敵人。」
狐面男子說道。

「這麼一來，似乎暫時會持續著無聊的展開呢——怎麼樣，要不要到外面稍微聊聊？」

「咦……但是——」

竟然要從這場攻防之中——移開視線。

竟然要從這場看起來似乎會永遠持續下去，看起來似乎會在一瞬間決定勝負、在一瞬間決定命運一般的攻防中移開視線，即使再怎麼說是狐面男子——也無法想像他是認真這麼說的。

無聊……

他是如此稱呼這場攻防的嗎？

都到了這種時候——這個男人。

我不禁反射性地對狐面男子投以詫異的眼光……但他只是靜靜地——微笑著。

用彷彿哀川小姐一般的臉彷彿哀川小姐一般地微笑。

「不用擔心——無論哪邊都不會輕易輸掉的。要比喻的話，這就是無論何種盾都能刺穿的矛，和無論何種盾都能刺穿的矛之間的對決——正因沒有矛盾，要做個了斷也沒那麼容易。」

「但是……你，認為哀川小姐——」

「是啊。我至今為止確實是曾看過好幾次我那個女兒被『敵人』給打敗而趴倒在地的場景，看到有些厭煩——可以說在我的面前，是敗北比勝利還要多。那種事可不是謊言。但是啊，我的敵人。你可不能忘記。那傢伙跟我還有你不同，她根本上就是個主角體質啊。」

狐面男子說道。

「那傢伙從以前開始——面對曾敗北過一次的對手，從來就沒有敗北過第二次。」

2

我們從舞臺兩旁的樓梯走下，離開休息室出外——走到體育館的後方。跟九月底進入這間體育館時是相反的路線。雖然那時有崩子小妹妹和出夢一起同行——但現在在這裡的人，只有我和狐面男子而已。

真心和哀川小姐戰鬥的聲響——

甚至傳到了體育館外。

這種規模的設施，應該有確實做好隔音才對——簡直就像是連那股熱氣都傳達出來了一樣，要是站著不動，感覺似乎會受到血沫洗禮。

狐面男子他——

「哼。」

這麼說道之後，站到離體育館稍微有些距離的位置。

那是根本不把我放在心上的立足點。

因為這讓我有些不快，所以我也移動到可以進入狐面男子視野的位置，目不轉睛地注視著他。

月亮——

在狐面男子的背後，可以看見被雲給遮住的月亮。

和服裝扮異常地耀眼。

總覺得——看起來有些虛幻。

雖然粗暴的互毆聲響顯然和這場景不太搭調——但假如他戴著那副狐狸面具，想必會醞釀出極具幽玄的氛圍吧。

「狐狸面具——怎麼了？」

「那個啊——我拿去供養了。」

「你說的準備就是這件事嗎？」

「因為追根究柢來說，那近乎是明樂的遺物啊——雖然我的女兒似乎不知情。倘若知道，就不會為了找出我而花上十年吧。不——彼此都是已死之身，沒那麼容易嗎？要是沒有你——我跟我的女兒大概就不會相遇了。」

「……你想說什麼？」

我說道。

「事到如今，我跟你已經沒有任何——要談的話了吧。」

「的確是那樣，但別那麼說嘛——再過一個小時，我跟你其中一人，就會從這世上消失了。我畢竟死過一次，所以並不怎麼害怕死亡——但是你——」

「我也已經像是死了一樣。」我說道：「倘若能夠重來——我現在會想要重來就是了。」
「哦。」
「你不這麼想嗎？狐狸先生。」
「我所期望的，就只有世界的終結而已。」
「……如果說，那個『十三階梯』的第一階，名叫架城明樂的人已經在你心中死去——你也隨之解散了『十三階梯』的話——我還以為你說不定已經對世界的終結失去興趣了呢。」
「…………」
「雖說那已經防範於未然——但對於時刻先生主張『解放』真心即為『世界的終結』一事，你稱之為『無聊』——結果那究竟是什麼意思？」
「根本沒有什麼意義。只是因為無聊我才說無聊罷了——沒有更深的含意。你別想太多了，我所說的話——每句都是胡言亂語。要是當真只會自討苦吃。」
「的確是那樣沒錯——『十三階梯』中一直陪你直到最後一刻的木之實小姐和露蕾蘿小姐——以及繪本小姐。還有深空小妹妹和高海小妹妹，將她們像那樣割捨掉的行為，我認為實在是不可取。要說自討苦吃的話，除了她們沒有別人了。」
「怎麼，其中有你中意的女人嗎——既然這樣就送給你。如果你不介意是撿我用過的話。『十三階梯』打從原型那時期開始，就已經是因為有明樂才得以成立的組織——明樂不在的現今，那種東西有沒有都是一樣的——啊。」

「那個明樂先生，為什麼會死呢？」

「…………」

「是因為——我的緣故嗎？」

「或許是吧。」

狐面男子說道。

「正確地說——是因為這種狀況的緣故。」

「這種……狀況？」

「哼。」狐面男子看似無聊地說道：「話說回來，我的敵人——有兩件事我想先跟你確認一下。可以嗎？」

「無妨……我並不介意。」

「『無銘』。你有帶來嗎？」

「那個啊——為了以防萬一，是帶來了。」

「那真是太好了。其實我一直很擔心，那該不會在真心讓公寓倒塌的時候，也跟著一起被破壞掉了吧。」

「因為我在那之前有從公寓裡帶走最低限度所需的行李——真是幸好呢。」

「無銘」。

開鎖專用刀具。

還有——手槍。

「是啊。即使是『無銘』，遇到真心也等同於普通的鐵屑一般吧。我放心了。」

「……原本是古槍頭巾先生——和第十一代古槍頭巾先生之間的交換材料……對吧。」

「正是如此。」

雖然繪本小姐的「背叛」依然是祕密，但關於頭巾妹妹的「背叛」，因為深空小妹妹和高海小妹妹的存在，加上木之實小姐的證詞而無法隱瞞到底——所以狐面男子也曉得這件事。只不過他即使知道這件事，既沒有責備頭巾妹妹的「背叛」，也沒有斥責深空小妹妹和高海小妹妹的一意孤行。據木之實小姐所說，那似乎是他原本就知道的事，甚至可以說是他所期待的事——當然，木之實小姐也沒有受到任何懲罰。因為那種程度的善變，對這個男人來說是十分有可能的普通現象，所以我並沒有特別在意

——

「呃——關於你跟露蕾蘿小姐談話時所提到的事……」

「啊啊……那時候你就宛如斧頭男（註4）一般潛藏在床底下對吧，我的敵人。」

「斧頭男這比喻不錯呢。那時從你說的話聽來，你似乎挺看重頭巾妹妹；結果那到底是怎麼一回事？在我看來，頭巾妹妹只是個再普通不過的女孩子罷了。」

「啊啊……到了如今，那種事其實都一樣——那與其說是重用，不如說比較接近保護啊。那類型可不常見呢。碰巧就如同你說的一樣——在我的周圍，『普通』這種類型

4　源自美國的都市傳說，據說是一個會拿著斧頭躲在別人家床底下的男人。也被稱為「床下的男人」。

可是不常見的。」

「…………」

「你的周圍也沒有吧？那一類的『普通』。那一類的人才很貴重吧。竟然會想要『普通』，我不認為這是露蕾蘿可以理解的事，所以刻意用含糊的說法帶過——但我可是很希望在同伴當中務必有一名這種類型的人呢。」

雖然如我預料的一般，她馬上就死了。

狐面男子這麼說道。

被勾起回憶的——是五月的事件。

同班同學那些——普通的人們。

普通的人類們。

江本智惠。

貴宮無伊實。

葵井巫女子。

宇佐美秋春。

和我扯上關係後立刻——出現了死者。

最終而言——

大家就像是死了一樣。

是這麼一回事嗎？

「那一定是像我跟你這種傢伙最缺乏的東西——就是擁有『普通』這種屬性的角

色。因為沒有這個，因為這個不存在——才會被迫白費功夫。雖然我原以為她會為了『世界的終結』完成非常重要的任務——但還是不該將她納入『十三階梯』的嗎？算了，要說關於那丫頭的事，『無銘』是附帶的——因為『無銘』會具備意義，是只限於第十一代的事。」

「……如果你要我還你的話，我是可以還給你。」

「不用了，反正也不是我的——要聽聽它的故事嗎？」

「故事不長的話。」

「是個很短的故事。短暫，簡單，而且乏味的故事。那把刀，據說是那個老爺爺和以前的戀人之間的紀念品。那個戀人也是刀匠，雖然似乎是個手藝不怎麼好的刀匠，但『無銘』是她唯一奇蹟般製作出來的作品——據說是這樣。那把刀四處漂流——就宛如開鎖專用刀具經由零崎人識、哀川潤和石丸小唄之後到達了你的手上一般，那把刀也到了我女兒的手上。」

當然，這也是——

從我的女兒的角度來看，這也是她不知情的事。

狐面男子這麼說道。

啊啊——原來如此。

難怪頭巾妹妹不怎麼想說。

這的確是私人的事——實際上應該也不像剛才狐面男子所說的那樣，是段乏味、簡單且短暫的故事吧。

既然如此——

「那麼，狐狸先生」

我說道。

「如果我活了下來，會將這把刀供奉在第十一代古槍頭巾先生的墳前——如果是你倖存，能夠請您也這麼照辦嗎？」

「…………」

「不然的話——頭巾妹妹也實在太可憐了。」

她就像是——被牽扯進來一般。

比其他「十三階梯」抑或我周圍的人們還更低一個層次……但以一般人而言算是高等級的少女，將她牽扯進來的是——

狐面男子的任性。

還有我的自私。

所以。

我至少想替她做些——最低限度的事情。

「那根本沒有什麼——意義喔。」

「我不介意。」

「無論做不做——都是一樣的。」

「我明白。」

「……既然這樣，那好吧。我知道了。」狐面男子點頭應允：「關於這件事——我確實跟你約定了。我的原則就是能夠辦到的約定，一定會遵守。」
「非常感謝。」
儘管我這麼說——
但到了現在，我才察覺到狐面男子該不會從一開始就打算這麼說，才提起「無銘」這個話題的吧？雖然因為沒料到會由我主動提議，而出現了那樣的反應；但要不是那樣，那個約定或許會由他自己提出。
雖然我認為這實在是過於強加了漂亮話的看法，但不光是漂亮話——不知為何，我感受到在狐面男子的語調之中，蘊含著像是在將還沒做完的事，還沒做完的一堆事一個個按順序清算下去一般——那種類似在辦公的感覺。
這是怎麼——一回事呢？
那樣簡直就像是——在做死前的準備。
「你想事先確認的第二件事——是什麼呢？」
「啊啊……不，關於這件事你用不著緊張。這真的只是單純的確認事項罷了。是要確認現在這種狀況之下的規則。」
「咦？」
「如果真心獲勝就算我贏，由我殺了你——如果我的女兒獲勝就算你贏，由你殺了我。是這樣沒錯吧。」
「是啊——有什麼問題嗎？」
「要是平手的話，該怎麼辦？」

狐面男子說道。

「萬一平手，雙方皆倒地——或是雙方皆死亡的話，要怎麼辦……我想到這件事還沒決定好。」

「啊啊——這麼說來，的確是那樣。」

「我想事到如今，要是說什麼不分勝負，這種結尾應該沒人會接受——不過，這又不能提議改成延長賽。怎麼辦？」

「由我決定沒關係嗎？」

「提出這場勝負的人是你吧。」

「……說的也是。」

我稍微考慮了一下，然後回答。

「平手的話，我們就兩人一起死吧。」

「……還真是激烈啊，那樣就行了嗎？」

「是的——原本這場賭注，就不是為了要殺你才提議的。我和你——只要有其中一方死了就行，我從一開始就這麼想。」

「…………」

只要有一方死掉——

儘管如此，那畢竟是兩人的一半。

「所以——平手的話，兩人一起死；在這種情況下，這應該是正確的選擇吧。」

「『這應該是正確的選擇』。哼。換句話說——」狐面男子說道：「從一開始——從你的角度來看，這就是場不會輸的勝負嗎？既然你認為我或你——只要有一邊，或是兩邊都死掉就好了的話。」

「說的也是——」

我說道。

「——頭巾妹妹的事情也是一樣……我跟你都太會給人添麻煩了。如果像哀川小姐或真心那樣，只是單純地比常人突出那倒還好——雖然能力不足，但我和你——卻會讓周圍都瘋狂起來。」

「所以，你才要我去死嗎？還真是現實的判斷啊。」

「就算這樣也是我考慮過後的結論。」

「你——之所以會賭在我的女兒身上，那就是理由嗎？」他說道：「你——原本是打算自己敗北，然後死去嗎？」

「不……那倒不是。因為我的第一個目的，最重要的是拯救真心，讓真心自由——所以哀川小姐不獲勝的話，我就傷腦筋了。」

「但是，對於我的女兒在戰鬥中占優勢一事，你不是感到很意外嗎？」

「因為我沒有根據嘛。事情過於順利地發展，對我而言是相當吃驚的。」

此時我回問道：

「要說的話——你才是。你也是一樣。既然擁有哀川小姐不會輸給同一個對手兩次的資料——這場勝負你才應該賭在你的女兒身上不是嗎？」
「………………」
「你才是——打算輸掉是嗎？」
「怎麼可能。」狐面男子笑道：「我都還沒看到世界的終結——還有故事的終局呢。」
「那麼——為什麼？」
「因為那兩人之間，有著凌駕於那份資料之上的實力差距啊。所以——坦白說，我已經無法看出這場勝負的結果了。倘若是短期決戰，肯定是真心會獲勝就是了。」
「………………」

這樣啊……
我懂了。
我完全懂了。
這個人——是隨便決定的。
在面臨真心或哀川小姐這樣的選項時，他大概是隨意地——因為之前曾經贏過什麼的，用那種什麼也沒在想的理由決定賭在真心身上。
無論哪邊——都是一樣的。
就跟我一樣。
這樣啊，原來是這麼回事啊——

在這種狀況下被我殺死——

對狐面男子而言，就是世界的終結嗎？

不……

這樣的話，想法實在太過敷衍了嗎？

無論再怎麼說，都太過簡單了嗎？

如果是那樣，應該有以其他形式來到達這裡的順序才對。原本狐面男子的意志便幾乎和這個狀況沒有關連——從某處開始，從某個時候開始，他已經如同字面一樣——看起來只像是在命運中隨波逐流。

看起來只像是在狀況中隨波逐流。

是因為這個狀況的緣故——他這麼說。

這句話真正的含意——位於何處？

「我就稍微——在最後稍微告訴你一些無關緊要的事吧——我的敵人。」

狐面男子說道。

「十年前——我、純哉和明樂，還有我的女兒——因為各自有各自的理由而互相對立、互相殘殺的時候——那跟現在這種狀況非常地相似。」

「這種——狀況？」

「**明明不同卻相似**——應該說是這種感覺嗎？就像是你和那個殺人鬼，零崎人識一樣。」

雖然出夢並不承認——

但我和零崎確實是表和裡。

簡直像是完全不同——

卻又對照性地非常相似。

我們是相同的。

就宛如將鏡子互相對照一般——

就宛如注視著對照鏡一般。

無止盡地延伸下去的相似形。

「就如同你已經熟悉到有些厭煩的那樣，那時候使用的，就是現在所說的哀川潤——讓因果毀滅的存在。因為這個緣故，結果我便從因果中被排除。」

「是啊——這是我已經聽說過好幾次的事。」

「當時——我的女兒也被『解放』了。然後她將那次『解放』化作自己的力量。也就是說，我的女兒成功地——讓打開的鎖一直開放著。」

「……那表示——」

「一開始我以為那就是世界的終結。讓因果全部毀滅、讓命運全部毀滅的存在——我相信那才是永劫的最終章。不過事實卻並非如此。光是讓因果毀滅——那種程度的事立刻就被修正，礙事者只會被排除而已。」

「…………」

「然後——在那以後，我又好幾次重新來過。也建立了『十三階梯』，跟各式各樣的傢伙接觸，進行所有我想得到的反覆試驗。然後——我到達了你這邊。」

狐面男子指向我。

「我遇到了你，我的敵人」

「……和我──」

「不過，那個結果卻是這副模樣。我失去了所有『手足』──而且付出了這麼多犧牲，卻彷彿什麼收穫也沒有一樣。」

「也不至於──什麼收穫都沒有吧。」

「就是有這種事啊。因為──用盡了這麼多手段，好不容易到達的境界──

跟十年前一模一樣。

既然如此──這表示無論我怎麼掙扎，都只能到達這個地步而已吧。」

時間收斂。

替代可能。

全部──都是自己說過的話。

原來如此……這還真是無聊透頂。

實在是過於──無聊的結尾。

給其他人添了這麼多麻煩，不分敵我，將眾多的人們給捲了進來──結論若是這樣，實在是太殘酷了。

這是無法被原諒的事。

「我並沒有要死的打算。直到看見世界的終結、故事的終局為止。直到我看完這個世界，這個有趣又無聊的世界會以怎樣的形式結束為止，我還不能死。我還有很多想知道的事情，我還不能死。直到見證世界的終結為止，我怎麼能死呢。不過，既然如此——我的敵人。」

狐面男子說道。

「我應該活到什麼時候才好呢？」

「…………」

「儘管——我早就是已死之身。」

明明已經沒戴著面具了——

無法從他的表情看出他的感情。

宛如一切——都已經滅亡一般。

朽葉妹妹。

他和圓朽葉——處於相同的狀況。

不會死的少女。

因為沒有活著——所以不會死亡的少女。

當然，狐面男子不可能擁有像她那般的特異體質——畢竟肉體會成長，而且只要持續存在，總有一天會腐朽殆盡。

但是……

就沒有活著這一點而言，是一樣的。

也和真心——一樣。

不覺得自己活著。

我回想起昨天哀川小姐所說的話——所謂的活著，就是認為自己活著。還有零崎的話也跟這重複了。對西東天而言，倘若只有觀測世界的終結，只有知曉世界的全部是他的生存價值——

沒錯。

即使他在十年前沒死——

他也一直彷彿沒活過一樣。

啊啊……是**這個問題**嗎？

會是**這個問題**嗎？

既然如此——那不是更加絕望嗎？

哀川小姐和真心。

並不是隨意決定，而是沒有決定。

無論哪邊都可以。

狐面男子他——無論哪邊獲勝都無所謂。

無論賭在誰身上都可以。

跟我一樣——這個男人也不會輸的。

因為——對原本就不曾活過的狐面男子而言——無論是生、是死……那種事其實**無論哪邊都是一樣的**——

就跟我——一樣。

是一樣的。

即使是一個人——也是兩人的一半。

認為我或西東天有其中一邊死掉就行了的我，和認為結果無論是死是生都一樣的西東天——簡直是一模一樣。

為什麼——

為什麼我們會是敵人呢。

「敵人，嗎？」

狐面男子說道。

「總覺得——這是你第一次以真正的意義，打從心底承認我是敵人呢。」

「……或許是那樣也說不定呢——但是，」

我——

猶豫了一會兒之後，說道：

「我曾經到過某座島。是座天才雲集的島。那裡——曾有一個殺人犯。在她的眼中——並沒有我的存在。我對她而言，是天才的附屬品，只是單純的不確定要素，還有預定和諧的一部分罷了。」

「……………」

「我和某群大學生相遇了。有一個人說喜歡我，有一個人瞭解我，有一個人討厭我。雖然還有一個人──但他只對其他三人有興趣，不只是他，其他三人也是一樣。結果那四人只要將他們自己之間的順序排列組合，就足以成立了。我果然只是個不確定要素，還有預定和諧的一部分罷了。」

「……………」

「我曾經潛入過某所學校。為了救出一名被囚禁的少女。但她根本不需要我的救助，而且她甚至也沒有被囚禁，對捕捉的那方來說，我只是個不確定要素，還有預定和諧的一部分罷了。」

「……………」

「我曾經到達了某間研究所。支配著那裡的研究員，要說的話就是失敗者。但是那名失敗者卻是以高處為目標。根本對我不屑一顧。對他而言，還有對那間研究所裡的任何人而言，我只是個不確定要素，還有預定和諧的一部分罷了。」

「……………」

「我被某個副教授雇用了。她利用不死之身的少女，挑戰著不死的研究。對她而言，她所追求的是偉大恩師的背影──我的事其實怎樣都無所謂。對她而言，我只是個不確定要素，還有預定和諧的──」

一部分罷了。

然後——

「只有你而已。」

我說道。

「只有你——會將我稱之為敵人。」

「…………」

「將我，只用我，按照我原本的模樣來評價。雖然對我造成很大的麻煩，出現莫大的損傷，甚至讓事情演變到這種地步——儘管如此，唯獨這一點——」

唯獨這一點——讓我好高興。

高興到甚至害怕了起來。

「認為總算是相遇了的人——意外地是我也說不定。」

「……別因為是最後了，而說些——言不由衷的話。這會讓人傷感起來啊。」

暫時沉默了一陣子的狐面男子，像是真的很厭煩似地說道。

「宿敵——是嗎？雖然毫無意義。」

「少說什麼想以不同的形式相遇這種話了。事到如今——我和你是當不成朋友的。」

「我想也是。」

畢竟彼此——都做得太過火了。

只能在這裡結束。

只能在這裏分別。

從最初——直到最後，宿命都已經注定好了。

所以——

這樣應該是正確的吧。

「那麼，這麼一來，真的已經沒有要說的話了呢，我的敵人。」狐面男子像是感到十分清爽一般地說道：「你怎麼樣呢？已經沒有應該事先告訴我的事了嗎？啊啊……是你先開口說沒有的呢。那麼——」

「說實話……要說實話的話，」我說道：「我跟你……根本還不夠——要說的話根本都還沒說完呢。」

「這樣啊。是啊。其實我也一樣。」

不過——狐面男子說道。

「差不多該——要是再不回去的話，可是會錯過決鬥的結果啊。都到這種地步了，怎麼能夠錯過這場景呢？這是我的真心話。回去吧，我的敵人。」

「是啊——就那麼辦吧。」

感覺有些遺憾，

但也覺得說太多了。

總之——

這麼一來，就已經結束了。

我跟狐面男子不約而同地邁出步伐，回到了體育館裡面。我們從休息室爬樓梯登上舞臺。

即使俯視館內——

兩人也已經不見了。

哀川潤。

想影真心。

這麼說來，從剛才開始互毆的聲響也消失了。是什麼時候開始的呢——在和狐面男子談話的時候，慢慢地沒聽見了。

「看來似乎是移動了呢。」

狐面男子說道。

「是哪一方逃走——又是那一方追了上去呢？」

「逃走？」

「應該說是移動到有利於戰鬥的場所嗎？這個場地無論怎麼想，都是對我的女兒有利，所以逃走的應該是真心吧。哼——那個真心竟然會在戰鬥這方面開始耍小聰明，看來結果快出來了。」

狐面男子面向我瞥了一眼。

「我們彼此都差不多該做好覺悟了。」

「覺悟？」

「殺人的覺悟，還有被殺的覺悟啊。」
「暫且不論被殺的那方——殺人那方不需要什麼覺悟吧。我是這麼認為的。」
「這可難說。我認為正好相反呢。因為被殺的那方只要被殺就好，殺人的那方卻必須讓自己的意志行動才行。」
「狐狸先生，你曾經殺過人嗎？」
「多到數不清。」
狐面男子答道。
然後狐面男子向我說道：
「我的敵人，你曾經殺過人嗎？」
「多到數不清。」
我回答道。
「你是用自己的手足殺人？」
「你又是如何呢？」
「……這種事，根本不成藉口呢。」
「的確，就如同你所說的。」
兩人一起從舞臺上跳了下去。
然後我們移動到方才哀川小姐和真心展開攻防的位置——那裡簡直就像是血之花綻放開來的模樣。

這麼大量的血——倘若是一人份，不，即使是兩人份，也早已經可以說是致死量了吧。並非單純地只是那樣——應該不是施加了直接攻擊吧，只不過是單純地，大概只是用腳踩踏著而已，但地板卻彷彿被鐵鎚敲撞了好幾次一般地四處凹陷了下去，就算再怎麼說這裡早已經是廢墟，這慘狀依然讓人慘不忍睹。

「是這邊吧，」

狐面男子說道。

一看之下，只見血跡一點一點地——朝前方延續著。

「簡直就像漢賽與葛麗特（註5）呢。」

狐面男子說道，並沿著血跡前進。儘管我認為絕對不是那種童話般的狀況，但我也跟在後面追了上去。

我們從體育館離開到外面。

理所當然地是一片漆黑。

「我的敵人。你的手電筒怎麼了？」

「問我怎麼了——打從一開始我就沒帶。」

「真沒辦法啊。」

在這番對話之後，我和狐面男子只好憑藉著月光，用宛如蛇行一般的動作，沿著似乎會無止盡地延伸下去的血跡前進。

5　格林童話《糖果屋》中的主角兄妹。

途中——有指甲和牙齒掉落在地。

這不禁讓我毛骨悚然了起來。

我根本不想去思考——這是哪一方的東西。

「吶——狐狸先生。」

「什麼事？」

「為什麼——你在哀川小姐之後就放棄了？」

「放棄什麼？」

「就是ER3系統的MS-2。這麼說雖然不太好——但即使哀川小姐是失敗作，倘若苦橙之種不要交給其他人——不要讓給其他人，由你來製作的話，原本也不會演變成這麼棘手的狀況吧？」

「無論成功或失敗，我都不會重複同樣的事。你似乎這麼說過不是嗎？」

「是那樣沒錯——但是，我認為時刻先生的想法也並非毫無道理。即使十年前那次是失敗了——但假如真的巧妙地利用真心，或許可以到達你所說的『世界的終結』也說不定啊。」

「那種終結——並非我想看到的終結；這樣不構成答案嗎？」

「你會拒絕不中意的終結嗎？」

「那當然。因為我並非作者，而是讀者嘛。」

狐面男子這麼說道。

血跡——

一直延伸到稍微有點距離的校舍當中。

她們打破窗戶玻璃，入侵到校舍之內。

因為我和狐面男子都不具備鑽過殘留著碎片的窗框之後，進一步追蹤前方血跡那般的運動能力，所以我們稍微繞了點遠路，從安全的入口進到校舍裡面，回到有血跡的地方——然後追了上去。

血跡爬上了樓梯。

從這一帶開始——

破壞又再度開始了。

校舍內四處可見被破壞的痕跡。

一爬上去，樓梯彷彿就會崩塌一樣。

當然——這並非是因為發生了以破壞校舍為目的的攻擊，這也只不過是單純地受到波及的破壞。

究竟——

這是人類之間的戰鬥嗎？

血沫就宛如——花朵一般。

不斷地往上延伸著。

「哀川潤和想影真心——要說的話，都是至高無上的藝術品。作為並非神，而是人所製作出來的存在。雖然你剛才說，哀川潤，我的女兒算是『失敗』——不過啊，我的敵人，那雖然是舊型號，但絕對不是失敗作。」

或許是失敗，但並失敗作——狐面男子這麼說道。

「…………」

「當然，真心也不是失敗作。無論哪方，作為人類都已經達到了算是最高傑作的程度——我的女兒是舊型號，真心身為她的後續機，性能等級幾乎不同，不過就那層意義來說，那些傢伙是一樣的。」

「嗯——這我知道。」

「說的也是……硬要指正的話，身為完成品被製作出來的苦橙之種——和身為未完成品被製作出來紅色征裁之間，除了基本性能之外，也有著根本上的差異……儘管如此，一樣就是一樣。但儘管如此啊——光憑那些傢伙是無法讓世界終結的。儘管擁有足以匹敵世界的力量——藉由失控、藉由解放，成為其存在能夠和其他所有人類相配的怪物，儘管如此——仍然無法匹敵命運。」

「那麼——會演變成怎樣的狀況？」

「不，時刻的想法正如你所說的，並非毫無道理——畢竟我最接近，我西東天最接近『世界的終結』的時候，是十年前我的女兒失控並被解放時這點並沒有錯。從時刻的立場來看，那是很合理的，我也沒有足以否定那點的根據。所以——關於這件事，是我單純地因為喜好問題，而覺得討厭的事。其實怎樣都無所謂。」

「怎樣都無所謂——是嗎？」
「是啊。」
狐面男子點頭同意。
「這是喜好問題。」
砰——
砰砰——
可以聽見宛如槍聲一般的互毆聲響。
已經接近了。
那兩人已經就在附近。
勝負也——即將揭曉。

在最頂樓的走廊上——
紅色和橙色互相對立著。

相隔了大約十五公尺的距離。
兩人都——
已經是滿身瘡痍。
她們上氣不接下氣，
連呼吸都已經很痛苦似的。

全身沾滿了鮮血，就連真心的頭髮都成了紅色。

彼此都沒有擺出架式。

手臂無力地低垂著。不，應該是折斷了吧——只見手臂朝著奇怪的方向彎曲，腫脹到讓人不禁想移開視線。

不只是手臂，腳也是。

如何才能靠那樣的雙腳站立著呢？

彷彿只要風一吹就會倒下似的。

末端的腳指——早已經變形扭曲。

整個身體都變色了。

不只是跌打傷，割傷和刺傷也難以計數。

全都是——空手造成的傷。

傷、傷、傷。

因為活著——所以會受傷。

傷即是痛。

傷口伴隨著疼痛。

會痛。

感到非常痛。

那些傷確實是——只屬於兩人的東西。

想影真心看著哀川潤，

哀川潤看著想影真心。
用眼皮也被打爛，讓人懷疑是否還有作用的眼睛——
互相瞪視著彼此。
互相確認著彼此。
全身是血，
全身是傷，
感受著彼此的存在，只感受著彼此的存在。
無論我——或西東天都不在她們的視野當中。
雖然應該看得見。
雖然應該聽得見。
但是我們並沒有被感覺到。

彼此的世界當中——只有彼此的顏色。

被打得遍體鱗傷——滿身瘡痍。
宛如用對手的血洗著自己的血，對手的肉和自己的肉、對手的骨頭和自己的骨頭
都摻雜在一起似的——滿身瘡痍。
就連為了咬緊的牙齒都折斷了。
無論是她們顯得高貴且美麗的髮色，

或是滑嫩的肌膚，

還有精悍的容貌——全都一塌糊塗。

醜陋。

且醜惡。

「…………」

不過——儘管如此。

我並不認為那身影是醜陋的。

太出色了。

實在過於——高貴且美麗。

比至今為止我看過的任何身影都還要——

比任何音樂、任何電影，任何小說，任何繪畫——都令人感動。

內心被打動了。

心跳加快了起來。

「嘻……嘻嘻嘻嘻。」

「嘎……哈……哈哈。」

儘管如此——

雖然兩人都早已經超出跟其他人比較的階段，儘管如此，比較之下——比起真心，哀川小姐她——受的傷似乎更重。
基本性能的——差別。
舊型號和後繼機的差別。
到了現在——那成了決定性的關鍵。
即使哀川小姐處於優勢，能夠有利地進行攻防，但因為基礎體力和恢復力這些能力有著過大的差異——所以從真心的角度來看，只要普通地打下去，便能慢慢地消磨對手的體力來獲勝了。
消磨殺害。
不過——
儘管如此，哀川小姐仍然笑著。
用那彷彿一張開就會吐血的雙脣，
嘲諷地有些不適合這個場面一般——
看來十分愉快似地笑著。
真心也是……雖然看起來有些難受，不過她像是對著哀川小姐的微笑露出討好的笑容一般，非常勉強地笑著。
沒錯——
真心她看起來比較難受。
她一定無法理解吧。

為什麼眼前的紅色——不會倒下。
為什麼不會退縮。
為什麼不會逃跑。
真心一定無法明白。
對真心而言——十分困難。
對真心而言，這並不簡單。
「困難」這種體驗——
對真心而言，應該是有生以來第一次吧。
「——真心。」
我在無意識當中喃喃自語著。
「妳現在……活著嗎？」
領悟到何謂——活著了嗎？
會認為自己——並不想死？
既然如此——
那份心情就是妳的東西。
是妳正活著的那份證據。
「我的敵人。」
狐面男子說道。
「這是最後的機會了——如果想制止那兩人的話。」

「…………」

「你的目的已經達到了吧。如果是要將你在八月對出夢所做過的同樣的事——強加在苦橙之種身上的話；如果是要將你從出夢那學到的事，教給真心的話——那效果在現在這個時刻已經很充分了。」

「……的確。」

的確是那樣沒錯。

用不著說出口，一看就明白了。

「既然如此——就只有現在了。現在的話，無論是你或我，大概都能制止那兩人吧。比拔掉蜻蜓翅膀要來得簡單呢。」

「……十分遺憾。」

我說道。

什麼世界的終結——故事的終局。

我的性命還是西東天的性命之類的。

和這些事情——毫無關連。

「都來到這裡了——我可不能做出那麼不解風情的事。」

「……無論哪一邊會丟掉性命也一樣嗎？」

「因為這會成為她們活過的證明。」

這樣啊，狐面男子這麼點頭——

然後窮極無聊似地沉默了下來。
或許是感到詫異也說不定。
或許是認為無法跟上我這種想法也說不定。
但是……大概不是那麼回事吧。
總之——
這麼一來，我和狐面男子，便化成了——
這種狀況下的背景。
存在的只有兩人而已。
存在於世界中的，只有兩人而已。

哀川潤和——想影真心。

「……喲。」
真心她——用混著血的聲音說道。
那是宛如呻吟般的聲音。
「妳……不覺得無聊嗎？」
「…………嗯？」
哀川小姐像是感到驚訝似地——
重新擺好架式。

她已經放棄配合真心來折疊起手腳並彎下腰的姿勢——應該是完全沒有餘力那麼做吧。

「抱歉抱歉……因為血量不太夠，好像發呆了一下——嘿嘿，因為好久沒有流過這麼多血了。搞不好是第一次也說不定……咦？妳說什麼？麻煩再說一遍。」

「我說，妳不覺得無聊嗎？」真心說道。

當然並未解除警戒姿勢。

倘若鬆懈下來——

那一瞬間便會自然地倒下吧。

「妳不覺得活著這件事——很無聊嗎？」

「…………」

「妳……倘若擁有妳這種程度的力量，雖然說……還比不上俺，但只要擁有妳那般力量——這世界什麼的應該很簡單……吧。」

像是被強迫一輩子沒有片刻休息，接連不斷地算著簡單的加法一般——簡單。簡單。

「啊啊——是很簡單。」哀川小姐說道：「沒有任何挑戰性，實在很無聊啊。淨是些讓人火大的事，而且層次也是低得離譜。為什麼大家不再振作一點啊——我完全不懂。構成這個世界的所有意志，都無聊透頂且讓人火大，讓人煩躁，實在讓人受不了。」

「…………」

「所以說沒辦法，就由我來炒熱氣氛吧……哈哈哈！多虧了這樣，大部分情況下我都是快樂得不得了呢！」

現在也是——很快樂！

世界真的是太美好了！

哀川小姐高聲地這麼說道。

「妳怎麼樣啊——覺得快樂嗎？苦橙之種。」

「……真是瘋狂啊，妳這個人。」

真心她——伴隨著苦笑說道。

「妳腦筋有問題喔——這種事只會感到疼痛而已不是嗎……痛苦、難過且難受——」

「——只覺得快死了不是嗎？」

真心邊流淚邊笑著。

「竟然會覺得這種事很快樂——妳一定不正常——舊型號。很不湊巧，俺並沒有被灌輸這樣的程式……靠著這種互毆，究竟可以知道些什麼啊——」

「這表示老婆、榻榻米和主角的性格，都是傳統的比較好吧，苦橙之種——別把像妳這樣在和平的時代被製作出來的新機型，跟可以說是戰爭之子的本小姐相提並論——妳跟我是完全不同的。」

完全不同。
哀川小姐她——這麼說道。
就像出夢否定了我和零崎的相似一般——她否定了自己和真心的相似。
確立了——獨自的個體。
完成品和——未完成品之間的差異。
「感覺快死了？妳是指什麼事啊，既然這樣，妳——不就是活著嗎？」
「…………」
「還有，你是白痴嗎？」
哀川小姐繼續說道：
「所謂快樂的事情，可不是只有這種又痛又難過又難受感覺快死了一樣的事——所謂的快樂，是更加更加更加更加快樂的東西。在這之後等著的事物，才真的很快樂不是嗎？這種事情終究只是開端罷了——跟朋友一起打鬧的時間相比，這種事根本沒什麼。無論是疼痛、難過或難受的滋味，我全都可以忍受。」
「朋——朋友？」
「我朋友可是超多的哦？就連妳最喜歡的小哥，從我的角度來看，也是最要好的朋友之一啊。」
哀川小姐用挖苦的語調說道。
用一如往常的——語調說道。

伴隨著咧嘴一笑，讓人感到愉快的笑容。

「當然，妳從今天開始也是我的朋友。」

「…………！」

「一起做些快樂的事吧。」

真心她——

像是抽搐一般打顫著，彷彿感到寒冷一般全身顫抖著；但又像是感受到無比的快感一般，她露出這樣的表情——

同時砰一聲地彎下腰，重新擺好架式。

「沒辦法——成為朋友的。」

「喂喂，沒這種事吧。真是冷淡的傢伙啊。我已經決定好囉。」

「因為妳——現在就要被俺殺掉了。」

「不錯嘛，這股氣勢……好，不用手下留情，放馬過來吧——放心，妳不會死的……因為我會盡全力——滴水不漏地放水來對付妳。」

「俺要上了，喪家犬。」

「來吧，神豬。」

空氣——爆裂開來。

火花四濺。

可以聽到靜電炸裂開來的聲音。

完全是同一時刻。
真心跳起來的時間——和哀川小姐跳起來的時間。
她們以讓人不禁想問哪裡還剩這種力氣一般的速度，在連結起彼此的直線中心點上，兩人——
兩人衝撞了起來。
但是雙臂已經無法使用。
就連腳都抬不起來。
所以在最後——用身體直接衝撞。
只是個單純的衝撞罷了。
連同整個身體——全身全靈地互相撞擊。
從傷口中溢出的血——宛如哀嚎一般。
簡直就像是臨終前的吶喊。
嘎啦一聲——
彼此都往後方跳去，先用單腳著地，然後試圖站穩身體——但卻無法穩住，而用力地搖晃了一下。
其中已經沒有意識。

晃來——晃去。

雖然試圖勉強撐住——但已經到極限了。

不可能。

無論哪邊先倒下去……都沒什麼不可思議的。

不過——

這時哀川小姐突然大動作地——她將快往後方倒下的身體，硬要挺起來的反作用，這次則是朝前方大幅地傾斜下去。

讓人認為她會就此倒下。

但是，

「…………啊啊啊！」

儘管她咆哮出聲——

但那一定只是單純的偶然。

並非必然亦非命運——而是偶然。

哀川小姐那已經無法行動的手臂，偶然地掛在位於她正面的真心脖子上——

然後真心腳滑了一下。

布滿鮮血的走廊上——

無法站穩的赤腳。

「…………！」

發出不成聲的叫聲後——

真心像是成了哀川小姐的墊底，想影真心和哀川潤，兩人像是互相纏繞著一般——倒落在澄百合學園的走廊上。

真心在下——哀川小姐在上。

勉強保住原型的兩人的身體——不只是骨頭，還有身體各部分的組織——就這樣像是全部碎裂了一般，發出了非常令人厭惡的聲響。

就這樣——

就這樣陷入了寂靜。

「…………」

「…………」

無論是我——抑或狐狸男子，都默不作聲。

沒有任何一句該說的話。

一切都——

感覺一切都結束了。

但是。

就連那樣的寂靜也只是僅僅一瞬間。

讓人以為是永遠的剎那——

果然仍舊只是剎那罷了。

「——嗯嘎啊啊啊啊啊啊啊啊啊啊！」

靠力量——靠蠻力。

用折斷的手。

用折斷的腳——哀川潤站了起來。

一邊用搖擺不穩的腳步，

不太可靠地晃來晃去——

儘管如此，哀川小姐仍然站起身來。

不借助任何人的力量——站了起來。

「……哈、哈哈……哈哈哈。」

然後——她還是笑著。

看似愉快地——笑著。

忽然——

哀川小姐全身是血的，彷彿現在才注意到一般，將視線停留在我和狐面男子身上。

不——不是我。

我並沒有進入視野當中。

位於視野當中的——

位於世界當中的，只有狐面男子而已。

西東天——她的父親，唯獨這一人。

「喂——怎麼樣啊，混帳老爸。」

明明應該已經沒了意識才對——

但她維持著朦朧的狀態，向她的父親說道。

用挑戰般的視線。

挑釁地微笑著說道。

「這下子我——就是最強了對吧？」

對此——狐面男子他哼了一聲，如同往常一般用鼻音笑著。

「無論何時，妳都是最強啊。」

我錯過了——

西東天那時的表情。

「不會愧對任何人——是我引以為傲的女兒。」

別到了這種時候才認同我，白痴——

哀川小姐這麼低聲說道之後，又再次倒落到真心身上。

我本想飛奔過去——但還是作罷了。

用不著我操心……哀川小姐她即使在無意識之中——也像是要避開真心、像是要庇護真心似地稍微移開了身體來倒下去。仰天倒下的真心——和府臥倒下的哀川小姐，看來就彷彿互相擁抱著一樣。

雖然很感傷。

但是——兩人看起來就像是母女一般。

「……感覺就像是因為體格差異所造成的身體內血液量的差距，在最後的最後的最終——起了作用呢。算是真心在無意識之中對自己施加的『咒縛』的帳單吧。」狐面男子他——看著那樣的兩人，平淡地說道：「倘若身體尺寸相同，就不曉得誰輸誰贏了呢。」

完成品和——

未完成品之間的差異嗎？

「至少哀川小姐——並沒有對自己施加那一類的咒縛呢。」

「這傢伙從十年前開始，就是這種造型的姣好身材啦。因為這是我、純哉和明樂三人的興趣。」

「…………」

你們這群人……

是對自己的女兒有什麼期待啊。

「真心對自己施加的鎖，完全是為了她自己——而我的女兒對自己施加的壓抑，則完全是為了別人啊。」

所以——

所以才說她天真啊，狐面男子這麼說道。

「如果在十月初就能發揮這種實力，事情也不會變得這麼麻煩了。哼。原本這丫頭就是太小看世界了——太小看命運了。不過……儘管如此，從你的角度來看，這一切都跟計畫的一樣嗎？我的敵人。」

「雖然是跟計畫的一樣沒錯——但並非最佳的情況喔。即使事情如同策略一般進行，但因為那算是苦肉計，所以讓人有些哀傷呢。」

我說道。

「雖然我也是從出夢那裡這樣學來的——不過，這種方法只能說是暫時的處置。真正難受的現在才要開始呢。」

「哼。」

「我不認為所有事情一次就能全部順利進行。但是，這麼一來——總之真心已經無法再離開哀川小姐了吧。」

「完全沒錯。就算找遍這世界，能夠跟真心對抗的人類——除了哀川潤之外沒別人了吧。不知道這是好事還是壞事？」

「這並不是什麼壞事喔。」

「哼。一個銅板不會響，是嗎？」

狐面男子說道。

「只不過——那對我的女兒來說也是一樣嗎……這也跟你計算的一樣吧，我的敵人。」

「嗯……多少是。」

雖然狐面男子這番話——是出乎我意料之外。

不，關於這件事——我並非沒有期待著這件事。我並非沒有期望過看到哀川小姐和真心的戰鬥之後，狐面男子、人類最惡——西東天會抱持某些感情。

不過，這個願望——大概並沒有實現。

那一定只是心血來潮的產物。

這才是——宛如偶然一般的事物。

只限一次，僅是暫時，而且只有那樣而已。

但是。

儘管如此——也是喜好的問題。

苦橙之種並非世界的終結的理由——

「吶，狐狸先生。」

我——決定再問最後一次。

「為什麼你不選哀川小姐……而是賭真心會獲勝呢？」

「…………」

「雖然你剛才那麼說——但是，你從一開始……說不定從上個月那時開始，不，在更早之前——就已經看穿了身為完成品的真心，敵不過未完成的哀川潤這件事？」

「就根本上來說，我還是認為真心會贏的。如果我賭在我的女兒身上。」

「……咦？」

「我原本就是無法成為我的女兒的同伴的存在啊。現在也是——十年前也是。無論何時都是那樣——無論何時，都是和這丫頭為敵的時候比較有趣。」

那麼——像是要說這件事就到此為止一般，狐面男子停頓了一下。

「那麼——來做個了結吧。」

「…………」

「關於那兩人的事情你不用擔心——老實說，我一開始就有找園樹和木之實過來。她們應該在校門口那邊等著，只要打手機找她們來，應該不至於來不及。畢竟那兩人的恢復力也異於常人嘛。」

叩、叩、叩。

狐面男子逐漸走近我身旁。

「你該不會到了現在——才說什麼還是不殺了，果然我殺不了人，要成為殺人犯的話不如被殺算了——你不會想弄成這麼愚蠢的結尾吧？我的敵人。」

「……你很想死嗎？」

「怎麼可能。」

狐面男子立刻答道。

他同樣地回以同樣的回答。

「我還沒有看到——世界的終結。」

「你不認為現在這一瞬間就是世界的終結——故事的終局嗎？」

「我不認為呢。」

狐面男子說道。

「並不是這樣的東西。」

「……」

「光是這樣的東西，我是完全不會接受的。」

像是打從心底輕視一般地——笑著。

「被這種東西給終結，我怎麼會甘心啊。」

我——

輕輕地拔出插在牛仔褲背後的 JERICO——

一邊用手心充分感受著它的重量。我塞進能夠放入的所有子彈——一邊感受手槍的重量。

我將槍口朝向西東天。

「這個距離——讓人有些不安呢。」

狐面男子毫不畏懼似地說道。

「再靠近一點。」

「…………」

我朝狐面男子走近了一步。

「再近一點。再近一點。再近一點。再近一點。再近一點。再近一點。再近一點。再近一點。再近一點。再近一點。再近一點。再近一點。再近一點。再近一點。再近一點。再近一點。再近一點……對，就是那裡，那裡的位置剛剛好。」

JERICO 的槍口——

頂著狐面男子的鼻頭。

自動手槍。

毋須扳起擊鐵。

只要扣下扳機——就結束了。

一切就會結束。

漫長的戰鬥——即將結束。

「拉下布幕吧。」

狐面男子說道。

「那正是你的工作吧——戲言玩家。」

「……別開玩笑了。」

我固定著手槍不動並說道。

不，我根本沒有固定住。

我顫抖著。

我一直顫抖個不停。

因為恐怖——對，因為恐怖。

到了現在——我仍怕他怕得不得了。

「這哪裡是——戲言玩家的任務？」

「……」

「這種事——並不是我的工作。如果——如果你可以捨棄什麼想看見世界的終結這種荒唐的野心……我可以打破跟你的約定也無妨。」

「那是不可能的啊。」

狐面男子簡直像是沒有看到手槍一般若無其事地說道。

「事到如今，我無法捨棄掉野心。為此——我已經犧牲了太多的事物。從可有可無的事物，到無可替代的事物，都等價地當成同樣的東西犧牲掉了。」

「……」

「事到如今，哪會可惜我區區一條性命呢？」

「你……在西東診療所跟大家一起度過的那十天裡面，沒有任何感覺嗎？」

「我沒有任何感覺，也不認為有什麼。當然，我什麼也沒在想。我早已經定型成那種樣子了。」

「如果你——願意放棄那個野心的話……我認為跟你當朋友也無妨。」

「敬謝不敏。」

狐面男子斷然地說道。
「我並不需要朋友。已經不需要了。」
「……」
「這種天真的話你去跟我的女兒說吧。」
他這麼說道——然後以最惡的模樣微笑著。
「你們很相配呢。」
不能敷衍了事。
無法含糊其詞。
不會模稜兩可。
無法曖昧逃離。
無法決定成不明確。
已經——
到達了終點。
「怎麼了？你怕了嗎？若是那樣倒也無妨。我只會再度重新組成新的『十三階梯』，尋求世界的終結而已。」
「…………！」
「想要阻止我就只能殺了我——還是說，你打算一輩子這樣陪我玩？」
曾有一次——
西東天從我身上收手時——

我不應該放過他的。
我不應該默認他逃走的。
既然對方退讓——
就應該毫不留情地追擊下去才對。
應該趁勝追擊才對。
所以，現在——
現在就是要重新來過一遍。

沒錯——
由我來拯救世界。

「……我明白了。」
我說道。
「請你死吧——西東天先生。我會殺了你並活下去。」
「隨你高興。」
我要先你一步——提前結束了。
狐面男子這麼說道。
各式各樣的事情閃過我的腦海。
各式各樣的人閃過我的腦海。

至今為止所遇到的——所有人。

尤其是這幾個月的事情——被勾起了回憶。

淺野美衣子、闇口崩子、石凪萌太、七七見奈波、隼荒唐丸、千賀光、千賀明子、匂宮出夢、石丸小唄、形梨樂芙蜜、鈴無音音、斑鳩數一、佐佐沙咲。

哀川潤。

想影真心。

西東天。

架城明樂、一里塚木之實、繪本園樹、宴九段、古槍頭巾、時宮時刻、右下露蕾蘿、闇口濡衣、澪標深空、澪標高海、諾衣茲、奇野賴知。

還有——玖渚友。

「喲——話說回來，」

狐面男子唐突地說道。

「你以為這樣就真的結束了嗎？」

「……？什麼——意思？」

「反正從今以後，在你要走的路上——像我這樣的存在也會接二連三地出現吧。無論前往何方，無論前往何方，都一樣。你是知道這一點——還仍然說著要活下去的嗎？」

「…………」

「對我而言你就是最後——但對你而言我並不是最後。對你而言，我只是最初罷了。終究——只是最初罷了。事情演變至此，也只能如此判斷了吧。既然如此，從今以後也會有諸多不幸和諸多厄運襲擊你吧。四處遍布的異形跟所有異能會阻礙你前進的道路。別以為你已經消化了所有伏筆，別以為你已經網羅了所有世界。你所知道的世界，只是這個世界的一小部分罷了。馬上就會有第二、第三個我出現在你面前。儘管如此——你還是要活下去嗎？儘管如此，你還是打算永無止盡地前往某處嗎？」

「前往某處——」

「你究竟打算今後要上哪裡去？」

狐面男子——

西東天宛如嘲笑一般地說道。

「回答啊。你今後要上哪裡去？」

西東天好幾次重複著——向我問道。

「要上哪裡去啊——戲言玩家？」

「我……」

堅定地看著西東天的雙眼——

回答了西東天。

「我已經不會去任何地方——」

然後我憑自己的意志，扣下了扳機。

「我要回家去。」

終幕——之後

我（旁白）主角。

刻意壓低的敲門聲讓我醒了過來。

「……………………………………………………………………………………

……………………喔喔。」

……我嚇了一跳。

我還以為結果會是一場夢。

我左右搖晃著頭，喚醒自己還在發呆，還漂流在夢境和現實之間的意識；像是在確認、像是在說服自己似地低聲說道：「我要起床了。」

看來是躺在沙發上睡著了。

呃……

昨天我做了什麼……

我確認時間。

上午九點半。

雖然以社會人士來說感覺是不及格的時間，但考慮到我是自己開業的話，倒也不是不能原諒的起床時間。

呼嗯……

不過，今天有誰預定會在這個時間來訪嗎——雖然下午的確是跟久違的某人約好了要見面，不過正因如此，我原本應該是打算上午要乖乖地處理文件資料的。

就在我這麼思考的時候，敲門聲也依然持續著。

應該可以當成沒人在吧，真是固執。
儘管刻意壓低聲音，仍然十分固執。
彷彿在說不打算退讓一般。
應該推測對方是有如此重要的事情嗎？
雖然可能是推銷員什麼的也說不定。
「來了來了！馬上就來！」
這麼說完，我便像爬行一樣地從沙發上起身，走向門口。為了以防萬一，我用貓眼確認來者之後才開鎖，將門向內打開。
站在門外的是一名女高中生。
西裝制服。
領口別著校徽。
及腰的長直髮上戴著髮箍。
學校校鞋和到腳踝的白襪子。
雖然外表裝扮感覺像是典型的優等生，不過她卻畏畏縮縮到可以說是舉止可疑一般，用不安的眼神看著從門縫中露面的我。
「……這裡可不是女高中生會來的地方。」
因為對方一句話也不說，總之由我先開口這麼說道了。
是怎麼回事呢，是弄錯房間了嗎？說到女高中生會拜訪的對象，大概是七七見嗎？還是崩子妹妹的朋友？但如果是崩子妹妹的朋友，我不可能不曉得。那麼……不對，原本今天就是平日，如果真的是女高中生，九點半這個時間應該要上課吧？要說是蹺課，她卻又光明正大地穿著制服……這麼一來，也有可能是夜校的學生。

「…………」

女高中生用低聲到快消失一般的聲音，低頭喃喃自語著些什麼。

看來她似乎是很怕生的類型。

「呃——妳是找我有事嗎？還是說，如果妳是來推銷什麼的——」

「我、我沒有弄錯。」

女高中生像是下定決心一般地抬起了臉，對我這麼說道。

「也，也不是來推銷的。這、這個——」

女高中生這麼說道，然後從制服胸前的口袋中拿出名片。怎麼，只不過是自我介紹就會拿出名片，最近的女高中生也變得相當崇洋了呢；我一邊這麼想一邊接過名片——

得知那並非女高中生本人的名片。

「嘿……原來如此。」

我不禁仔細地注視著那張名片。不，也罷，要說的話，這只是按照它原本的使用方法，所以也沒什麼好驚訝的。

「那麼，呃——妳的名字是？」

「名，名字嗎？」
「嗯，名字。」
「應該是本名朝日吧。」
「應該？」
為什麼說到自己的名字會是疑問形啊。
我稍微回顧了一下房間裡的樣子，然後對女高中生——朝日妹妹，這麼說道。
「雖然很想請妳進來坐著談，」
「但是現在跟往常一樣一大早就醒來的我，正準備要進行每天例行公事的打掃，所以房間還很凌亂，而且一大清早就帶可愛的女高中生進房間的話，會有人囉哩叭唆個不停。這附近有什麼妳知道的店嗎？」
「咦，那個、那個——」
朝日妹妹陷入了混亂狀態。
與其說是畏畏縮縮，不如說是不知所措了。
似乎是個容許量異常狹小的女孩子。
「……嗯，那麼，在中立賣通往東稍微前進一點，有間叫做『Three-Day•March』的咖啡店，妳在那裡等我一下。只要說是我介紹的，店家應該就會帶妳到靠裡面的座位。」

「好，好的。」

「還有，因為那身制服實在太引人注目了，可以的話，希望妳能換件衣服……」

「抱歉，只有這件……」

「這樣啊。」

我點了點頭。

「體，體操服的話……」

「那會更引人注目喔。」

「唔、唔唔……」

「那麼，無所謂啦。我換好衣服之後會立刻趕過去……對了，請妳等個十分鐘左右。還有那裡明明是咖啡店，卻是紅茶比較好喝，要當心喔。」

我這麼說道之後，像是要讓朝日妹妹安心般地揮了揮手，然後關上了門。我從貓眼向外窺探了一下，只見朝日妹妹暫時在門前徘徊著，看來百無聊賴的樣子；但沒多久便回到走廊，搭乘電梯下到一樓去了。

「接下來……」

我重新鎖上門。因為上鎖的聲音是象徵拒絕的聲音，我盡可能地不讓委託人聽見。雖然可能沒什麼意義也說不定，也罷，這算是我自己堅持的職業意識。我一邊脫掉襯衫和短褲，並朝著設置在房間內沙發對面的櫃子移動。

我從並排著的檔案當中挑選出一本資料夾。

因為女高中生穿的西裝制服是極為普通、傳統的設計，所以乍看之下並無法特定出是哪所高中；不過有校徽的話就另當別論了。從設計、形狀還有刻印在正中央的文字，可以特定出是哪間學校。

「找到了、找到了……喔。是名校呢。」

是櫻葉高中啊。

京都市內數一數二的私立升學高中。在同一校區內設有國中部。雖然是男女同校，但男子部和女子部被嚴格地區分開來，實際上就像是男校和女校位於同一校區內一般。

我將檔案夾放回櫃上，接著打開桌上的筆記型電腦的電源。因為不是很新的電腦，所以開機要花上一點時間。這期間我到隔壁的房間——到自己的房間挑選衣服。雖然將自宅直接當成了辦公室，但就像這樣，將私人房間和職場清楚區分開來是我的主義。雖然說歸這麼說，但我卻在職場的沙發上睡著了。

這時我不經意地看向床鋪，想起自己睡在沙發上的理由。對了，是因為床不能用的關係。難怪。雖然會忘記這種事也是有點問題……不過我莫名地感到火大，因此踹了一下床腳。

當然，床鋪不會做出任何反應。

這並非有意義的行為。

那麼……得換衣服才行了。

服裝，啊。

對方還是孩子，要是穿太正式且充滿威嚴的衣服，不太妙嗎……話雖如此，考慮到對方的年齡，若是太休閒的服裝，有可能反而會讓她感到不安。雖然不認為自己能夠扮演可靠的角色，但還是多少需要那樣的準備。結果我選了顏色較為沉穩的西裝，並決定不要綁領帶。

我離開私人房間，回到了職場那邊。

我用髮膠整理了一下髮型外觀之後，在已經啟動的電腦上輸入密碼，然後進行操作。櫻葉高中。二年級的校徽。知道了這些，就足以進行調查了。

「本名朝日……聽起來應該是寫成這樣的字沒錯吧。」

不過——

果然，找不到資料。

櫻葉高中並沒有叫做本名朝日的學生。

為了以防萬一。我也試了「本奈」或「反名」、「旭」或「亞紗妃」這些組合，但結果還是一樣。應該不需要再嘗試其他排列組合了吧。是用了假名，還是她其實並非櫻葉高中的學生……抑或兩方都是？雖然可能性有三種，但是假名大概是最有可能的吧。畢竟委託人使用假名一事並不罕見。

算了。

有必要的話直接用問的就好。

為了多少做點準備，我拾起幾份關於櫻葉高中的資料，然後帶著公事包，穿上鞋後離開了房間。

鞋子是運動鞋。

雖然我想應該不會花上太多時間，但還是一邊想著下午的預定就那樣直接前往吧：並鎖上了門。

我搭乘電梯下到一樓。

在一樓遇到了美衣子小姐。

「喲。」

「啊，妳好。早安。」

「已經不算可以說早上的時間了呢。」

「似乎是那樣。」

「怎麼？那身打扮。接下來要去工作嗎？」

「可以那麼說。」

我點頭同意。

「美衣子小姐呢？今天放假嗎？」

「不，其實是我昨天被炒鱿魚了。」

「……妳也差不多該找個好對象了吧。」

「沒想到會有被你這麼說的一天。」

美衣子小姐稍微苦笑著。
「唉呀呀。要是那時知道你會變成這麼傑出的傢伙啊——」
「知道的話，會怎麼樣呢？即使從現在開始，也還不算晚喔。」
「唔嗯。」
美衣子小姐雙手抱胸。
「我考慮一下。」
會考慮一下啊。
會考慮一下啊！
總之——美衣子小姐這麼說。
「今天我打算到鈴無那邊去，要幫你帶話嗎？」
「不，倒是沒什麼。對了，請轉告她之前工作承蒙關照了。要是沒有鈴無小姐在，我就死定了呢。」
「我知道了。」
「啊，對了。這麼說來，美衣子小姐偶爾會去高中的劍道部幫忙指導吧？」
「嗯，算是。因為有朋友拉線的關係。」
「那妳知道櫻葉高中嗎？」
「啊啊……那裡的劍道部很強呢。感覺真的就是文武雙全。應該也曾當過京都府代表。怎麼了？」

「不，沒什麼。說不定這次的工作會需要妳的幫忙。如果需要妳的力量時，我會再登門拜訪，還請多多關照。」

「嗯，錢記得多給一點。」

「包君滿意。」

我離開電梯，換美衣子小姐搭了上去。

然後移動。

我離開建築物到外面——

抬頭仰望這棟聳立在以前被稱為骨董公寓的木造建築所在的位置，六層樓高的鋼筋水泥公寓。

當然，因為占地面積本身並沒有改變，所以朝縱向發展的細長建築物看來簡直就像是塔一般……雖然已經過了好幾年，但至今仍然有些不習慣。美衣子小姐等人則是，

「骨董公寓改名為普通的塔公寓了。」

像這樣展現出以社會人士而言算是及格邊緣的品味，就像這樣，大家對此事都覺得無所謂；雖然我也絕對不會認為以前比較好，但房租漲了好幾倍一事，老實說，一開始是讓我過得很辛苦。

一層樓一間房。

房間的配置只是單純地變成兩倍大，雖然浴室、廁所和廚房什麼的也一應俱全，

但房租便宜這點才是它原本的存在意義啊。

也罷。

儘管如此——也沒有任何人離開。

大家都說搬家太麻煩什麼的，各自找了些敷衍的理由——但就是不打算離開。

從房東的角度來看應該是整個出乎意料之外，但無論是荒唐丸先生、七七見、崩子小妹妹和美衣子小姐——都還住在這個地方。

大家都回到了這個地方來。

「那之後已經四年了嗎……」

真是讓人感慨良深——雖然我不會這麼想。

「……家，嗎？」

我聳了聳肩，沒有特別針對誰地說著「我出門了」；然後走到中立賣通，前往咖啡店「Three-Day•March」。

我單手打開會有鈴聲響起的門，和店長打了聲招呼；店長保持沉默地指著店內靠裡面的地方。朝日妹妹在那邊的指定席上，似乎有些不安地四處張望著店內。

擺在面前的紅茶也沒有動過的樣子。

果然對女高中生來說，咖啡店是太早了點嗎……？

我想應該沒那回事。

她看起來又像是有錢人家的小孩。

「讓妳久等了，朝日妹妹。」

出聲打了招呼後，我坐在她的正面。

「啊、啊，不會，我並沒有等很久。」

「這樣啊，那真是太好了。因為我不太喜歡讓人等。」我說道：「那麼，在談正事之前，我有些事想要先問一下——」

我拿出剛才朝日妹妹遞給我的名片，輕輕地放在桌上。

「這個，是誰給你的？」

「啊，呃——是網友給我的。」

「哦。」

「雖然不曉得對方真正的名字——但他的網路暱稱是Lynx。對方說只要這麼講，你就會知道了。」

「……啊啊。」

原來如此，Lynx嗎？

那麼女高中生會來我這邊一事，也不是不能理解。話雖如此，從這模樣看來，Lynx似乎對朝日妹妹隱瞞著自己真實的身分……

也罷，這不是我該關心的問題。

問題只有名片。

那其實是——我的名片。而且還是特別訂製品，是全世界只有十張的名片。雖然要偽造名片這件事本身很容易，但其中隱藏著只有我才看得出來的特徵，只要我來看，馬上就能分辨真偽。

更何況，應該也沒什麼偽造的意義吧。

對普通人而言根本派不上用場。

只不過是讓我看這張名片的話，無論對方是誰，無論是怎樣的委託——我都必須免費地達成那份委託才行；就只是這樣罷了。

要說的話，就像是優惠券那樣的東西。

「雖然我一直很擔心萬一Lynx把名片交給哪個不得了的傢伙不知道該怎麼辦——但看到是像妳這樣可愛的女孩子，我就放心了。那麼——這張名片就還給妳吧。」

「……咦？」

「因為權利只能使用一次，所以妳已經不能再用這張名片了——之後，如果在妳周遭有人遇到困難的時候，就像Lynx對妳做的一樣，妳也將那張名片送給對方就行了。」

「啊，呃——」

「附帶一提，用金錢來交易是不行的喔。它是設計成只要那麼做我就會知道的名片。要做的話手法不高明一點是不行的喔。那張名片可以說類似單純的信賴的證明……所以名片本身並沒有那種意義。只是單純地，朋友有困難的話，就幫忙他吧——大概是這種意思。」

「…………」

「所以，無論妳接下來提出怎樣的委託，對我而言也有辦得到和辦不到的事。最終還是由我來判斷。」

「我、我知道了。」

「不用那麼拘謹沒關係——因為我也不是那麼偉大或厲害的人。如妳所見，我是個跟妳年紀差不了多少，隨處可見的年輕人罷了。」

「但、但是——」朝日妹妹說道：「Lynx 先生說你是無論什麼事件都能立刻解決的名偵探。」

「名偵探啊。」

這語感有些奇怪。

與其說奇怪，不如說是懷念嗎？

「正確來說是承包人。」

「…………」

「還是個新手就是了。將那樣的評價照單全收是不好的。嗯，那是個人的感想，實際效果則有個人差異；這才是實際狀況。而且——我解決的並非事件，而是問題喔。」

我跟在櫃臺洗東西的店長點了杯咖啡。等到咖啡端上桌，並喝了一口之後——

「那麼，來談正事吧。」

我這麼說道。

於是朝日妹妹儘管有些支支吾吾，感覺很難啟齒的模樣，但還是切入了「正事」。嗯，雖然剛才那麼誇獎我，但從朝日妹妹的角度來看，我只不過是連真實身分都不明的網友所介紹的可疑人士而已吧；所以雖然她原本就是個性格怕生的孩子，但這畏畏縮縮的態度倒不至於打壞我的心情。結果無論是怎樣的工作，如何從委託人身上獲得信賴一事，都是最初的難關這點，我從經驗上已經得知了。

信賴。

信賴是個好詞。

「我——有一位兄長。」

「兄長？妳說哥哥嗎？」

是的——朝日妹妹點頭同意。

「雖然家兄和我就讀同一所高中——但是，呃、那個——因為我就讀的高中分成男子部和女子部，所以平時很少會碰面。」

「哦。」

感覺沒必要刻意調查呢。

雖然本人說不定以為自己這樣也算是在隱瞞，但說到這種程度，已經等於是說出櫻葉高中和自己就讀的學校名字了。更何況，還有制服和校徽……抑或朝日妹妹是被逼到沒有餘力去注意那種地方了也說不定。

「然後呢，你哥哥他怎麼了？」

「家兄他——說不定是殺人犯。」

朝日妹妹她——

似乎真的很難受地說出這句話。

「至少……有這個嫌疑。」

「……還真是個危險的問題呢。」為了不讓對方看透我的感情，我壓低聲音說道：

「是怎麼一回事？」

「那個……」

這時——朝日妹妹陷入了沉默。

似乎害怕從自己的口中說出來一樣。

真沒辦法，我這麼心想。

只好再稍微深入一點看看了嗎？

「櫻葉高中。」

「咦？」

「妳就讀的學校。沒錯吧？」

「咦……咦？」

「不對嗎？」

「啊，不，是那樣沒錯——為什麼？」

朝日妹妹似乎當真感到驚訝。

我默默地指著朝日妹妹的制服還有校徽給她看。朝日妹妹似乎真的沒注意到，她驚訝地「啊！」了一聲。

「想隱瞞身分的話，果然還是該換件衣服呢。」

「啊，但、但是——」

「從這件事也可以看出，妳是個認真到連那種小聰明都不會用的女孩子。也可以得知妳是無法說謊的類型——還有瞞著家人，尤其是瞞著哥哥來拜訪我這件事。妳是假裝要去上學，然後來到我這邊的對吧？不然應該不會帶著體操服。包含這些來看，我自認是十分瞭解妳所抱持的問題是非常嚴重且細微的事。但是——」我說道：「如果妳無法據實以告的話，我也無能為力。」

「……………」

「我並不想成為連像你這麼可愛的女孩子有難時都無法幫忙的人——所以，可以的話能請妳再稍微公開一點情報嗎？因為我還是個新手。光只有那些情報，是沒辦法採取行動的。」

「……是、是的。」

朝日妹妹看來很過意不去的樣子。雖然我並沒有打算要對她施加壓力——果然這個年代的孩子很難應付。我一邊想著自己仍然不夠成熟呢，一邊繼續說道：「記得櫻葉高中在半年前——有一名學生亡故了呢。好像是從屋頂跳下來的。妳說的是這件事嗎？」

「是的……但、但是，為什麼？」

雖然朝日妹妹又再度感到驚訝，但這也只不過是我剛才在調查櫻葉高中時撿到的資料罷了。所以說原本是無法當成展現出我有多能幹的材料，但這就當作是種效果，也不需要刻意說明了吧。

再說，那也是駭客得來的資料……

學校這種組織明明是個人隱私的集合體，但基本上安全性卻很弱；這是常識。各位好孩子要當心喔。

「因為妳在說明哥哥的事情時特地提到了高中的事——所以我想大概是在學校發生了什麼吧。這三年內，在跟櫻葉高中有關的人之中，留下死亡這項紀錄的只有那名學生，瀨戶瀨伊呂波小姐了。」

「這樣啊……那為什麼是三年內呢？」

「既然別著二年級校徽的妳說是有哥哥，那應該是高三生，頂多也就是高二生了吧。換言之，就是代表妳哥哥在學校就讀的期間。」

「哇——」

朝日妹妹發出了感嘆的聲音。

總覺得有些不好意思。

而且感覺像是在耍詐一樣，有一點罪惡感。

關於櫻葉高中，其實我往回調查了五年內的紀錄，不過，說到在那間升學高中裡比較像是事件的事件，只有半年前的那事件而已。所以我才會事先認為那件事說不定有關係——賓果！

「但是——儘管如此，那應該只是單純的意外而已。妳認為那是妳哥哥下的手嗎？」

「不……警方的人說是意外。老師們也一樣。但是——家兄他被懷疑了。」

「被誰？」

扣除警察和教師的話——

剩下的就只有學生了吧。

我這麼一說，朝日妹妹便點頭同意。

哦——從透過 Lynx 找上我商量這點來看，那應該不是單純的惡意傳聞就能說明的事情。應該是實質上會產生危機的階段了。

「換言之——是說妳哥哥將瀨戶瀨小姐從屋頂推了下去嗎？」

「不，並不是那樣——」朝日妹妹說道：「據說那並不是意外，而是自殺。」

「自殺？」

「然後——據說強迫她自殺的人就是哥哥。大家——都這麼說。」

像是硬擠出來的聲音一般。

但正因如此，更讓人覺得她很勇敢。

怕生的膽小孩子——她並非只是這樣而已。

我點了點頭。

「原來如此。這是比單純地被懷疑殺人，更為棘手的案件呢。因為並非實際動手──並非將她推落，所以即使有不在場證明，或證明他不可能犯罪也沒有意義。」我說道：「但是，要是毫無接點的話，就不成話題了。會被那樣懷疑──是有被懷疑的根據嗎？在妳哥哥和瀨戶瀨伊呂波小姐之間。」

「…………」

「請說。」

「是因為我──」

朝日妹妹將視線落在紅茶上。

「是因為我被瀨戶瀨小姐欺負的關係。」

「……嘿。」

真猜不透。

不過，這種怕生的性格會成為那種事的目標或許也沒什麼不可思議的。無論怎麼說，即使被欺負的那方有理由，但欺負人那方卻毫無理由的情況是最常見的；所以這種事也不能一概而論。

「然後──在家兄知道那件事後沒多久……幾乎是隨後，瀨戶瀨小姐她──就跳了下去。」

「雖然說先用跳了下去這說法的人是我──但倘若是意外，應該用『掉落下去』來形容吧。這裡有些語病。從一開始就含有讓人誤會的要素。」我說道：「從上往下掉落這件事，既然有重力存在便無法逃脫；所以人類才會嚮往天空。但是——假如沒有鳥類或蟲類，人們還會有想要在空中飛的想法嗎——」

「咦？」

「這跟這件事無關。從以前開始，我就是個改不掉自言自語這習慣的男人。請妳多見諒。不過，朝日妹妹，事情我大概瞭解了。那麼——也就是說瀨戶瀨小姐和妳哥哥之間，並沒有直接的接點對吧？完全是透過妳才有間接性的關係而已。」

「是的。」

「在那之前，當事者們甚至不認識——嗯。畢竟男子部和女子部之間有座無法跨越的牆。不過，光只是那樣，會被懷疑到這種地步嗎？」

「…………」

「那才真的是——有座無法跨越的牆。」

「因為家兄他——是個問題人物。」朝日妹妹說道：「有人作證說，看見他翻過那道牆——在女子部裡面和瀨戶瀨小姐大吵。」

「真是了不起的毅力。」

像是為人兄長典範一般的男人。

和我是不同的類型。

硬要說的話，比較接近出夢嗎？

「這不是什麼值得稱讚的事情。」

彷彿對我的玩笑話感到不悅，朝日妹妹這麼說道。

是個認真的孩子。

不錯嘛。

「但是——這一切都是為了我。」

「…………」

「家兄雖然是個問題人物……儘管如此，唯獨對我很溫柔。對我而言——是個溫柔的兄長。」

「能被自己的妹妹這麼說，當哥哥的也覺得值得了吧。話雖如此，但光是這樣就認定是妳哥哥殺了瀨戶瀨小姐，再怎麼說也太輕率了吧。」

我像是要做個段落一般，拿起咖啡杯喝了一口，然後發出聲響地放回杯盤上。

「那麼，我該做什麼才好？」

「……咦、呃——」朝日妹妹猶豫了一會兒之後，說道：「所以說希望你能——幫我找出真凶。」

「…………」

「的確……雖然警方的人並沒有把這件事當成問題來看——但是瀨戶瀨小姐跳落下去——掉落下去的狀況之中，確實也有奇怪之處。也難怪會有人懷疑。我可以明白。所以——」

「如果說，照那些條件來行動的話——」我像是要制止朝日妹妹般地說道：「——我或許會指出妳哥哥是真凶也說不定。」

聽完這番話，朝日妹妹沉默了下來。

我繼續質問道：「朝日妹妹——妳是怎麼想的？妳認為哥哥會是殺人犯嗎？」

「……家、家兄他——」朝日妹妹答道：「家兄他——老實說，是個傷腦筋的人。」

「傷腦筋的人？」

「傷腦筋的人。」

「傷腦筋的人……」

「是個相當傷腦筋的人。不只是問題人物那種程度而已。他是個在自己心中制訂規則，當其他人所訂的規則與之不符的時候，會毫不猶豫地以自己的規則為優先的人。所以——一直是我煩惱的來源。」

「…………」

「實際上，至今為止也是——無論是國中時或國小時，也發生過這種事。那時候家兄是犯人。家兄是犯人沒錯。所以——這次會被懷疑，我認為也是沒辦法的事。我也可以理解會懷疑的人的心情。」

朝日妹妹將視線抬起來，看向我的雙眼。

像是在瞪著我一般。

「但是——如果是家兄的話，他應該會親自動手。」

並這麼說道。

「我的兄長不是會讓我有這種感覺的人。不會讓我有這種曖昧、模稜兩可的感覺。他不會做這種事。所以——」

「………」

「所以，我相信家兄是清白的。」

朝日妹妹說道。

「我相信家兄。」

「真是句好話。」

我點頭同意朝日妹妹的這番話。

信賴。

「既然如此——如果是為了證明妳哥哥的清白這項條約下的委託，我就接下這份工作吧。這樣的話，就是我的工作了。不管怎麼說，簡單來講，就是讓學校的學生們瞭解那並非妳哥哥所為就行了吧？」

「咦……但、但是——」朝日妹妹這麼說道：「那種事，如果不把真正的犯人找出來——」

「方法要多少都有。因為這個世界裏充滿了漏洞啊。所以那個方法反倒應該盡量當成最後的手段來用。即使找出了真正的犯人，如果不能消除疑惑本身，就沒有意義了。況且——我個人不太喜歡那種作法。像是揪出犯人、找出壞人之類的。那種事感覺不是有點暴力嗎？畢竟我是天生的和平主義者嘛，那種事不合我的個性。我所解決的並非事件，而是問題。」我說道：「我的字典裡記載了所有話語——」

「就讓我們用交談來解決這問題吧。」

之後，我向朝日妹妹問了關於那件事的概要、還有她真正的名字、哥哥的名字、以及周遭的相關者等等，我也給了她最低限度所需的聯絡用手機號碼，還有告訴她既然是拿名片過來，就不用支付酬勞，但只有必要的經費會請她以某些方式來支付；然後我便跟女高中生委託人道別了。

時間是正午。

似乎沒時間回公寓一趟了。

只好直接前往了吧。

反正也有穿著上衣，沒關係吧。

我向店長道謝，離開「Three-Day•March」，稍微走了一下之後，舉起單手叫了輛計程車。

直接前往京都車站。

位於京都車站旁的國際旅館的展望餐廳，就是我們約好要碰面的場所。

她已經先來了。

「……喲。」

用紅色搭配出來的西裝包裹著全身，在餐廳中顯然是最引人注目的她——哀川潤發現進入店內的我，便彷彿昨天也見過面一般輕鬆地向我打了聲招呼。

明明已經幾個月沒見了。

該怎麼說呢，她還是老樣子。

「好久不見了。」我這麼回以問候，然後坐到哀川小姐的身旁。這是能夠將京都的街景一覽無遺的位置。哀川小姐似乎已經點好餐，看來恭敬有禮的服務生一言不發地端上了飲料。

「好像讓妳久等了，抱歉。」

「沒關係啦。我也是差點遲到了。我趁著來京都這趟順便尋找賢者之石，但這實在是不好找啊。」

「…………」

真希望她不要在做其他事時順便做那種事。

她還是一樣——是個不同層次的人。

「那麼，先來乾杯吧。」

「謝了。」

玻璃杯相撞發出了鏘的一聲。

然後我和哀川小姐彼此互相報告了各自的近況。雖然要說是同行，立場實在有些不搭，但我們畢竟很早以前就認識，也認識了很長一段時間。

「哦。那麼你剛才是和委託人見面啊。」

「雖然是沒有報酬的工作。如果是很麻煩的事，我本來打算直接丟給潤小姐的，不過，應該說適得其所嗎？似乎是我能處理的事情。」

「是嗎？就剛才大略聽起來的感覺，似乎也有點危險的味道啊。」

「……要是妳這麼說，搞不好真的會成為現實，所以請妳別說些不吉利的話。」

「那麼，你打算怎麼做？」

「說的也是。所謂的學校無論好壞，都是看來開放卻相當封閉呢——嗯，因為年紀正好，我是打算請崩子小妹妹幫忙。說到長相的問題，雖然深空小妹妹和高海小妹妹也是可以，但雙胞胎實在太引人注目了一點，再說那兩人也不適合間諜活動。果然還是崩子小妹妹最適合吧。」

「崩子小妹妹啊。好多年沒見了，她還好嗎？」

「是啊，沒有任何問題地從美少女逐漸成長為漂亮的美女。應該說遠超乎我的想像嗎？老實說我實在等不及到三年後——」

「三年後？」

「啊，不，沒什麼。」

要自律。

應該說要自己管理好自己。

結果，雖然到現在她依然沒有任何學歷，但的確是現年十七歲的女孩子不會錯；

只要讓她穿上制服，要騙過一般人應該不費吹灰之力吧。這麼一來，問題就在要怎麼取得制服了——但若是這種程度的事，總會有辦法的吧。真的沒辦法時跟委託人租借就行了。

崩子小妹妹的制服打扮嗎……都這種時候了，機會難得，也請她穿一些別的衣服吧。像是泳裝什麼的，之前去海邊時已經大飽眼福了所以暫且不論，怎麼樣呢，或許意外地差不多可以讓她試試女僕裝……不！為了根據完全計畫來徹底培育出完美的崩子小妹妹，還要忍耐才行……

「然後，根據事情發展，可能也要借助美衣子小姐的力量……因為跳樓應該是被當成意外事件處理，所以也得向警方相關人士深入探聽一下，但那應該事後再取得同意就行了，感覺也沒什麼關係。」

「越來越有模有樣了嘛。讓人老實地感到火大喔。」

「………」

被人老實地感到火大了。

「第一次見面時，明明是個只有一個人就什麼也辦不到的普通小鬼呢。」

「現在也是一樣——只有一個人的話是什麼都辦不到的。」我說道：「沒有大家在的話，我什麼都辦不到。」

「那是好事啊。」

「是好事嗎？」

「表示大家願意陪在你身旁吧？」

「……說的也是。」我聳了聳肩。「對了，潤小姐。可以問妳——一件事嗎？」

「什麼事？」

「那個，第一次碰面時，對於當時還是個只有一個人就什麼也辦不到的普通小鬼的我——妳之所以會陪我到那種地步，那是因為——我和令尊很相似的關係嗎？」

「真是無聊。」

哀川小姐冷笑道。

「無論是那樣或怎樣——你就是你吧。你就是你，不是其他任何人。根本不像。你跟其他任何人都不像。對吧？」

「……嗯，是那樣沒錯。」

只是突然想到而問問罷了。

並沒有什麼意義。

「真心她——怎麼樣了？」

「啊？」

「我原以為她今天也會一起來。」

「啊啊……你想見她？」

「如果很忙的話就不用了——只不過，我一直以為那傢伙會和潤小姐在一起。」

「那傢伙現在和小唄在一起喔。」

「小唄小姐？」

「差不多光靠我一個人快沒法負荷過來了——這是叫反抗期嗎？為了告訴她這世界上不單只有溫馨，也有殘酷的一面，我就讓她到小唄那裡去稍微觀光一下。」

「一下……」

「嘻、嘻、嘻。等她回來的時候，第一人稱應該會變成『人家』才對。」

「………」

真心，妳是多麼可憐的傢伙啊……

就算是為了告訴她這世上殘酷的一面，哀川小姐也用不著偏偏把她寄放給小唄小姐吧。

「一姬那時也是一樣啊，我似乎不太適合養育人類……雖然不是棄之不理，但剛好小唄說想要個助手，就借給她了。」

「這樣啊……」

難怪最近這一陣子真心都沒有聯絡。畢竟那傢伙有那樣的運動能力，應該被小唄小姐到處使喚吧……雖然擁有那樣的能力數值，但經驗值卻壓倒性的不足；感覺就像是等級一的大魔王，對這樣的真心來說，這或許應該當成是個好機會也說不定。

「那麼，潤小姐呢？找到賢者之石了嗎？」

「嗯。」

「…………」

還真的找到了啊。

「但事情也並非那樣就結束，而且其他還有五、六件工作，最近實在是很麻煩。雖然因為那個冒充者妹妹的登場，比起某段時期要輕鬆多了。但這次的冒充者還真的挺優秀的喔。雖然只要有空隙就會來殺我這點有些美中不足——說的也是，最為優先的應該是伊梨亞的委託吧。」

「伊梨亞小姐的？」

「還是和之前同樣的委託。因為春日井春日失蹤了，所以拜託我抓住她。」

「……又逃走了啊，春日井小姐。」

「聽說這次是砍斷樹木，製作了木筏來逃走的。」

「她意外地喜歡戶外活動呢……」

「伊梨亞似乎意外地中意春日井春日呢~真是的~以前她明明會一直哀川小姐、哀川小姐的叫個不停。這還真的讓我有點嫉妒呢。」

「我也有點同意……畢竟我和春日井小姐也是有點交情，我也會去探聽幾個可能知道的人。」

「那真是幫了大忙。」

「一看到那種人，就覺得她真的很自由，讓人很羨慕呢。不過，春日井小姐應該也有她自己的煩惱吧。」

「說的沒錯。」

哀川小姐說道。

「呃——說到自由，你知道零崎小弟怎麼了嗎？」

「不……四年前的道別是最後一次碰面了。」

「你們是朋友吧？互相聯絡一下啊。」

「沒關係啦，我們這樣就行了。」我說道。「等到有需要的時候，彼此一定會再度相遇吧。別擔心，按照那傢伙的性格，到時就會突然跑回來啦。」

「說不定意外地倒在路邊慘死了喔？」

「雖然他社交性的確是零……但是，那傢伙做事很得要領，總覺得他似乎會在某處當某人的小白臉在生活呢。」

「啊啊，我懂我懂。正因為他有張還算可愛的臉蛋，被女人壓在底下管教這種事就像是量身訂作一樣地適合呢，零崎小弟。」

「不，我並沒有說到那種程度……」

「那麼，遇到他的話幫我轉告一下——要是想殺人想到無法忍耐時，就由我來當他的對手。」

「……遵命。」

無法殺人的殺人鬼。

不會殺人的殺人鬼。

簡直是——滑稽。

儘管滑稽且身為小丑，但那名顏面刺青的少年，一定某處活著吧——我這麼確信著。

是不會動搖的確信。

…………

雖然我還是不會想見到他。

「啊，對了對了。這是之前跟你說過的那件事的後續——喏，關於澄百合學園的遺跡。」

「是啊。」

「我不是跟你說過那裡變成空地了嗎？」

「是啊，是說過呢。結果那裡到底會變成什麼樣子？雖然我調查到檻神財閥似乎有在著手進行些什麼——但光憑我的技術，老實說，調查到這邊已經是極限了。」

「聽說是要建造學校。」

「……依然故我是嗎？」

「不，這次似乎是正經的學校。」哀川小姐說道：「據說是要正經地來培育出正直的女孩子。要是他們又打算建造那種荒謬的學校，我本來是打算去摧毀的，但總之似乎不用擔心的樣子。」

「是想彌補罪過——嗎？」

「他們才不是那種會令人敬佩的傢伙呢——那些傢伙只對有效提升利益一事有興趣

而已。要是在那種地方將土地放置個四、五年不管，以那些傢伙來說才算是異常。只不過，我也不認為那是偶然冒出的想法。嗯……要是他們有什麼企圖的話，我會將他們都一腳踢飛的。」

「這樣啊。」

「到時候要幫忙喔。」

「那當然，義不容辭。」

聽說要變成空地時我就這麼覺得了——正因為那場所是擁有各式各樣苦澀、痛苦，且驚人回憶的場所——所以也令人感慨良深。

這樣啊……

這也好那也好這也好那也好，全部——都已經是過去的事了。

是以前的事了呢，我這麼心想。

「但是也沒古早到讓人懷念的程度——而且要當成美好的回憶，也稍嫌太早了一點。」

「只不過是四年前吧？就像是昨天一樣啊。」

「……潤小姐真的完全不會衰老呢。」

「嗯，看來似乎是製造成那樣子呢。就類似賽亞人因為是戰鬥民族，所以年輕的時間很長那樣吧。嘿嘿嘿，這還真是意外的驚喜。」

「…………」

這樣好嗎？

「雖然真心她倒是不斷成長著——該怎麼說呢，應該說變得威風凜凜，總之變帥氣了。因為太有型了所以會想叫她不要跟我並肩站著。不過，那傢伙的情況，算是原本就太小鬼頭就是了。」

「因為不需要再——壓抑自己了。」

「就是那麼回事吧。多虧了你。」

「如果是那樣就好了。」

是那樣——就好。

在從今以後的真心身上——

要是能發生更美好的事就好了。

雖然毫無根據，而且是相當任性不講理的妄想，但那傢伙——想影真心盡全力活著一事，讓人感覺就像是這世界並非只有悲劇一般的證據。

「吶，潤小姐。」我說道：「西東天他——」

「嗯？」

「不……這是四年來……我從未間斷一直在想的事情——為什麼在最後的最後，會選擇被我殺死呢？」

「…………」

「不，追根究柢來說……為什麼他會答應奉陪那場鬧劇？雖然那時我自認為得到一個可以理解的答案——但重新想過的話，果然我還是一點都搞不懂。再怎麼說——也用不著死吧？」

「……用不著死，是嗎？」

「就原本來說，是更加原本的理由喔——在那場鬧劇之前也是，從那年九月開始，雖然他對我進行了各種與其說接觸，不如說是敵對行為——雖然在事情發生時我並沒有像嘴裡說的這般極端地認為，但現在回想起來——追根究柢來說，我覺得那個人……對於跟我之間的戰鬥，打從一開始，似乎也用不著投降，他根本就沒有獲勝的打算。」

「沒有獲勝的打算？」

「總覺得他是刻意跑來輸給我的……」

「不，我認為那麼說實在太離譜了。要是真心沒有逃脫，那個老爸一定會趁勝追擊，打垮你的。」

「或許是那樣……不，一定是那樣吧，但是，至少那時候的戰鬥，是場我也有獲勝機會的戰鬥對吧。他明明能夠獲得壓倒性勝利的——卻有刻意要演出精彩勝負的地方。應該說是千鈞一髮嗎？還是該說勢均力敵呢？所以我才會認為，他是想輸嗎——他是想死嗎？但是，那個時候——我問他『你是想死嗎？』卻被他否定了。但是——最後那邊，無論我怎麼想，都只覺得西東天是打算要死的。他所有的行動如果不這麼想，就說不通了。」

「我也不認為他是想死。」

「但是，他說不定是認為死掉比較好吧。從十年前沒被我殺死那時開始。」

「咦……但是——」

「…………」

「因為是亡靈嘛。」哀川小姐說道：「和架城明樂一樣，西東天也是亡靈——就只是這樣而已。結果，那個感情很好的活寶三人組當中，最占鋒頭的是藍川純哉嗎……哼。迷路的亡靈嗎？只要有理解者在，那樣便能成佛了……雖然應該不是那麼單純的事，況且要說的話，那種事果然還是那個老爸的心血來潮吧。」

「心血來潮……」

「他大概是『算了，如果是被這傢伙殺死也無妨啊』——像這樣想的吧？就跟平常一樣隨便。無論是真心還明樂的事都一樣——他也有很多內情吧。」

「……是嗎？」

「現在想來——大概那個時候，唯有那一瞬間——是這個世界上，能夠殺死那個老爸，人類最惡的花花公子，唯一一次無法替代的機會吧。」哀川小姐諷刺地說道：「反過來說，從老爸的角度來看，這是等了十年才總算產生的——終於能夠一死的機會啊。」

「是那樣嗎？」

想死。

死掉比較好。

想死的——感覺。

「無論如何，都是過去的事了。事情的真偽根本沒人曉得。無論是我、是你，當然那個老爸也是。那時候——怎麼說呢，大概是挑對了時機吧。」

挑對了時機。

那感覺——像是個正中靶心的話語。

如果擦身而過會比較好嗎？

即使到現在，我也不認為那是最好的結果。

就連是否竭盡了全力都有些可疑。

但是——

「至少——跟後悔或反省無緣呢。我認為那件事就那樣來說，也算是有個馬馬虎虎、還不錯的結局。」

「喔。你很積極嘛。」

「至少，我想認同當時自己的努力。即使是個小鬼，也是盡了他的全力。」

「哦。這樣啊。」

之後就只是閒話家常而已。

我還是個新手，所以有相當充裕的時間；但哀川小姐就如同剛才聽到的那樣是個大忙人，當然沒有那麼多私人時間；之後我們聊了大概一小時，也用完了餐點；於是——

「那麼，我差不多該走了。」

就準備道別了。

「我來買單吧。」

「不用啦。」

「沒關係，你把錢留著吧。你現在手上的工作是免費服務對吧。就算是承包人的工作，果然剛開始時，資金是很重要的啊。」

「說的也是——那張名片應該也會成為很好的宣傳吧。無所謂啦。畢竟是個可愛的女高中生，不至於會沒了幹勁。但是，那麼，這裡我就恭敬不如從命了。」

「嗯。」

哀川小姐輕輕地拉開椅子，並站起身來。

「……對了，我也有件事從很久之前就覺得總有一天必須問你才行，現在方便嗎？」

「咦？」

「因為感覺又會很長一段時間不能見面了。畢竟我這麼忙，而且你大概從今以後也會越來越忙吧。我想趁現在碰面時先問一下。」

「那倒是——無所謂。」

「為什麼你四年前——沒有想過要退休呢？」

「…………」

「那是一個很好的機會吧。要切斷到那時為止有所牽連的一切，來退休的話。伏筆已經全部消化完畢，恩怨糾葛也全部清算完畢；可以跟所有烏合之眾、跟所有魑魅魍魎——斷絕因緣。」哀川小姐很難得地似乎沒有胡鬧的意思，她用認真的視線和認真的口氣繼續說道：「結果還成了我生意上的競爭對手。明明遇到那麼悲慘的遭遇——你是沒學到教訓嗎？即使是笨蛋，也應該會知道這種事吧。」

「因為我不是那麼懂事的人。」

我立刻回答。

那件事——我自己思考過了好幾次。

好幾次、好幾次。

為了在被某人問起時——

能夠自豪地回答。

但是，果然。

第一個這麼問我的人，是哀川小姐。

「而且，我的記性也不是很好。如果沒有持續下去，好像就會忘記以前的事情呢。」

「…………」

「雖然我不想回憶起那時候的事情……但是也不想忘記喔——只是那樣而已。」

「……這樣啊。你真的是個出色的傢伙啊。」
哀川小姐看似愉快地微笑著。
那是只有偶爾才能看見的——表情。
「但是，你這樣不會反過來淹沒在記憶的海洋中嗎？這四年來——也發生了很多事吧。」
「是發生了很多事呢。但是，儘管如此，印象深刻的事情是不會褪色的。」我說道：「如果借用『因為有那時才會有現在』這個道理來說——忘記了那時，不就等於是否定現在嗎？也沒為什麼，我就是討厭那樣。」
「討厭，是嗎？」
「即使是這樣的我，倘若能成為某人的替代品——那也一定不是什麼壞事吧。」
「某人的替代品？」
哀川小姐聳了聳肩。
「傻～瓜。真是的，你還在說這種話啊？那種主張只要嘴上說說就行了。所謂的承包人，實際上絕對不是任何人的替代品。」
「……那麼，對潤小姐而言，所謂的承包人究竟是什麼呢？」
「那還用說。是為了某人啊。」哀川小姐若無其事地說道：「倘若是為了最喜歡的某個人，我要變得多強都沒問題——我可以辦到任何事。這絕對不是什麼壞事吧？」
「……說的也是呢。」

我——

我點頭同意。

「我也那麼認為。」

為了——某人。

為了某人。

「我也想為了某人——做些什麼。」

「你真的是個傻瓜啊。」

哀川小姐咧嘴一笑。

「一邊說不想忘記，卻忘得一乾二淨了嗎？那個小光還是明子也對你這麼說過吧。你從很早以前開始，就已經若無其事在做那種事了。」

「……那麼，這或許是我的天職呢。」

「大概是吧。」

然後，哀川小姐說道：「那麼，就告訴那樣的你一個好消息吧。」

她的表情恢復成有些壞心眼的樣子。

簡直就像是在說——

今天只是為了傳達這消息而來的。

「老爸他——似乎又打算做些什麼喔。」

我——

聽到這消息之後，用力地點了點頭。
「無所謂啊。既然如此，我只會再度妨礙他罷了。」
然後，我盡力地擺出帥氣的模樣說道：
「因為我已經決定要一輩子奉陪到底了。」

和哀川小姐分別後，回程我不搭計程車也不搭公車，而決定用走的回去；我悠哉地走在烏丸通上，一邊回想著和哀川小姐聊過的每一個話題。
各式各樣的事情。
不會褪色的事情。
在那之後，我從大學休學了。
結果，又是中輟。
我在ER計畫中得到的只有高中畢業的「資格」，這麼一來會變成怎麼樣呢？我的最終學歷會變成只有小學畢業嗎？不，應該不至於變成那樣吧，但是關於這件事，我有點害怕去確認。
中輟之後——
我暫時無所事事了一陣子，但結果我還是仿效哀川小姐，選擇當一名承包人。理由大致上就如同我剛才跟哀川小姐說的那樣。

因為我並不想否定──
到那時為止自己曾相關過的事情。
雖然也不是想肯定就是了……
只不過，算了。
除此之外──我也有種單純的憧憬。
這件事就算嘴巴裂開，唯有對哀川小姐，至少在我更加成長之前是說不出口的──
但我的確是想要變成像哀川潤那樣。
想要像哀川潤那樣和其他人有所關連。
那就是我的願望。
所以……關於哀川小姐，總覺得與其說我喜歡哀川小姐，不如說從以前開始，我就想變成像哀川小姐那樣吧
現在也依然不變。
一直都不會變。
「就是這麼回事吧……」
美衣子小姐現在二十六歲，仍然是自由業者。因為租金漲價，房間跟著變得寬敞了起來，所以她收集骨董的興趣也越來越有模有樣，讓人覺得乾脆就那樣開間骨董店也不錯。
崩子小妹妹就如同濡衣小姐所預料的一樣，已經喪失了大部分身為暗殺者被鍛鍊

出來的能力；不過她還是一樣聰明機靈，經過成長之後，現在也在我的工作上幫了很多的忙。當然對沒有收入的她而言，是不可能付得出變貴的房租，因此有一半算是我在撫養她的狀態。雖然這筆帳單到時要請她還給我，無論發生什麼絕對都要請她還給我；不過現在就是這樣的感覺，彼此都是理所當然。

荒唐丸先生還是一樣鍛鍊著肌肉。只不過最近似乎跟美衣子小姐逐漸和解了。或許是對和風開始產生了興趣也說不定。因為我一看到跟美衣子小姐感情很好的男性，至今還是會感到嫉妒，所以這件事有點傷腦筋。

七七見像我一樣從就讀的大學中輟了之後，成了漫畫家。她在冷門的青年雜誌上以常人大概無法理解的筆觸描繪著常人大概無法理解的故事，博得還不差的人氣。偶爾我也會被迫幫忙。最近她似乎在煩惱跟編輯之間的人際關係。一想到那個女人身上竟然也會有纖細的部分，就覺得那真是件溫馨的事。

「……………唔噢，真危險。」

我發現自己不知不覺間是沿著京都御苑的邊緣在走，我環顧四周。剛好是在中立賣通附近。

唔嗯。

我走過紅綠燈，這次是橫向走在京都的街道上。最近像這樣漫步的事。也變得沒那麼頻繁了呢——我這樣心想著。

我跟繪本小姐還有樂芙蜜小姐，在那之後也一直有往來……應該說跟她們感情還不錯。不過，倒是沒有像四年前的那時候一樣，像每天沾滿消毒藥水跟被繃帶包住全身的那時候一樣，在短期間內不斷重複進出醫院了。

或許是我變得更謹慎了也說不定。

抑或是變得更加膽小也說不定。

這是否為成長一事，雖然不是我本人能夠判斷的……但是不要受傷這件事，無論如何都是好事。

雖然在我的周圍，厄運和不幸還是不斷持續著，麻煩和意外也接踵而來——如同哀川小姐所說的，發生了各式各樣的事情，四年前的事情感覺一不留神就會淡忘……

根本沒辦法期望有安穩和平的時間。

——但是。

儘管如此，跟以前不同，已經不太會有人死了。

有人會感到悲傷的狀況也變少了。

有人會感到受傷的狀況也變少了。

藉由把這些事情當成工作來變得積極一事，應該也是原因之一吧，但我覺得不只是那樣。

「那之後過了四年——」

四年前。

「然後在那之後——過了十年。」

十年前。

那時還真是年輕啊，我這麼想。

雖然現在大概也算年輕。

例如距今四年後如果突然回顧起來，現在的我也老是失敗，充滿錯誤吧——儘管如此，我還是想認為自己是比那時又往前進了一點。

失敗是成長的證據。

傷痛總有一天會消退。

嗯，無論如何——

世界今天也健在著。

「那麼……既然又要開始忙起來了——」

那就稍微來——說句戲言吧。

走到千本通後，我前往公寓。

將停留在最上層樓的電梯叫下來。

總之，首先按照順序，從朝日妹妹的委託開始來解決吧。傍晚五點。是個想開始做些什麼的話，還完全不需要等到明天的時刻。

我在電梯裡面一邊考慮著計畫，並到達了設有我的辦公室兼自宅的六樓。

大門前站著一名女性。
宛如塗了漆一般的烏黑秀髮。端莊優雅的長裙配上高領襯衫，以及羊毛衫。腳上穿著低跟包鞋，並將小巧的手提包拎在並排的雙腳前。
只有右眼——勉強算是藍色。
「啊。歡迎回來，阿伊。」
「嗯。我回來了。」
她淡淡地露出微笑。
我也回以最棒的笑容。

雖然一直在尋找的幸福在那麼遙遠的地方，
但我們獲得了幸福。
儘管失去了許多東西，
卻也得到了無可替代的東西。
就這樣適當地曖昧且機械式的虛虛實實，風平浪靜到可說是平凡地、伴隨著空洞到不自然的確實性，就宛如曖昧且鮮紅的童話故事一般迎向結局。
我的身旁有玖渚。
然後我們並肩走著。

《After Festival》 is the END.

《Juvenile Talk》 is HAPPY END.

Congratulations!!

後記——

本書的作者是個度量狹窄到普通人會卻步的彆扭傢伙，因此基本上對於Happy End、大團圓這種結局抱持懷疑性態度，尤其是閱讀到壞蛋變成好人、或是不幸的人得到幸福的最後一段落，總是會有種無法釋懷的感受。壞蛋並不會改過向善、不幸的人依舊不幸——人類不會改變這點是本書作者的信念，正因為如此，在這種條件下該如何生存一事，正是本書作者的哲學，也是鐵則。在執筆這部戲言系列時，無論故事如何發展，無論哪個角色有所成長，我都會留意絕對不讓故事產生本質性的變化，雖然並非全部都如同預料如同計畫一般，但只有這點我想貫徹到最後。某件事會藉由其他某件事被補足這種事是不可能發生的，即使察覺到，大部分情況下都是為時已晚，所謂的理解只是我們自以為，無論採取何種決定，對於其他選項還是會有所遺憾——最重要的是，結局什麼的，根本不存在。現在所做的事，簡直全都像是為了某樣事物的準備——我們只是不停地在等待著開始，即使說只要能夠有好結局就一切沒問題，但那個結局會在哪裡，卻沒有人能夠保證；無論是哪種Happy End的小說，說不定那也只是因為印刷失誤而漏掉了「這些其實是謊言，所有人都死了。」這最後一行——但是，正因為如此，才能夠努力地活在當下，即使明天死掉也不後悔吧。不過光憑這種理論，果然還是殘留著有些難以釋懷的心情。在您的內心當中殘留下什麼了呢？

上述的這一段是從《斬首循環　藍色學者與戲言玩家》開始的一連串的戲言系列執筆結束後，馬上趁勝追擊連續寫下來的文章，經過了一段時間至今想法仍然沒變化的自己，隱約覺得「唉，人類果然都沒變呢！」想要改變形貌，想要改變打扮或立場，結果在最根本的部分上，本人依然沒變依然是那個人，或許只是因為變成另一個人的生活很無聊吧。同樣地統整寫完後的文章，對作家而言，靠自己創作出來的作品，無論是怎樣的作品，都是最棒的傑作，同時也是大失敗作；換言之就像是在持續創作永遠不會完成的未完成一般，不過，順從衝動而敲打出來的戲言兩百萬文字，倘若能讓您感受到這以上抑或以下的數字，便是我意外的喜悅。由講談社文庫出版部所推出的西尾維新文庫也要告一段落。從處女作負責插圖的竹老師，以及許多人的努力才能走到這一步。《斬首循環　藍色學者與戲言玩家》《絞首浪漫派　人間失格・零崎人識》《懸梁高校　戲言玩家的弟子》《絕妙邏輯（上）　兔吊木垓輔之戲言殺手》《絕妙邏輯（下）　石丸小唄之裝神弄鬼》《食人魔法　匂宮兄妹之殺戮奇術》《完全過激（上）　十三階梯》《完全過激（中）　紅色征裁VS苦橙之種》《完全過激（下）　藍色學者與戲言玩家》，以上九本書能送到各位讀者手上，我感到非常驕傲。

非常感謝各位讀者對本系列的愛戴。

西尾維新

浮文字

完全過激下　藍色學者與戲言玩家

（原名：ネコソギラジカル（下）青色サヴァンと戯言遣い）

作者／西尾維新　插畫／take　譯者／常純敏、李惠芬
發行人／黃鎮隆　副總經理／陳君平
副理／洪琇菁　國際版權／黃令歡
執行編輯／呂尚燁　美術編輯／李政儀
企劃宣傳／邱小祐
發行／英屬蓋曼群島商家庭傳媒股份有限公司城邦分公司　尖端出版
台北市中山區民生東路二段一四一號十樓
電話：（〇二）二五〇〇—七六〇〇（代表號）
傳真：（〇二）二五〇〇—一九七九
中彰投以北經銷（含宜花東）／楨彥有限公司
電話：（〇二）八九一九—三三六九
傳真：（〇二）八九一四—五五二四
雲嘉經銷／威信圖書有限公司　嘉義公司
電話：（〇五）二三三—三八五二
傳真：（〇五）二三三—三八六三
客服專線：〇八〇〇—〇二八—〇二八
南部經銷／威信圖書有限公司　高雄公司
電話：（〇七）三七三—〇〇七九
傳真：（〇七）三七三—〇〇八七
一代匯集／香港九龍旺角塘尾道六十四號龍駒企業大廈十樓B&D室
電話：（八五二）二七八三—八一〇二
傳真：（八五二）二七八二—一五二九
馬新經銷／城邦（馬新）出版集團　Cite(M)Sdn.Bhd.
E_mail：Cite@cite.com.my
法律顧問／王子文律師　元禾法律事務所
台北市羅斯福路三段三十七號十五樓
二〇二〇年八月二版一刷

郵購注意事項：
1. 填妥劃撥單資料：帳號：50003021戶名：英屬蓋曼群島商家庭傳媒（股）公司城邦分公司。2. 通信欄內註明訂購書名與冊數。3. 劃撥金額低於500元，請加附掛號郵資50元。如劃撥日起 10～14日，仍未收到書時，請洽劃撥組。劃撥專線TEL：(03) 312-4212 ・ FAX：(03) 322-4621。E-mail：marketing@spp.com.tw

國家圖書館出版品預行編目資料

完全過激下 藍色學者與戲言玩家 / 西尾維新 著 ; 譯.
--1版. --臺北市：尖端出版, 2020.08
面 ; 公分.--(浮文字)
譯自:ネコソギラジカル. 下, 青色サヴァンと戯言遣い
ISBN 978-957-10-8940-9

861.57　　109004983